HEYNE BÜCHER

W0335285

Fantasy

Herausgegeben von Wolfgang Jeschke

Von Gary Gygax erschienen in der Reihe
HEYNE SCIENCE FICTION & FANTASY:

DANGEROUS JOURNEYS®
(Gefährliche Reisen):

Mythus 1: *Die Anubis-Morde* · 06/4964
Mythus 2: *Die Lösung von Samarkand* · 06/4965
Mythus 3: *Tod in Delhi* · 06/4966 (in Vorb.)

GARY GYGAX

DIE LÖSUNG VON SAMARKAND

Mythus 2

Ein Roman zur Spielewelt

DANGEROUS JOURNEYS®
(Gefährliche Reisen)

Deutsche Erstausgabe

WILHELM HEYNE VERLAG
MÜNCHEN

HEYNE SCIENCE FICTION & FANTASY
Band 06/4965

Titel der amerikanischen Originalausgabe
DANGEROUS JOURNEYS®
Mythus 2: THE SAMARKAND SOLUTION
Deutsche Übersetzung von Christian Jentzsch
Das Umschlagbild malte Boris Vallejo

Redaktion: Friedel Wahren

Die Originalausgabe des Romans erschien bei Roc,
an imprint of New American Library,
a division of Penguin Books USA Inc.

Printed in Germany 1993
Umschlaggestaltung: Atelier Ingrid Schütz, München
Technische Betreuung: Manfred Spinola
Satz: Schaber Satz- und Datentechnik, Wels
Druck und Bindung: Elsnerdruck, Berlin

ISBN 3-453-06577-8

Inhalt

1

Hitze in der Stadt

Die Schweißperle, die ihm den Nacken hinunterlief, fühlte sich wie eine Spinne an. Magister Setne Inhetep wischte den Tropfen des Anstoßes weg und ließ das feuchte Taschentuch wieder in den Falten seiner Tunika verschwinden. »Bursche! Noch einen Tee hierher!« rief Inhetep gereizt, um danach leiser vor sich hin zu murmeln: »Verdammte faule Yarber.« Der Kellner kam an den kleinen Tisch, räumte langsam die Überreste der ersten Bestellung des Magisters ab und spazierte danach ebenso langsam durch den Irrgarten sitzender Gäste in Richtung Eingang des Cafés. Inhetep war es zu heiß, um sich noch länger zu beschweren, wenngleich er sich wiederum fragte, warum ein Etablissement vom Kaliber *Ras Streitwagen* keine anständige Bedienung finden konnte. »Diese ganzen Ausländer! Wo sind nur die jungen Ægypter geblieben, die so gut servieren konnten?«

»Die sind weg, weil in viel zu vielen Stellungen mehr gezahlt wird, als die Arbeit wert ist«, antwortete ein fetter Kaufmann vom Tisch an Inheteps Ellbogen. »Ihr müßtet erst mal den Abschaum sehen, den anzustellen ich gezwungen ...« Der Kerl verstummte jäh, als er den funkelnden Blick des Magisters registrierte, und richtete seine Aufmerksamkeit wieder auf die Schale mit Fruchtsorbet und Zuckerwaffeln vor sich. Die adlerartigen Züge und grünen Augen des hochgewachsenen Mannes neben ihm waren unnachgiebig und gebieterisch. Wenngleich seine Kleidung nur aus schlichter weißer Baumwolle bestand, hatte der Kaufmann so eine Ahnung, daß mit diesem Burschen nicht zu spaßen war.

Inhetep wandte sich von dem Fetten ab. Innu war eine wohlhabende Stadt, und wohlhabende Männer wie dieser Kaufmann besuchten eben Orte wie *Ras Streitwagen* wie auch die zahllosen anderen Cafés, Restaurants und Kabaretts — sorgten tatsächlich sogar dafür, daß sie im Geschäft blieben. Obwohl er in dieser Stadt zur Universität gegangen war, gefiel sie ihm nicht besonders. Der korpulente Kaufmann und seinesgleichen waren ein Grund dafür. Nun, egal: Er würde das Beste aus den verbleibenden zwei Wochen machen. Morgen würde er einige Zeit damit verbringen, die alten Kollegen zu besuchen und auch die Bibliotheken und Museen, und selbstverständlich würde er bei der bevorstehenden Synode im Tempel des Thot die anderen Kheri-Hebu, die Zauberpriester, treffen. Das Problem war die große Hitze.

In Ægypten war der Sommer heiß — sehr heiß in manchen Gegenden, in einigen wenigen sogar schwül. Innu hatte jedoch angeblich ein freundliches Klima, das durch die kühlen Brisen aus dem Norden erträglich wurde. Doch die verdammten Winde bliesen vollkommen verdreht, abwechselnd aus südlicher und westlicher Richtung, und brachten nur Hitze und überhaupt keine Erleichterung. Der Magister hätte sich gegenwärtig gewiß ganz woanders aufgehalten, wären da nicht zwei gute Gründe für seine Anwesenheit in Innu gewesen. Erstens hatte die Einberufung der Synode verhindert, daß er das Königreich verließ, um an einem kühleren Ort Urlaub zu machen. Und zweitens hatte Fürst Harphosh um sein Erscheinen gebeten. Da der Fürst nicht nur ein alter Bekannter, sondern auch Statthalter des Sepat — der Stadt Innu und des umliegenden und zu ihr gehörenden Landes — war, hatte Inhetep beschlossen, seiner Villa sofort den Rücken zu kehren und drei Wochen in Innu zu verbringen, um so beiden Verpflichtungen nachzukommen.

»Ich habe einiges zu tun«, hatte Rachelle zu ihm gesagt, als er das Mädchen von seiner Entscheidung in Kenntnis gesetzt hatte. Mädchen? Nun, Inhetep dachte jedenfalls so über sie, obwohl ihm durchaus nicht verborgen blieb, daß sie eine reife und wunderschöne Frau war. Wunderschön und tödlich, wenn man ihre Ausbildung berücksichtigte. Einst sein Mündel, war sie jetzt Inheteps Leibwache und Gefährtin, eine amazonenhafte Kriegerin, die ihm bei einer ganzen Reihe gefährlicher Privatermittlungen ebenso geholfen hatte wie bei den streng geheimen Regierungsaufträgen, die er von Zeit zu Zeit erledigte. »Warte, bis ich von der Jagd zurück bin, bitte, Setne!«

Daraufhin hatte er gelacht. »Ich fürchte, weder die Synode noch der Statthalter werden das nötige Verständnis aufbringen und ihre Angelegenheiten entsprechend verschieben, teure Rachelle. Du wirst einen Monat bei Lady Mintet und diesem affigen Cousin von ihr, Lakhent, verbringen. Ich fürchte, meine Pläne dulden keinen Aufschub.«

»Das ist nicht gerecht. Lord Lakhent ist Großwildjäger und ein unübertroffener Experte im Bogenschießen!«

»Pah! Du kannst ihn jederzeit schlagen.«

»Vielleicht mit einem Hornbogen, aber Lakhent kennt noch alle möglichen anderen Waffen und wird mir einiges beibringen, während wir ...«

Inhetep war ihr einfach ins Wort gefallen, wobei er vorgegeben hatte, über ihr offensichtliches Gefallen an dem hübschen jungen Adligen und ihr Verlangen, einige Zeit von ihm getrennt zu verbringen, nicht weiter verärgert zu sein. »Aber natürlich, Rachelle. Das ist auch der Hauptgrund, warum ich einverstanden damit war, daß du Lady Mintets Einladung annimmst. Jetzt ist es lediglich so, daß ich ebenfalls einige Zeit fort bin, anstatt hier in der Villa herumzusitzen, während du hinter ... hinter allem herjagst, was dir Spaß macht.«

Das hatte gereicht, und Rachelle war wütend davongestürmt. Er hatte seine Worte ein klein wenig bedauert, in den nächsten Tagen jedoch eine ebensolche kühle Zurückhaltung an den Tag gelegt wie Rachelle, bis sie schließlich zu ihrer Expedition nach Keshu und er flußabwärts nach Innu aufgebrochen war.

Zuerst war es ihm so aufregend vorgekommen wie seine erste längere Abwesenheit von Zuhause. Rachelle begleitete Inhetep seit Jahren, anfänglich als Sklavin, eine junge Göre, die er aus einer Laune heraus gekauft hatte, um sie dem Tempel des Maat zu übergeben und sie zu einer Priesterin ausbilden zu lassen. Später war das Mädchen fast so etwas wie ein Pflegekind für ihn geworden und hatte seinen Haushalt in die Hand genommen — wie später dann sein ganzes Leben. Angesichts ihrer eher oberflächlichen Ausbildung in religiösen Dingen, ihrer jedoch gründlichen Schulung in allen Kampfdisziplinen hatte sich Rachelles allmählicher Wandel zu Inheteps Gefährtin ganz natürlich vollzogen. Von Zeit zu Zeit brauchte der Magister einen guten Schwertkämpfer — oder eine Schwertkämpferin — an seiner Seite. Jetzt war Rachelle die Herrin seiner Villa, seine ständige Begleiterin und auf dem besten Wege, seine Frau zu werden, wie der Zauberpriester es nur hoffen konnte. Nachdem diese Beziehung nun schon ein paar Jahre andauerte, rief die Reise allein nach Innu ein Gefühl der Jungenhaftigkeit in Setne wach.

Inhetep war eine Zeitlang Regierungsagent gewesen und hatte für die Geheimpolizei, die Utchatu, und dort als Mitglied ihres mächtigsten Arms, der Merit-f, gearbeitet. Er war ein hochgestellter Beamter gewesen, der für den Pharao persönlich gearbeitet hatte, bevor er vor ein paar Jahren seinen Abschied genommen hatte, um sich seinen eigenen Angelegenheiten zu widmen. Inhetep entstammte einer sehr alten Familie von Erbprinzen — von höchstem Adel und gewiß sehr wohlhabend — und wäre möglicherweise sehr reich gewesen, hätte er nach einem großen Vermögen getrachtet. Statt dessen bestritt der Magister seinen Lebensunterhalt mit dem Einkommen aus seinem Grundbesitz in Ægypten, einer Rente vom Pharao in Höhe von einem Talent Silber jährlich sowie zusätzlichen Summen aus seiner gegenwärtigen Tätigkeit. Seit seinem ›Abschied‹ hatte Inhetep nicht wenige Fälle übernommen, in denen es um Mord und andere kriminelle Delikte schwersten Kalibers ging. Er hatte bislang jeden Fall gelöst, und dafür wurden ihm regelmäßig riesige Geldsummen angeboten. Er nahm nie sehr viel, sondern sorgte statt dessen dafür, daß die Summen zum Wohle seiner Mitmenschen beitrugen. Alles bis auf ein Zehntel spendete er für verschiedene Wohltätigkeitseinrichtungen, einschließlich jener des Thot, dem Förderer des Lernens. Wie viele Dutzend vielversprechende junge Leute studierten jetzt, weil er soviel Geld gespendet hatte? Selbst Inhetep hatte keine genaue Vorstellung.

Der behäbige Yarber-Kellner tauchte schließlich mit einem weiteren Glas des stark gesüßten Pfefferminztees auf. Einige Leute wunderten sich über eine derart heiße Erfrischung an einem stickigen Sommertag, doch Inhetep wußte, daß ihm das Getränk beim Abkühlen half, indem es seine Poren öffnete. Er legte einen Kupfertek auf das leere Tablett und nippte an dem Tee, während er den Kellner unverwandt anstarrte. »Nun ...?« Das dunkle Gesicht wurde noch dunkler, aber der Yarber zählte die Bronzedinare des Wechselgeldes dennoch nicht weniger langsam ab. »Hier«, sagte Inhetep barsch, während er ein paar Messingmünzen auf das Tablett des Kellners legte, als er schließlich den vierten Dinar erhalten hatte. »Wenn du nächstesmal etwas aufmerksamer bist, bin ich auch großzügiger.« Der Bursche bedachte ihn mit leerem Blick, zuckte die Achseln und schlenderte davon. Inhetep sah, daß sich der Kellner in der Nähe eines Tisches postierte, an dem sich mehrere hübsche junge Frauen drängten. Das war es also! Innus Straßen und Geschäfte waren berühmt für ihre bezaubernden Mädchen. Diese vier waren auffallend und spärlich bekleidet, wie es das letzte Modediktat aus Grezien vorschrieb. Dadurch wurde er noch gereizter, und zum zehntenmal an diesem Tag dachte der Magister an Rachelle.

Es war unnatürlich. Eigentlich hätte er seine Freiheit genießen sollen! Doch was war, wenn Rachelle *ihre* Freiheit genoß? Bei dieser Vorstellung lehnte sich Inhetep gedanklich zurück und prüfte seine Gefühle. Ich bin eifersüchtig auf Lakhent, ärgere mich darüber, daß er Rachelle so offensichtlich den Hof macht, und bin mit Sicherheit neidisch auf alles, was diesen schwächlichen jungen Taugenichts für sie so interessant macht. Da er wußte, daß solche Gefühle zerstörerisch — und für jemanden in seiner Stellung auch gefährlich — waren, schlürfte der Magister seinen Tee und begann behutsam mit dem Korrekturvorgang. Inhetep isolierte jedes Gefühl, umgab es mit einem Gegenargument und verbannte dann beide aus seinen Gedanken.

Ein paar Minuten lang erfreute er sich ganz einfach am Anblick der hübschen jungen Frauen an dem Tisch, um den der nachlässige Yarber-Kellner herumscharwenzelte. Inhetep bewunderte die Kurven, welche von den Gewändern aus dünner Baumwolle und enganliegender Seide halb verborgen, halb enthüllt wurden. Er konnte es dem Burschen nicht verübeln, wenn er ihren Anblick seiner Bedienung vorzog. Konnte er noch zwei derartige Wochen ertragen? Er würde es wohl müssen, da die Synode als solche ungewöhnlich und mit Sicherheit wichtig war.

Es gab nur wenige Kheri-Hebs, die echte Adepten waren. Das waren die Ur-Kheri-Hebs. Die besten von diesen waren als Ur-Kheri-Heb-Tepiu bekannt. Er gehörte zu einer Handvoll meisterlicher Zauberpriester, welche für die Lehren des Thot eintraten. In ganz Ægypten fanden sich unter den Dienern der über hundert aktiv verehrten Gottheiten nicht mehr als sechzig

Ur-Kheri-Heb-Tepiu, welche diese Bezeichnung verdient hatten, etwa die dreifache Anzahl von Ur-Kheri-Hebu und wiederum die dreifache Menge an Kheri-Hebu. Ungeachtet aller politischen Erwägungen war Magister Setne Inhetep von diesen vielleicht der fähigste, was die Herrschaft über Heka-Energie und die Benutzung von Hekau, den Worten der Macht, betraf. Doch trotz dieser herausragenden Stellung war er nicht *konsultiert* worden. Als die Synode beschlossen worden war, hatte man Inhetep von diesem Vorgang ausgeschlossen und ihn lediglich anschließend darüber informiert. Nun, es wurde langsam Zeit, aktiver in das Geschehen einzugreifen. Inhetep beschloß, die zwei noch vor ihm liegenden Wochen zu benutzen, um die anderen Zauberpriester aufzusuchen und herauszufinden, was so wichtig war, daß es eine Versammlung aller Kheri-Hebu erforderlich machte. Er würde den Vorhang wegziehen und von ihnen den tatsächlichen Grund für das Zusammenrufen der mächtigsten Anwender der Priesterkræft und der Dweomerkræft in Pharaos Reich erfahren.

Oberflächlich betrachtet schien die Angelegenheit banal. Der offizielle Zweck der Versammlung lag darin, jene, die jetzt als Mitglied ihrer Bruderschaft neu anerkannt worden waren, mit einem Rang zu belohnen, neue Beamte zu wählen und die Eignung von Lehrlingen in bezug auf ein Studium an einer der zwölf Schulen, die Kheri-Hebu ausbildeten, zu überprüfen. Was konnte der wahre Zweck sein? Die normale Priesterschaft lag sich oft mit der Kheri-Hebu-Gesellschaft in den Haaren, und weltliche Dweomerkræftler waren neidische Rivalen der Zauberpriester. Eine beinahe natürliche Konkurrenz und aller Wahrscheinlichkeit nach kein Grund für eine Versammlung. Nein, irgend etwas war entdeckt worden, das die Gesellschaft bedrohte, vielleicht auch das Reich oder ... Oder was? Inhetep war kein Mensch, der mit müßigen Spekulationen Zeit verschwendete. Eine Stippvisite im Tempel, danach ein Besuch im Hauptquartier der Gesellschaft, um den alten Khaem-uas auszuquetschen, den gegenwärtigen Erzmeister und einzigen anderen Ur-Kheri-Heb-Tepi, dessen Fähigkeiten einem Vergleich mit seinen eigenen standhielten. Den Rest dieses Nachmittags würde er einfach entspannen und mit seiner Besichtigung fortfahren. Innu war eine Stadt, die dieser Aktivitäten durchaus würdig war.

Der kahlköpfige Inhetep schnippte mit den Fingern, wobei er die absichtlich langsame Reaktion des Yarber-Kellners ignorierte. »Hier«, sagte der Zauberpriester, als der Bursche schließlich vor ihm stand. »Nimm das für die Bewirtung jener zauberhaften jungen Damen dort drüben an dem Tisch, die du vielleicht auch schon bemerkt hast.« Der Hauch von Sarkasmus in Inheteps Tonfall war kaum zu überhören, als er eine große Silbermünze auf das Tablett legte. »Sie sollen bekommen, was immer sie bestellen, aber ich wünsche nicht, daß sie erfahren, wer ihre Bestellung bezahlt hat. Laß dir etwas — Unverfängliches einfallen. Und, mein Guter, der Rest ist für dich.« Ohne abzuwarten, was die Frauen bestellten, ob der Yarber die Münze einfach einsteckte oder vorgab, selbst der großzügige Spender zu sein, erhob sich Magister Inhetep und verließ das Café.

Er hatte vermutet, daß die Angelegenheit, in der Fürst Harphosh, *Hatia* von Innu, ihn zu Rate ziehen wollte, ziemliche Zeit und Mühen kosten würde. Doch der Statthalter hatte lediglich Inheteps Rat gewollt. Nach der förmlichen Begrüßung und dem anschließenden Wortwechsel zwischen alten Bekannten zählte Harphosh eine Liste von Kümmernissen auf, die für einen Mann in seiner Stellung typisch waren: Arbeiter- und Besteuerungsprobleme, die Ausweitung und Verbesserung der Bewässerungsanlagen, ein unbedeutender Skandal um eine Unterschlagung und eine Frau, das übliche eben.

»Wie bitte? Kein Schmuggel? Keine falschen Gewichte? Keine Verbrechenswelle?«

Der Statthalter lächelte und zuckte gleichzeitig die Achseln. »Innu sonnt sich in einer Phase ungewöhnlicher Tatenlosigkeit, was diese Dinge anbelangt, Setne. Selbst jetzt, da die Sklaverei als Strafe für die meisten Verbrechen abgeschafft worden ist, hat es keine bemerkenswerte Zunahme der Diebstähle und Betrügereien gegeben. Die Hitze hat uns einige Probleme bereitet — Schlägereien und ein paar Morde —, aber nichts Ungewöhnliches. Der Großteil aller organisierten kriminellen Aktivitäten ist buchstäblich zum Erliegen gekommen, was seltsam genug ist.«

»Vielleicht machen die Gauner Urlaub«, witzelte der Zauberpriester.

»Das könnte sogar stimmen. Ich bin sogar so weit gegangen, den Präfekt und seine Lieutnants in die Zange zu nehmen. Ich hatte den Verdacht, sie könnten ihre Berichte schönen. Ihr wißt ja, ein Absinken der Kriminalität hier läßt Thopu-emen ziemlich gut aussehen, wenn der Pharao den Bericht liest.«

»Er versucht Euch immer noch um Eure Stellung zu bringen, nicht wahr? Ich dachte, nach zwölf Jahren im Amt sei das Sepat praktisch so etwas wie ein Lehen für Euch.«

»Ha! Es sähe dem Palast ganz ähnlich, wenn man dort plötzlich zu der Ansicht gelangte, ein jüngerer und tatkräftigerer Mann als Hatia sei jetzt genau der Richtige, da er genügend Zeit hätte, sich an das Amt des Statthalters zu gewöhnen, nun, da keine Krisen gemeistert werden müssen«, sagte der Fürst verbittert.

Er *wurde* langsam zu alt für das Amt, erkannte Inhetep in diesem Augenblick. Bestenfalls noch ein paar Jahre, dann würde Harphosh in den Ruhestand versetzt werden. Der Bevollmächtigte für Zivilfragen und der Polizeipräfekt kamen als Nachfolger in Frage, aber höchstwahrscheinlich würde irgendein Verwandter des

Pharaos zum neuen Statthalter für das Sepat ernannt werden. »Ihr solltet Thopu dankbar sein — er leistet gute Arbeit für Euch, Statthalter. Außerdem ist es an der Zeit, über ein Leben mit mehr Freizeit nachzudenken. Wollt Ihr nicht irgendwann etwas von Eurem Vermögen ausgeben? Euch entspannen und die Muße genießen?«

»Ihr müßt gerade reden, Setne! Ihr hattet doch beim ersten Anzeichen, Eure Talente könnten auf die Probe gestellt werden, nichts Eiligeres zu tun, als herzukommen.«

»In Innu findet demnächst eine große Synode der Kheri-Hebu statt. Deswegen bin ich hier«, erwiderte Setne, wobei er die Augen ein wenig niederschlug, so daß Harphosh nicht in ihnen lesen konnte.

Der Fürst-Hatia ließ sich nicht so leicht von der Spur abbringen. »In drei Wochen! Ihr hättet zu Hause bleiben und die Muße ›genießen‹ können, doch statt dessen seid Ihr so schnell wie möglich nach Innu gekommen. Das verrät mir eine ganze Menge darüber, was *Ihr* vom Ruhestand haltet, Magister.«

»Also bin ich gerufen worden, um Euch bei Eurem Bemühen zu unterstützen, Statthalter dieses Distrikts zu bleiben?« stichelte Inhetep, der entschlossen war, Harphosh den wahren Grund zu verheimlichen, warum er in die Stadt gekommen war. Rachelles Abwesenheit machte den Aufenthalt in der Villa zu ungemütlich. Daß er sich immer stärker auf sie verließ, war eine Schwäche, die nicht entdeckt, geschweige denn diskutiert werden durfte.

»Unsinn. All das war nur Geplauder, Inhetep. Es gibt jedoch einen Zusammenhang zwischen den Dingen, worüber wir gerade geredet haben, und dem Grund, warum ich Euch gerufen habe.«

»Und der wäre, Harphosh?«

»Was wißt Ihr über das Königreich Khazirien?«

»Kaganate«, murmelte Inhetep verbessernd, ohne es zu bemerken, während er sein Gedächtnis rasch nach

Daten über die Khazirier und Khazirien absuchte. »Hmm ... Eine wilde Horde turischer Nomaden, die nach Westen drängte, schließlich zurückgeschlagen wurde und dann ein kleineres Reich gebildet hat. Das Ganze geschah vielleicht vor etwa neunhundert Jahren. Ihr unbedeutender Geschäftssinn hat sie tatsächlich gerettet, weil das Land wertvoll für gewisse Interessen der einen oder anderen Fraktion der Pangrezischen Konkantonation als auch des Kaiserlichen Russ war.«

»Und jetzt?«

Inhetep war verwirrt. »Ein provinzielles kleines Land an der Nordküste des Mare Ostrum, das die Grenze zwischen Æuropa und Asia markiert, wenngleich es der Kagan trotzdem schafft, Handel zu betreiben und Zölle ...«

»Politisch, Setne!« mahnte der Fürst.

»Dem Westen angeschlossen, was sonst? Allerdings nicht besonders eng. Handelsabkommen mit Russ, Sinope und Slovien — im Osten außerdem mit Hyrkanien. Ich sagte, nicht zu eng an die Æuropäischen Staaten angelehnt, weil der Kagan befürchtet, daß sich sein Land sonst in ein Schlachtfeld verwandelt. Er hat keinen engen Verbündeten. Der Kagan unterstützt Hyrkanien als Faustpfand gegen Turkistan — da er sich mit diesem Land natürlicherweise in einem ständigen Beinahekrieg befindet.«

Harphosh nickte. Er machte einen zufriedenen Eindruck. »Ist Euch in letzter Zeit irgend etwas Interessantes zu Ohren gekommen? Unternehmen ihre Schamanen etwas Feststellbares?«

»In Khazirien? Mit Olmar als Kagan? Wer geht schon dorthin außer einem gierigen Kaufmann oder Händler, und wenn ihre Geistlichen überhaupt für etwas berühmt sind, dann für ihre Unfähigkeit.«

»Ich bin da auf etwas gestoßen, das Euch vielleicht interessiert, Magister«, sagte der Fürst zögernd. »Rein zufällig bin ich über eine Liste aller ausländischen Studenten gestolpert, die an den Universitäten hier in meiner Provinz eingeschrieben sind — dann habe ich beschlossen, alle Listen in ganz Ægypten zu prüfen. Wißt Ihr, was ich entdeckt habe?«

»Nur, wenn Ihr mir gestattet, Eure Gedanken zu lesen.«

»An unseren Universitäten sind sechsunddreißig Khazirier eingeschrieben. Alle studieren irgendeine Form der Heka-Anwendung, hauptsächlich Dweomerkræft und Priesterkræft. Fünf besuchen Hochschulen hier in Innu und On.«

Inhetep spitzte die Ohren. »Seltsam! Wer hätte gedacht, daß diese Barbaren solch einen Hang zu den feineren Aspekten der Magie haben?«

»Offenbar hat Olmar langfristige Pläne, aber ich würde mir keine übermäßig großen Sorgen machen, mein Lieber. Zwölf Jahre Studium, danach weitere acht Jahre Übungen in praktischer Anwendung und persönliche Studien, bevor sich einer von ihnen zu einem bedeutenderen Faktor auf dem Sektor der Magie herausbilden kann — das gilt natürlich auch für die Gebiete der Staatskunst, Diplomatie und Kriegführung.« Der Statthalter schien unbesorgt. »Gegenwärtig steht einer dieser Studenten kurz davor, das Studium hinter sich zu lassen und in ein fortgeschrittenes Stadium einzutreten, Magister.«

»Tatsächlich! Wie das?«

Fürst Harphosh nickte heftig. »Im Zuge Eurer großen Synode, Setne. Es gibt einen Khazirier, der die erforderlichen Kurse an Eurer alten Hochschule, der Universität von Innu, absolviert hat. Ihr selbst werdet dafür stimmen, daß er ein Kheri-Heb wird.«

Der Zauberpriester hielt sich nicht damit auf, Harphosh zu erklären, daß die Tests die Abstimmung zu einer reinen Formsache machten, zur offiziellen Anerkennung eines bereits bewiesenen Status. »Das ist gewiß Grund genug, die ganze Sache einmal genauer unter die

Lupe zu nehmen, Statthalter, aber ich glaube nicht, daß ich etwas entdecken würde, was über das Offensichtliche hinausgeht. Kagan Olmar hat es in aller Stille geschafft, einen Plan in die Tat umzusetzen, um die Macht seines Landes zu stärken. Daß uns das jetzt erst auffällt, ist nur ein Indiz für bislang unentdeckt gebliebene Fähigkeiten des souveränen Herrschers von Khazirien. Ihr müßt das alles der Utchatu melden. Der Geheimdienst wird Olmar in Zukunft stärker im Auge behalten müssen, aber das wird ihm nur recht sein.«

»Warum?«

»Gibt es eine bessere Entschuldigung für höhere Budgets und mehr Agenten?«

Daraufhin kicherten beide. »Seht dennoch, was Ihr erfahren könnt, Setne. Aber es wird besser sein, wenn Ihr es über mich weiterleitet, es sei denn, Ihr wollt Euch wieder der Merit-f anschließen ...«

»Auf gar keinen Fall, Harphosh! Glaubt es oder nicht, aber ich genieße meine Freiheit und Muße.«

»Deshalb zieht Ihr vermutlich auch als unabhängiger Berater über die ganze Ærde.«

»Das ist nur ein Vorwand, zu reisen und fremde Länder und Völker zu studieren, mein lieber Statthalter. Außerdem muß doch jemand ein Auge auf die wahrhaft finsteren Elemente unserer Welt haben.«

Das hatte die Besprechung beendet, Inhetep war an einem Straßentisch vor Ras Streitwagen gelandet und schlug lediglich die Zeit tot. Drei Wochen! Warum hatte er im Schickeriaviertel in der Nähe des Statthalterpalasts Quartier bezogen? Wegen seiner völlig irrigen Annahme darüber, was Harphosh von ihm wollte. Khazirische Studenten, nein wirklich! Der Fürst wurde auf seine alten Tage viel zu mißtrauisch. Die ganze Geschichte war zwar als Indiz für Kagan Olmars Bestrebungen durchaus bemerkenswert, aber es handelte sich ganz eindeutig nicht um irgendeine finstere Verschwörung. Die Studenten waren nicht mit falschen Papieren ins

Land geschmuggelt worden. Nein, sie waren ganz offen in Ægypten, und die Tatsache, daß der khazirischen Gruppe auch Unterschichtsmitglieder angehörten, zeigte einfach nur, daß der Staat ihre Bemühungen förderte. Bei diesen jungen Leuten handelte es sich zweifellos um den Kader, mit dem der Herrscher des östlichen Königreichs hoffte, ein ganzes Korps befähigter Anwender sowohl auf dem Gebiet des priesterlichen als auch des magischen Heka ausbilden zu können. An seiner Stelle hätte Inhetep dies schon vor langer Zeit getan. Ich werde mich jedoch mit dem Kheri-Heb in spe eingehender unterhalten, vermerkte der hochgewachsene Ægypter in Gedanken. Ich bin noch nicht ganz bereit, Ausländer in unseren geheimnisvollsten und mächtigsten Künsten zu unterweisen. Die verdammten Liberalen werden darauf gedrängt haben, und *das* ist auch der Grund, warum ich nicht früher über diese Geschichte unterrichtet worden bin! Sie wollen einen Ausländer zulassen, um damit zu demonstrieren, wie fortschrittlich und modern Ægypten, die Universität von Innu und die Kheri-Heb sind. »Darüber ist das letzte Wort noch nicht gesprochen«, murmelte der Magister laut vor sich hin, während er trotz der immer noch drückenden Hitze rascher dahinschritt.

Er hatte eine Suite im *Goldenen Nylle* bezogen. Wie der Name vermuten ließ, lag die Herberge am Flußufer. Sie war ziemlich feudal und erregte die Aufmerksamkeit jener Auswärtigen, die ein Anliegen an die Verwaltung des Sepat oder sonstwie geschäftlich mit ihr zu tun hatten, da sie nur einen guten Häuserblock von den Dienststellen der Provinzverwaltung und dem Palast des Statthalters, Fürst Harphosh, entfernt lag. Der erste Teil des Namens war ebenfalls angemessen, dergestalt nämlich, daß die Herberge mehr für eine Übernachtung veranschlagte, als viele Männer im Monat verdienten. Dem Magister machte das jedoch nicht so viel aus wie ihre Lage. Er wollte jetzt näher am Universitätsviertel sein, im Brennpunkt von Innus Aktivitäten. Der *Goldene Nylle* war so weit davon entfernt wie jedes andere Gasthaus, das er in der Stadt gefunden hätte, und jetzt hatte er einen langen Spaziergang vor sich. Er hätte eine Sänfte oder gar einen Wagen mieten können, aber diese Art der Beförderung war ihm zuwider, wenn nicht gerade schnelles Reisen geboten war. Statt dessen wandte sich Inhetep zunächst nach Westen, um dann nach Süden abzubiegen. Er kannte ein paar Abkürzungen, und wenn er die schmalen gewundenen und winkligen Straßen und Gäßchen von Innus Altstadt nahm und durch das verfallene Hafengebiet ging, konnte er seinen Fußmarsch um eine Meile verkürzen.

Es war glühendheiß, als sich Inhetep dem Fluß näherte, und während er den Entschluß faßte, am nächsten Morgen in eine zentraler gelegene Herberge umzuziehen, zog er den Kopf ein und betrat eine schmutzige, doch angenehm kühle Taverne. Ein Krug Leichtbier war besser als gar nichts, und seine Kehle war schon wieder ausgedörrt, obwohl er erst vor einer halben Stunde Tee getrunken hatte. Er bestellte sich ein Bier und wollte es gerade hinunterstürzen, um so schnell wieder zu gehen, wie er gekommen war, als sein Blick auf einen Mann unweit von ihm fiel. Nervös machte sich Inhetep so klein und unauffällig wie möglich, um seine Anwesenheit in der Trinkstube zu verbergen.

2

Die Spur eines Attentäters

In den Docks von Innu waren viele Sorten von Menschen beheimatet. Ægypter der rauhen Art herrschten vor, doch Seite an Seite mit ihnen konnte man auch blasse Libbosier, dunkelhäutige Nubier, schlaksige Keshiten, langhaarige Æthiopier, wortkarge Wüstenkrieger aus Meroe und Angehörige aller möglichen anderen Rassen finden. Manche waren Flußschiffer, andere Dockarbeiter, der Rest arbeitete als Begleitsoldaten und Söldner. Die meisten waren unehrlich. Viele waren Diebe, Banditen oder Schlimmeres. Die Größe des Magisters und sein durchdringender Blick reichten gewöhnlich aus, um ihn in die Lage zu versetzen, überall ohne Furcht hingehen zu können. In den wenigen Fällen, wo seine äußere Erscheinung nicht ausgereicht hatte, war die Ærde um ein paar Schurken ärmer geworden, sei es nun infolge des Gebrauchs einer Waffe oder eines Machtwortes. Hier handelte es sich jedoch um einen gänzlich anderen Fall, da Inhetep jemanden entdeckt hatte, der weitaus gefährlicher als ein Wegelagerer oder Straßenrüpel war.

Im hinteren Teil des langgezogenen Schankraums befand sich eine Tür, und aus ihr trat ein Neger, dessen Statur und feingezeichnete Züge ihn als Stammeskrieger der Dahlikil auswiesen. Krieger wie er waren der Hauptgrund dafür, daß das Königreich Axxum nach wie vor von Æthiopien, Ægypten und Adal unabhängig war. In einem Meer von Verehrern der Ægyptischen Gottheiten war Axxum ein Anhänger der babylonischen Götter. Das Land war außerdem ein Zufluchtsort für grausame Stammeskrieger, deren Status sich nach der Anzahl von Menschen richtete, die sie getötet hatten. Inhetep erkannte in diesem Individuum jedoch mehr als einen der wilden Krieger dieses entfernten Landes.

Dieser spezielle Dahlikil hieß Yakeem. Er war der tödlichste Attentäter, der dem Zauberpriester je untergekommen war. Er und Inhetep waren sich zweimal begegnet, und bei einer dieser beiden Konfrontationen war der Magister gerade noch mit dem Leben davongekommen. Inhetep saß im vorderen Teil der Schenke an der Wand, und sobald er Yakeem entdeckt hatte, machte er sich kleiner und verbarg sich im dort herrschenden trüben Halbdunkel. Was mag einen derart hochbezahlten professionellen Mörder der Spitzenklasse in diese schmierige kleine Spelunke führen? fragte sich Inhetep, während er den hochgewachsenen Attentäter beobachtete.

Natürlich starrte er ihn nicht direkt an, denn die wahren Mörder seines Schlages hatten ähnlich wie Setne sowohl magische Vorrichtungen als auch einen sechsten Sinn, um solch eine Beobachtung zu bemerken. Als er Yakeem erkannte, hatte Inhetep sofort weggesehen und die obersten Schichten seines Bewußtseins mit unverfänglichen Gedanken gefüllt. Jetzt betrachtete er den Dahlikil mit den scharfgeschnittenen Zügen nur noch aus den Augenwinkeln. Der Trick lag darin, nur auf Bewegung und Haltung zu achten. Wenn er nur die Füße im Auge behielt, war es durchaus möglich, auch einen Profi wie diesen schwarzhäutigen Mörder nicht auf sich aufmerksam zu machen. Inhetep konzentrierte sich auf das Geräusch von Yakeems Schritten und lauschte seiner Stimme. Er verstand die Worte nicht, doch der Krieger sagte kurz etwas zu einem breitschultrigen Burschen, ging an der Bar entlang und verließ die Taverne. Kaum war der Attentäter zur Tür hinaus, als Inhetep zwei Bronzedinare auf den Holztisch vor sich legte, während er den Mann, mit dem Yakeem im Vorbeigehen geredet hatte, einer raschen Musterung unterzog. Er war ein Skythe oder Meder. Auf diese Entfernung konnte der Magister das nicht mit letzter Gewißheit bestimmen. Und es blieb keine Zeit, näher an ihn heranzugehen oder zu warten, bis er etwas sagte und ihn sein Dialekt verriet. Als sich der Zauberpriester von seinem Stuhl erhob, schwankte er ein wenig, machte eine Schau daraus, die letzten Tropfen aus seinem Tonkrug zu schlürfen, und torkelte zur Tür hinaus. Der breitschultrige Bekannte Yakeems schenkte Inhetep beim Hinausgehen kaum Beachtung. Er hielt ihn wohl für einen angeheiterten Buchhalter oder Kaufmann aus einem der nahegelegenen Lagerhäuser oder Fabriken.

Es dämmerte bereits, und in den schmalen Straßen war es fast dunkel, doch Inhetep brauchte keine Magie, um die Richtung auszumachen, die Yakeem eingeschlagen hatte. In östlicher Richtung verlief die Gasse ziemlich gerade, und in der Zeitspanne zwischen dem Aufbruch des schlaksigen Attentäters und Setnes eigenem konnte der Dahlikil diese Strecke nicht zurückgelegt haben.

Wenn Yakeem nicht in einem der umliegenden schäbigen Gebäude verschwunden war, mußte er sich nach Westen gewandt haben und der korkenzieherförmig gewundenen Straße in Richtung Docks gefolgt sein. Scheinbar ohne sich zu beeilen, wandte sich Inhetep mit langen Schritten in Richtung auf den Fluß zu. Als er vom Eingang der Taverne aus nicht mehr zu sehen war, verfiel er in einen raschen Galopp. Nach etwa einer halben Minute blieb Inhetep stehen und lauschte.

Hinter ihm war kein Laut zu hören, doch direkt vor sich vernahm er ein Stimmengewirr. Vor ihm mußte sich eine Einkaufsstraße befinden, vielleicht sogar ein kleiner Markt. Er mußte eine Entdeckung riskieren, andernfalls würde er den Attentäter in der Menge verlieren. Inhetep griff wiederum mit langen Schritten aus, umrundete eine Biegung und fand sich auf einer breiteren Straße wieder, die auf beiden Seiten mit Wagen und Karren gesäumt war. Wegen der hereinbrechenden Dunkelheit waren hier und da bereits Fackeln entzündet worden. Der Glanz von Hexenlichtkugeln und anderen magischen Beleuchtungsvorrichtungen verstärkte sich mit zunehmender Dunkelheit. Das rötliche Leuchten der Fackeln und der fahle Schein grünlicher und violetter Hexenlichter, die von ortsansässigen Amateuranwendern aktiviert worden waren, machten die Szene zu einer Mischung aus grellbuntem Volksfest und alptraumhaftem Höllenspektakel.

»Mohnwein, Authentes?« fragte ein Levantiner aus einem Hauseingang.

»Kommt zu Amrahets Wagen! Alle meine Amulette und Talismane sind garantiert wirksam. Nie mehr Angst vor dem Stich eines Skorpions oder den Pocken! Amrahet hat Zauber gegen alle Krankheiten!« sang ein Verkäufer, als der Zauberpriester rasch an dem Mann vorbeiging.

Zur Linken sah Inhetep Imbißstände. Fleischspieße und Gemüse wurden über Holzkohle geröstet, Suppen und Eintöpfe brodelten, und ganze Hühner brieten auf Drehspießen. Der Geruch war tatsächlich verlockend, die Düfte vereinigten sich irgendwie, um einem den Mund wäßrig zu machen, und ein Dutzend Stimmen forderten die Passanten zum Essen auf. Von Yakeem war dort nichts zu sehen, also suchte der Magister die Straße ab. Zur Linken noch mehr Hausierer, Geschäfte und Menschen, welche die kühlere Abendluft genossen, nachdem sie während des heißen Nachmittags drinnen eingesperrt gewesen waren, aber von dem Dahlikil war auch dort nichts zu erblicken. Direkt vor Inhetep befand sich eine schmale Gasse, eine Freudenstraße, wie aus den Inschriften und Schildern an den Wänden eindeutig hervorging, welche im Licht der Fackeln und vielfarbigen Hexenlichter deutlich zu erkennen waren. Hier wurde noch mehr Geld ausgegeben. Die magische Beleuchtung war geschickt angelegt, so daß der Wollüstige von den schwülen Purpur-, Rot-, Lila-, Pink- und Orangetönen in das erotische Gäßchen gelockt wurde.

Eine fette Frau zupfte an Inheteps kurzem Ärmel. »Geht nicht an Madam Sefruthas Offenem Lotus vorbei — ein Dutzend willige Mädchen erwarten Euch dort!« Er sah sie nicht einmal an, als er weiter die Gasse entlangging. Weiter vorn hatte Inhetep den Attentäter entdeckt, dessen ebenholzfarbenes Gesicht durch blaue und rote Lichter scheußlich verzerrt wurde, als er etwas zu einem zypriotischen Zuhälter sagte, der ihm in den Weg trat. Der Zypriot war narbengesichtig und muskulös, aber er huschte förmlich davon, als ihm Yakeem seine Antwort entgegenfauchte.

Also war der Dahlikil nicht an Sex interessiert — zumindest nicht an jenen ›Vergnügungen‹, welche der Zypriot anpries. Yakeem ging weiter, und Inhetep folgte ihm im gleichen Tempo, da der Mörder nicht zu argwöhnen schien, daß er verfolgt wurde. Yakeem schob Bettler und Huren, Hausierer und Zuhälter beiseite, während er sich einen Weg durch die Kunden und Gaffer bahnte, durch die es in der Gasse jetzt wie auf einem Marktplatz zuging.

»Kommt in die Römische Arena! Ihr werdet Tierakte sehen, wie Ihr sie Euch niemals hättet träumen lassen! Wir haben alle Arten riesiger ...«, bellte der Kundenfänger lauthals. Doch in der üppigen Geräuschkulisse ging seine Litanei rasch unter.

»Junge Mädchen und Knaben ...«

»Betretet die Seen des Vergnügens, Effendi! Dort werdet Ihr ...«

»Nie wurde Silber besser angelegt als bei Zenobia, denn ich werde ...«

»Direkt vor Euren Augen, eine Vorstellung, wie Ihr sie noch nie erlebt habt ...«

»Nicht mal der Pharao hat solche Frauen wie ...«

Der Zuhälter tat sein Bestes, um neben seinen Huren

auch noch sinnesverstärkende Drogen zu verkaufen. Inhetep bemühte sich, eine Aura der Abscheu und Gewalttätigkeit auszustrahlen, und der Zypriot machte einen Bogen um ihn. Yakeem war jetzt nur noch etwa dreißig Schritte vor ihm, und irgend etwas in seiner Haltung warnte den Zauberpriester, daß er sich unbehaglich zu fühlen schien. Inhetep passierte gerade einen Laden mit geräumigem Hauseingang, also stellte er sich hinein und heuchelte Interesse an dem Sammelsurium obszöner Statuetten, Pornographie und sonderbarer Gerätschaften in der Auslage. Währenddessen behielt er die Menge draußen im Auge. Der Dahlikil blieb plötzlich stehen, drehte sich um und unterzog jedes Individuum hinter sich einer eingehenden Musterung. Der Vorgang dauerte vielleicht eine Minute, aber Inhetep kam er endlos vor. »Wieviel kostet das?« fragte er den knopfäugigen kleinen Besitzer des Ladens.

»Das ist eine ganz seltene Arbeit aus Farz, Herr. Damit stellt Ihr einen außerordentlich wählerischen Geschmack unter Beweis. Normalerweise würde ich mindestens einen *Neb* verlangen, aber die Geschäfte gehen schlecht, also bin ich gezwungen, eine Einbuße hinzunehmen. Für nur drei Silberstücke gehört es Euch — und ich lege sogar noch ein Päckchen Luststaub dazu. Greift schnell zu, da ich wahnsinnig sein muß, solch ein Geschäft anzubieten!«

Wenngleich er im Augenblick nicht nach draußen sah, spürte Inhetep doch Yakeems Blick. Der Mörder suchte jetzt jeden Ort ab, an dem ein möglicher Verfolger lauern konnte. »Pah! Hältst du mich für einen Einfaltspinsel? Für einen Bauerntrampel auf Besuch in der großen Stadt? Du verlangst den dreifachen Wert — und dein billiges Aphrodisiakum kannst du auch behalten! Ich zahle ein Silberstück und keinen Dinar mehr.«

»Ein Silberstück? Jetzt seid Ihr es, der mich für einen Narren hält! Ich muß leben und eine Familie ernähren! Für zwei Silberstücke — es ist eine Schande, aber ich würde es Euch für diesen Preis lassen und mich mit dem Verlust abfinden.«

Ein Neb war eine Münze aus Elektrum, einer Legierung aus Gold und Silber, die viermal mehr wert war als ein Silberstück. Zehn Nebs ergaben einen großen Goldaten, die Sonnenscheibenmünze, die in den Kreisen der Hochfinanz benutzt wurde. Der Preis des Burschen war immer noch viel zu hoch, denn fünfzig Bronzedinare war in etwa das — wenn nicht noch mehr —, was die meisten Männer hier für einen Tag harter Arbeit verdienten, und das billig aufgemachte Buch war allerhöchstens zehn Dinare wert. Mit seinem Vorschlag von einem Silberstück hatte Inhetep absichtlich viel zuviel geboten, um sicherzugehen, daß der kleine Mann weiterhin enthusiastisch feilschen würde. Der Plan funktionierte, da der Attentäter weder den Magister erkannte, noch die Suche nach einem etwaigen Verfolger fortsetzte. Inhetep spürte förmlich, wie sich die forschenden Blicke abwandten. Ein verstohlenes Blinzeln bewies ihm, daß der Mörder weiterging, und zwar immer noch in Richtung Fluß. »Ich habe es mir anders überlegt«, sagte der Zauberpriester. »Nimm diese Münze für deine Bemühungen und sei bedankt.« Der Mann starrte ungläubig auf das silberne Metall, das Inhetep ihm gegeben hatte, während dieser den Laden verließ und sich wieder an die Fersen des Attentäters heftete.

Hinter der nächsten Kreuzung änderte sich die Natur der Gasse. Größere Gebäude und eine Verbreiterung der Straße deuteten darauf hin, daß dieser Abschnitt Lager- und Transportzwecken diente. Hier waren kaum Fußgänger unterwegs, aber die wachsende Dunkelheit und die vielen Nischen machten es Inhetep leicht, dem Attentäter zu folgen, ohne entdeckt zu werden. Yakeem strebte direkt auf das Ufer des Nylle zu und traf auf einem klapprigen Pier mit zwei Männern zusammen. Die drei kletterten eine Leiter hinunter, bestiegen ein Skiff und setzten sich flußabwärts in Bewegung. Es wurde

Zeit zu handeln, denn inmitten der vielen Kähne würde er das Boot in Sekundenschnelle verlieren. Inhetep machte ein Fischerboot aus, das langsam mit der Strömung trieb. Es war einen Bogenschuß entfernt und fast auf gleicher Höhe mit dem Pier. Mit einer geschmeidigen Bewegung zog der Zauberpriester eine kleine geschnitzte Figur aus seiner Tunika, ein fein gezeichnetes Abbild von Hapy, der Gottheit des Nylle, das aus dem Zahn eines Flußpferdbullen gefertigt war. Schnell, doch mit absoluter Genauigkeit, stieß Inhetep ein paar Silben hervor, die für die Ohren jedes normalen Menschen, Ægypter oder Ausländer, in der Tat sehr sonderbar geklungen hätten. Dem Kheri-Heb waren sie jedoch so vertraut wie seine Muttersprache, da es sich bei ihnen um Hekau, magische Worte, handelte.

Er stimmte seine Beschwörung zeitlich so ab, daß er tatsächlich in dem Augenblick vom Pier und auf das tintige Wasser des Flusses zusprang, als ihm die letzten Silben über die Lippen kamen. In Wahrheit war er nicht ganz sicher, was eigentlich geschehen würde. Seine Magie hatte die Kraft des Nylle beschworen und um Hilfe gebeten, das Fischerboot zu erreichen. Würde er sich in ein Flußpferd verwandeln? In ein großes Krokodil? Oder gar in einen pfeilschnellen Flußbarsch? Nichts von alledem geschah. Als seine Füße auf die gekräuselten Wellen des Flusses trafen, sanken sie ein paar Zentimeter ein, blieben jedoch völlig trocken. Dann spürte er, wie er sich ganz langsam aus dem Wasser hob, ein Gefühl, das demjenigen ähneln mochte, das man nach einer Landung auf einem straff gespannten Netz empfand, wenn man in Zeitlupe hochgeworfen wurde.

»Vielen Dank, Herr des Nylle«, hauchte Inhetep, während er begann, über das Wasser zu laufen. Die Fähigkeit, so flink und gewandt über ein flüssiges Medium zu laufen wie eine Wasserspinne, war keine besonders schwierige magische Leistung. Dazu gehörte nicht mehr als die Fähigkeit, preternatürliche Energien zu kontrollieren, und was die Gesetze der Dweomerkræft sonst noch erfordern mochten — vielleicht die Beine eines Wasserläufers, wenn die Verfügungen der Sympathie angerufen wurden. Doch wenn das Gesetz der Antipathie benutzt wurde, um Hekaenergie nutzbar zu machen, mochte es nötig werden, eine Paste aus auf dem Element des Feuers basierenden Substanzen auf Füße, Sandalen oder Stiefel zu schmieren. Dem Zauberpriester standen jedoch weder derartige Materialien zur Verfügung, noch hatte er die Zeit, eine Formel oder einen Spruch vorzubereiten, welcher ihn ansonsten in die Lage versetzt hätte, irgendeines der vielen Gesetze der Magie auf die Situation anzuwenden. Die Wirkung war durch den Talisman Hapys gewährleistet und ermöglichte es Inheteps Hokuspokus, ein Mittel zur Flußüberquerung zu wirken, so daß er das kleine Schilfbündel erreichen konnte, in dem ein Fischer mit seinen Angelschnüren hockte.

»Vergiß das!« schnappte der Magister, als er trockenen Fußes das Boot betrat.

Der Mann erschrak und ließ die Angelschnur fallen, die er gerade einholte, als gehorche er Inheteps Befehl. »Chons schütze mich vor Dämonen!« rief der Fischer, während er verzweifelt versuchte, ein großes Messer aufzuheben, und die das Böse bekämpfende Mondgottheit Chons um Hilfe anrief.

Die Reaktion des Fischers war kaum überraschend, denn auch wenn es neben den Priestern und Magiern noch Tausende kleiner Anwender in Ægypten gab, die alle Arten von Zaubern wirkten, wurde doch kaum einmal jemand aus dem gewöhnlichen Volk persönlich Zeuge derartiger Vorgänge. »Versuch gar nicht erst, diese Klinge zu benutzen«, sagte der Magister in festem, doch freundlichem Tonfall. »Ich bin ein Diener des Thot auf einer Mission für den Pharao. Hier, sieh dir das an.« Mit diesen Worten brachte Inhetep eine geflügelte Sonnenscheibe zum Vorschein, die auf einem Halbmond ruhte. Die Nacht war klar, und Reflexionen der Sterne und die Lichter Innus tanzten auf dem samtigen Wasser des Nylle, so daß der Fischer das Emblem der Eule erkennen konnte, das als Relief auf die Scheibe geprägt war. Er war nicht sicher, was genau das zu bedeuten hatte, aber er kannte die anderen Bestandteile des Abzeichens. »Ihr seid — ein Polizist?« riet er, wobei er das Messer immer noch so hielt, daß es auf den kahlköpfigen Mann zeigte.

»Ja, das kommt der Sache nahe genug. Wer ich bin und was ich tue, bleibt besser ungesagt — das Wissen würde dich in Gefahr bringen! Und jetzt hör mir genau zu. Benutz dein Paddel, um dieses Boot zu steuern, und steure es gut. Du wirst ein Skiff verfolgen, das ein paar hundert Meter vor uns ist.«

»Ich hab das Boot gesehen, Herr«, sagte der Fischer mit wachsender Sicherheit, denn solche Dinge waren relativ normal. »Es ist aus Planken gemacht und wird von zwei Mann gerudert. Selbst wenn ich zwei Paddel hätte und Ihr mir hülfet, könnten wir mit ihnen nicht Schritt halten!«

Inhetep grunzte nur, um sich dann auf das feuchte Schilf im hohen Bug des Bootes zu knien. Er würde Hilfe beschwören und mußte sich auf sein Tun konzentrieren. »Hör zu, Fischer. Als ginge es um dein Leben! In ein paar Sekunden wird diese traurige Sammlung von Schilfbündeln über das Wasser schießen, als würde sie von einem Flußelementar angetrieben. Verstehst du mich? Also konzentriere dich auf das Steuern und vergiß alles andere.«

»Aber ...«

Magister Inhetep wandte sich um und warf dem Mann eine kleine Münze zu. »Vertrau mir, das ist eine Golddrachme. Eine mehr als ausreichende Bezahlung. Entspann dich und halt den Mund. Ich brauche jetzt absolute Ruhe. Sobald wir uns schnell bewegen, gebe ich dir Anweisungen, wie du zu steuern hast, aber auch dann will ich kein Wort von dir hören.« Der Fischer nickte, und Inhetep drehte sich wieder um.

Der Zauberpriester holte wieder die kleine Figur heraus und hielt sie über das Wasser, während er einen leisen Singsang anstimmte, in dem er einen Flußbewohner bat, zu ihm zu kommen. »Flinker Fisch, großes Wesen des Nylle«, sang er. »Geehrt von Ihm, dessen Wasser dich nähren, komm jetzt, um einem anderen zu helfen, der Hapys Freund ist. Sei wie Atu und Ant. Schieb dieses Schilfboot, o Fürst des Flusses, denn dein Herr lenkt sein Hekau durch mich.« Er fuhr fort, und nach einigen Minuten ging das sanfte Schaukeln des Bootes in eine rasche Vorwärtsbewegung über. Einen Augenblick vorher spürte Inhetep noch einen Stoß, als habe irgendein großes schwimmendes Objekt das Heck des Bootes gerammt. Im gleichen Moment hörte er den Fischer aufkeuchen.

Ohne es tatsächlich zu sehen, wußte Inhetep ganz genau, was dafür verantwortlich war. In Gedanken sah der Zauberpriester das Bild eines rotbraunen Fisches, eines Leviathans, vor sich. Obwohl das Wesen Schuppen in der Farbe des Nylle hatte, entsprach seine Gestalt der eines Katzenwelses. Das galt auch für seinen Kopf, wenngleich die Fühler an seinem klaffenden Maul armdicke Tentakel waren und das riesige Maul selbst vor schrecklichen Zähnen starrte. Dies war ein Gigant unter den Fischen des Flusses, ein Wesen, vor dem ein wütender Flußpferdbulle fliehen würde.

Der Fischer zitterte vor Furcht, denn obwohl er nicht das ganze Wesen sehen konnte, mußte er doch den fünf Fuß breiten Kopf erkennen. Diese seltenen Fische waren ein Segen für Ægypten, da sie tiefe Kanäle in das Bett des Nylle gruben, das Wasser von allem Aas und Abfall freihielten und eine unkontrollierte Vermehrung der Nyllebewohner, in erster Linie der riesigen Krokodile, verhinderten, indem sie sich regelmäßig an ihnen gütlich taten. Außerdem waren diese Wesen die erwählten

Diener Hapys. All das war dem kahlköpfigen Priester natürlich bekannt. Inheteps Zauber hatte das Untier aus den Tiefen des Flusses beschworen, so daß es das Schilfboot anschieben konnte. Im Augenblick war kaum Steuerung nötig. Der Fisch schwamm einfach und schob das Boot in der Mitte des Flusses vor sich her. Sie trieben längst nicht mehr dahin, sondern rasten mit der Geschwindigkeit eines galoppierenden Pferdes über das Wasser. Der Bug hob sich aus dem Wasser, das Boot schüttelte sich, und selbst Inhetep befürchtete, es könne unter der Belastung in seine Bestandteile zerfallen.

Dann kam das Skiff in Sicht. Es war immer noch einen Pfeilschuß voraus und hielt jetzt auf das Ostufer zu. Inhetep kam zu dem Schluß, daß sein Ziel nur die Docks von On sein konnten. Die Stadt On war jetzt fast ein Zwilling von Innu, denn zwischen den beiden Städten lag nur wenig Land, und durch die ständige Ausdehnung beider Städte steuerten sie unausweichlich auf ein Zusammenwachsen hin. Doch während das südlicher gelegene Innu eine relativ kosmopolitische Stadt mit nur einem kleinen Slumbezirk und einer gut funktionierenden Verwaltung war, schien das weiter flußabwärts gelegene On das genaue Gegenteil davon zu sein. On unterstand einer anderen Verwaltung, und der Statthalter der Provinz war angeblich der korrupteste in ganz Ægypten. Er war außerdem ein Vetter ersten Grades des Pharaos.

»Nach rechts — steure nach rechts!« rief Inhetep dem Fischer zu. Das Schilfboot schwenkte scharf nach rechts, doch die Richtungsänderung erfolgte zu plötzlich. Der große Fisch, der das Boot vorangetrieben hatte, schwamm weiter flußabwärts und tauchte unter, als sein mächtiger Schwanz des Boot passierte, und sofort verlor es an Fahrt, bis es fast stillstand. Tatsächlich trug sie die Strömung jetzt sogar wieder flußabwärts. »Paddle jetzt, Fischer, und benutz deine ganze Kraft! Halt direkt auf das Ufer zu.«

Der Fischer gehorchte bereitwillig. Wahrscheinlich glaubte er, jeder Mann, der solch einen monströsen Fisch aus den Tiefen des Nylle herbeirufen konnte, mochte auch noch Schlimmeres heraufbeschwören, das den Fischer verschlang, wenn dieser sich als faul erwies. »Welches Dock soll ich ansteuern, Herr?«

Inhetep hatte das Skiff aus den Augen verloren, aber es hatte auf einen hellerleuchteten Fleck am Ufer zugehalten. Rechts war eine Reihe trüb-orangefarbener Flekke zu sehen. Etwa hundert Meter weiter flußabwärts befand sich ein langer, von hellem Fackellicht erleuchteter Kai. Zwischen diesen beiden Anlegestellen machte Inhetep einen mattblauen Schein aus. »Rudere um dein Leben, Mann! Halt auf das blaue Leuchten zu!« Doch auf halbem Weg dorthin erlosch das Leuchten. Inhetep erkannte mit Mühe einen schmalen Pier, der vor Sekunden noch in das bläuliche Licht getaucht gewesen war. Der dunkle Fleck, der sich jetzt auf sie zu bewegte, konnte nur das Skiff sein.

»Paddle weiter, aber langsam. Das andere Boot kommt auf uns zu, und man darf uns nicht als Verfolger erkennen«, zischte der Zauberpriester. Dann glitt er nach unten, so daß er nur noch dann zu sehen sein würde, wenn das Skiff sehr nahe an ihnen vorbeikam. Inhetep lugte über den Bootsrand und beobachtete das Skiff. Er sah nur noch die beiden grob aussehenden Ruderer. Einer lümmelte sich jetzt im Bug, während der andere ruderte. Beiden schien das Schilfboot völlig gleichgültig zu sein, und als das Skiff noch etwa dreißig Meter von ihnen entfernt war, änderte es den Kurs flußaufwärts in Richtung Süden. Fraglos wurde es wieder zurück nach Innu gerudert.

Als er schließlich die verwitterten Sprossen der Pierleiter hinaufkletterte, war dem Magister klar, daß Yakeem mindestens fünf Minuten Vorsprung hatte, und wenn sich dessen Ziel nicht ganz hier in der Nähe befand, würde er im Labyrinth der nachtdunklen Straßen von On unmöglich zu finden sein. Der Fischer hatte bereits wieder abgelegt und sich ein ganzes Stück vom Pier entfernt, als Inhetep das Ende der Leiter erreichte und landeinwärts marschierte. Vor ihm war niemand zu sehen, wenngleich in der unmittelbaren Umgebung mit Sicherheit zahlreiche nächtliche Aktivitäten stattfinden mußten. »Natürlich«, murmelte er im Gehen vor sich hin, »der Dahlikil würde sich genau so ein Fleckchen aussuchen, um die Stadt zu betreten!«

Ein Mann wie Yakeem konnte nur aus einer ganz beschränkten Anzahl von Gründen in On sein, die alle mit dem Tod zu tun hatten. Mit an Sicherheit grenzender Wahrscheinlichkeit war der Attentäter hier, um einen Mordauftrag entweder anzunehmen oder auszuführen. In beiden Fällen würde es sich um ein mächtiges oder reiches Individuum handeln, das den Dahlikil mit einem Mord beauftragte oder von seiner Hand starb. Statthalter Ram-f-amsu und der Hem-Neter-Tepi Matiseth sind wahrscheinliche Kandidaten, dachte Inhetep, als er die breite, parallel zum Fluß verlaufende Straße erreichte. Weder der Provinzherrscher noch der ›Große Seher‹ Sets waren wahrscheinliche Opfer, sondern eher mögliche Auftraggeber eines Mannes wie Yakeem. Auf der anderen Seite kamen in dieser Stadt sehr viele Leute als Opfer eines Anschlags in Frage. Der Hohepriester Ras, ein halbes Dutzend reicher und gewissenloser Kaufleute, ebenso viele Großgrundbesitzer vom gleichen Schlag, der politische Hauptrivale des Statthalters, ein Gildenmeister, der dazu neigte, zu freimütig zu sein, selbst der hiesige Hohepriester des Osiris kam dem Magister in den Sinn. »Zu viele Ziele!« sagte er laut. »Ich muß davon ausgehen, daß der Dahlikil hier ist, um einen Auftrag anzunehmen ...« Welcher der beiden Schurken würde nach dem Attentäter schicken? Ram-f-amsu? Oder der Oberpriester der finsteren, eselsköpfigen Gottheit Set, Matiseth? Höchstwahrscheinlich würde sich der erstere mit Yakeem nicht in seiner eigenen

Stadt treffen, also setzte Inhetep alles auf eine Karte und schlug die Richtung zum Tempel des Set ein. Sein Hem-Neter-Tepi würde gewiß keine Bedenken haben, den Attentäter zu einem Besuch in seiner ureigenen Domäne einzuladen.

In ganz Ægypten gab es außer Per Medjet keinen anderen Ort, der bereit war, einen der Macht des Bösen gewidmeten großen Tempel zu beherbergen, doch Sets Behausung in On war so ausgedehnt, wie es einem derartigen Ort überhaupt möglich war. Inhetep kannte sich in der Stadt gut genug aus, um den Tempelbezirk mühelos zu finden, und danach war es kein Problem herauszufinden, welches religiöse Gebäude das der rotäugigen Gottheit war. Der Tempel selbst war nur von mittlerer Größe, doch zum Gebäude gehörte ein ausgedehntes Grundstück, und der ganze Komplex war von einer massiven Mauer umgeben, die fast doppelt so hoch wie Inhetep groß war. Natürlich gab es einen Haupteingang, der von zwei Türmen flankiert wurde, und irgendwo im hinteren Teil des Grundstücks würde es auch Seiten- und Lieferanteneingänge geben.

Inhetep legte keinen Wert darauf, dem Hohenpriester oder einem von Matiseths Untergebenen seine Anwesenheit zu melden, also entfernte er sich von der Vorderseite des Grundstücks. In einer kleinen verlassenen Seitenstraße zog der Magister einen kurzen, mit Filigranarbeiten aus Silber und Gold verzierten Zauberbaton aus Elfenbein aus den Falten seiner Tunika. Dann stieß er das dicke Ende des Batons nach unten zwischen zwei der Pflastersteine. »Um mir perfekt zu dienen, sei ein Birnbaum«, intonierte Inhetep leise. Als er diese Worte sprach, trat er zurück.

Der Baton schien zu wabern und sich aufzulösen. Dann schoß er plötzlich in die Höhe und gewann an Höhe und Breite, während er ausschlug und die Form eines gewöhnlichen Obstbaumes annahm. Natürlich war seine gegenwärtige Position ungewöhnlich, aber es war höchst unwahrscheinlich, daß der Baum vor Morgengrauen Aufmerksamkeit erregen würde. Inhetep kletterte den Stamm des magischen Baumes hinauf, seine schlaksigen Glieder fanden überall Halt, als besteige ein Jugendlicher den Baum auf der Suche nach einer reifen Frucht. In Sekunden hatte er die Tempelmauer erreicht, und einen Wimpernschlag später stand er auf dem Tempelgrundstück. Sets Diener lehnten es offenbar ab, den Ort zu erleuchten, aber das schwache Licht der Himmelskörper wies Inhetep den Weg zu den Tempelgebäuden. Doch zuvor bückte sich der Zauberpriester noch und tastete auf dem Boden herum. »Komm schon«, flüsterte er zu sich selbst. »Ich weiß, daß hier irgendwo eine ist.« Dann berührten seine Finger die runde Erhebung, die er suchte, und er hob eine schrumpelige Birne auf. Nachdem er sie in den Falten seiner Tunika verstaut hatte, ging der Magister rasch auf das ihm am vielversprechendsten erscheinende der Gebäude zu, die sich um den Tempel drängten wie Mistkäfer um frischen Kameldung.

Durch die Läden des Fensters in jenem düsteren Gebäude drangen ein paar Lichtstrahlen, ein Indiz dafür, daß sich in dem Raum dahinter eine oder mehrere Personen befanden, und Inhetep hatte das Fenster fast erreicht, als sich kräftige Arme um seine Brust schlossen, deren starke Behaarung nicht die darunterliegenden Muskelstränge verbergen konnte. Inhetep spürte den Griff und versuchte sich fallenzulassen, während er gleichzeitig den Mund öffnete, um ein Wort der Macht zu sprechen. Die Affenarme hoben ihn hoch und drückten zu, quetschten alle Luft aus den Lungen des Zauberpriesters. Im gleichen Augenblick umfing ihn eine bodenlose Schwärze.

3

Konfrontationen

Die Gläubigen kommen normalerweise durch den Vordereingang, Magister Inhetep«, sagte der Prälat des Set mit schleppender Stimme.

Der Zauberpriester blinzelte einmal, um sich zu orientieren. Dann sah er Matiseth Chemres gelassen an und witzelte: »Und ehrliche Priester halten sich keine gefährlichen Monster auf ihrem Tempelgrundstück, Großer Seher.«

»In einer Stadt wie On ist das nur vernünftig. Ich glaube, es ist auch nicht üblich für einen Ur-Kheri-Heb — tatsächlich sogar für einen Ur-Kheri-Heb-Tepi des Thot —, in andere Einrichtungen einzubrechen wie ein Dieb in der Nacht.«

Der Hohepriester des Set zwang sich zu einem Lächeln, denn unabhängig davon, was Inhetep auch sagen mochte, Tatsache war, daß er beim Herumschleichen erwischt worden war, als wäre er ein auf Verbrechen erpichter Bandit. »Dann muß ich wohl um Entschuldigung bitten«, sagte der Magister in gemessenem Tonfall, der weder Gefühl noch Reue verriet. »Ich war auf der Suche nach einem gefährlichen Verbrecher, und aus diesem Grund habe ich mir nicht auf die übliche Weise Zutritt verschafft. Ihr könnt mich zu den Gläubigen des Thot zählen — dem Richter von Streitigkeiten zwischen Gottheiten wie Eurer eigenen und Heru beispielsweise.« Matiseths Pferdegesicht verhärtete sich daraufhin, und sein Grinsen verwandelte sich in ein kaum wahrnehmbares Stirnrunzeln. Inhetep hatte mit seinen Worten einen wunden Punkt berührt.

»Alte Geschichten, mein Lieber«, sagte der Mann kalt. »Ich frage mich, was ich mit Euch anfangen soll.«

»Zunächst einmal natürlich diese Handschellen aufschließen«, erwiderte Inhetep.

»Aber, aber, nicht so schnell. Ihr könntet ein Schwindler sein — ein Hochstapler oder, schlimmer noch, ein Attentäter. Man muß nicht besonders geschickt im Umgang mit Hekau sein, um sich mit einer Illusion zu tarnen. Zunächst muß ich zweifelsfrei davon überzeugt sein, daß Ihr tatsächlich der edle Magister Setne Inhetep seid, dann werden wir uns mit Eurem unbefugten Eindringen befassen, und erst danach könnt Ihr, wenn überhaupt, freigelassen werden. Was sagt Ihr jetzt, Ur-Kheri-Heb des Vogelköpfigen?«

»Macht Euch nicht lächerlich, Matiseth! Ihr selbst habt mich doch sofort erkannt, und Ihr habt ausreichend Macht, um jegliche Hochstapelei oder illusionär erzeugte Ähnlichkeit sofort zu durchschauen. Laßt mich augenblicklich frei. Ein Agent des Pharao darf nicht festgehalten werden — aus keinem Grund, schon gar nicht wegen unbefugten Eindringens.«

Das Pferdegesicht des Hem-Neter-Tepi des Set verzog sich wiederum zu einem Grinsen. »Agent? Es ist wohlbekannt, daß der echte Setne Inhetep schon vor Jahren seinen Abschied genommen hat.«

Die Regenerationskräfte des grünäugigen Zauberpriesters hatten ihr Werk beinahe getan und seine Fähigkeiten fast wiederhergestellt. Inhetep war von einem der abgerichteten Affen des Tempels gefangen worden — fleischfressenden Gorillas, die seit Jahrhunderten nach Kriterien der Größe, Kraft, Wildheit und Schlauheit gezüchtet wurden. Das Monster hatte ihm fast die Rippen gebrochen, als es ihn gepackt hatte, und Inheteps kahles Haupt schmückte eine dicke Beule dort, wo ihn die Bestie zu Boden geschleudert hatte, wahrscheinlich auf Matiseth Chemres' Geheiß, als das Monster seine Beute nach drinnen zu seinem Herrn gebracht hatte. Offenbar ging der Hohepriester des Set davon aus, daß Inhetep ausreichend Schaden erlitten hatte, um eine

Zeitlang handlungsunfähig zu sein, sonst wäre Matiseth entweder höflicher gewesen oder hätte einschneidendere Vorsichtsmaßnahmen getroffen. Zwar waren Inheteps Hände und Füße durch magische Ketten gesichert, doch er war weder geknebelt noch anderweitig daran gehindert, selbst Magie anzuwenden. »Tatsächlich?« erwiderte er in spöttischem Tonfall. Und während er Matiseth weiterhin unerschütterlich musterte, erschien auf seiner schlichten Baumwolltunika das Emblem der Agenten Pharaos, der Utchatu: eine zweiköpfige vogelähnliche Gestalt mit ausgestreckten Flügeln. Ein Kopf war der eines Falken mit dem goldenen Auge der Sonne, der andere der einer Eule mit dem silbernen Auge des Mondes.

Der Blick des Hem-Neter-Tepi wurde von dem Emblem wie magisch angezogen, und es war offensichtlich, daß sein plötzliches Erscheinen auf Inheteps Brust ziemlich unerwartet kam. »Nun ... auch dabei könnte es sich um eine List handeln«, erwiderte er verdutzt.

»Und was ist damit?« fragte der Magister, während er ihm die Handschellen und Fußketten gab. »Euer Hausgorilla hat mir übel mitgespielt, ›Großer Seher‹, aber nur oberflächlich — er ist lediglich ein unvernünftiges Vieh, müßt Ihr wissen, und man kann nicht erwarten, daß er weiß, wie man einen Ur-Kheri-Heb wirksam außer Gefecht setzt. Ich schlage vor, daß Ihr demnächst konventionellere Wächter benutzt.«

Matiseth Chemres sprang auf, wobei er die Hände vor sich hielt, als wolle er einen Angriff abwehren oder seinerseits einen Zauber gegen den schlanken Zauberpriester wirken. »Hütet Euch, Magister! Ich bin kein gewöhnlicher Bursche, der mit sich spaßen läßt. Wenn Ihr Heka benutzt, habt Ihr die Folgen zu tragen!«

Inhetep lachte. »Pah! Wie könnt Ihr die bloße Rückgabe Eurer Ausrüstung als Bedrohung auffassen? Doch jetzt muß ich mich verabschieden, da ich heute nacht noch viel zu tun habe.«

»Nicht so eilig, Ur-Kheri-Heb!« In Matiseths Tonfall lag eine gewisse Schärfe. »Als Offizieller dieser Stadt und des Sepats von On behalte ich Euch für ein Polizeiverhör hier.«

»Ach, beendet diese Scharade, Chemres«, konterte der Magister. »Ihr wißt sehr wohl, daß es dafür überhaupt keinen Grund gibt und die Behörden hier überhaupt keine Zuständigkeit haben.«

»Ich kann Euch nicht hindern zu gehen, Inhetep, aber ich kann und werde diese ganze Angelegenheit Fürst Ram-f-amsu berichten. Dann werden wir ja sehen, was geschieht ...«

Es war keine Frage, daß solch ein Bericht den Pharao verärgern und Harphosh in seiner Gunst sinken würde — Inheteps Besuch beim Statthalter von Innu war vor zu kurzer Zeit erfolgt, um als Zufall betrachtet werden zu können. Durchaus möglich, daß der Vorfall mit dem Einzug der Ausweispapiere des Magisters enden würde. Wenn Inhetep jetzt nicht nachgab, konnte der Große Seher Matiseth eine Beschwerde einbringen, deren Gewicht und Auswirkungen beträchtlich sein würden. »Also gut. Dann laßt uns keine Zeit verlieren und Statthalter Ram-f-amsu sogleich einen Besuch abstatten.«

»Ich fürchte, das ist leider unmöglich, Inhetep. Der Fürst hat eine Besprechung mit — mit wichtigen Würdenträgern. Jedenfalls wurde mir das zu verstehen gegeben.«

Wenngleich Inhetep mit keiner Regung erkennen ließ, daß er das kurze Zögern registriert hatte, war ihm der Versprecher nicht entgangen. Matiseth stand dem Hatia von On so nahe, daß er wußte, welchen Geschäften dieser im Moment nachging, und wäre beinahe damit herausgeplatzt, worum es sich dabei handelte. Inheteps müheloses Abschütteln der speziell präparierten Handschellen mußte Matiseth ziemlich erschüttert haben. Setne gab vor, den Schnitzer überhört zu haben. »Welche Rolle spielt das schon? Wenn Seine Exzellenz, Fürst

Ram-f-amsu, ohnehin noch spät in der Nacht arbeitet, wird unser Erscheinen im Palast keine zusätzliche Belastung sein. Ich bestehe darauf, daß wir sofort gehen — oder ich bin es, der ohne Euch bei ihm vorsprechen wird, Chemres.«

Das Gesicht des Hohenpriesters war länger denn je, doch er fügte sich, wenn auch widerwillig. »Eines Tages werdet Ihr zu weit gehen, mein naseweiser Ur-Kheri-Heb, und dann habe ich Euch!«

»Ich dachte, das sei gerade schon geschehen«, entgegnete Inhetep ironisch, während er den karg möblierten Raum verließ. Matiseth schnitt eine Grimasse und folgte ihm. Der Zauberpriester trat in einen kurzen Flur und hielt geradewegs auf die große Doppeltür an seinem Ende zu. Das Portal führte in einen Blumengarten, welcher die ausschließliche Domäne des Prälaten dieses Tempels war. »Ein angenehmes kleines Plätzchen, das Ihr hier habt, Chemres. Ich hoffe, Ihr habt Eure Affen an der Leine ... Es täte mir leid, wenn ich die Landschaft mit Brandflecken und Blutspritzern verschandeln müßte.«

Der Hohepriester des Set wußte nicht genau, was Inhetep einsetzen würde, doch er war ganz sicher, daß der Ur-Kheri-Heb die Macht hatte, seine kaum verhohlene Drohung in die Tat umzusetzen. »Dumal! Urhekt! Bindet die Betu-Huru an. Rasch!« Zwei Priester tauchten aus einem nahegelegenen Säulengang auf, die beide ein goldenes Sistrum schwangen. Kaum erklang das Rasseln der Instrumente, als die Affen auch schon herangewatschelt kamen und Matiseth fauchte: »Da, Inhetep, jetzt seid Ihr sicher. Und nun verschwindet von diesem geweihten Ort. Ihr besudelt ihn!«

»Ich dachte immer, Unrat würde die Reinheit beschmutzen, und nicht umgekehrt«, spöttelte Inhetep, während er mit langen Schritten der geschützten Hintertür entgegenstrebte, welche der persönliche Eingang des Hohenpriesters war.

Zwar war On keinesfalls so wohlhabend wie Innu, und die dicht bevölkerten Slums und schäbigen Häuser ließen alles andere erkennen als einen Anspruch auf Reichtum, doch der Palast des Statthalters war das genaue Gegenteil. Als sich Inhetep und der Hohepriester des eselsköpfigen Set dem Gebäude näherten, wurde es offensichtlich, daß der Hatia von On Pomp und Prunk nicht abgeneigt war. Das gewaltige Bauwerk war förmlich in Licht gebadet, und in seiner Umgebung wimmelte es von Bediensteten, Privatwächtern und Stadtwachen. »Ihr habt gewaltig untertrieben, was Ram-f-amsus Beschäftigtsein angeht«, sagte der Magister zu Matiseth, während er die chaotische Szenerie in sich aufnahm. Im stillen dachte er, daß der persönliche Kontakt des Hohepriesters mit Fürst Ram-f-amsu möglicherweise nicht so schlagend war, wie er nach dem Versprecher des Mannes angenommen hatte. Konnte es sein, daß Matiseth lediglich mit seinen Beziehungen und prominenten Bekanntschaften angab?

»Unser Statthalter hat vor, die Zustände in dieser Provinz zu verbessern — erstaunliche neue Konzepte, wie ich hinzufügen möchte.«

»Tatsächlich«, sagte Inhetep, während er zum Palasteingang schritt. Wachen mit Breitschwertern versperrten ihnen den Weg, ihre langheftigen Waffen wurden vor den beiden Besuchern gekreuzt, um ihnen den Durchgang zu verwehren. Tatsächlich hatten sie allen Grund, argwöhnisch zu sein, denn der Zauberpriester bot nach dem nächtlichen Abenteuer einen eher schäbigen Anblick. Ein Blick auf sein Dienstabzeichen reichte den Soldaten jedoch, um Haltung anzunehmen und ihn passieren zu lassen. Matiseth Chemres wurde nicht angehalten. »Ich sehe, daß man Euch hier so gut kennt wie Ihr die Ambitionen seiner Hoheit«, bemerkte der Magister.

»Ein weiser Mann sucht den Rat klarer Denker und anderer kluger Führer«, plusterte sich der Hem-Neter-

Tepi des Set wichtigtuerisch auf. »Hier. Ich zeige Euch den Weg.« Matiseth ging mit wehendem roten Umhang voran. Während er seinen Widersacher durch den Hauptflur und mehrere Vorzimmer führte, passierten sie weitere Kontrollpunkte. Schließlich erreichten sie einen Salon, in dem vornehm gekleidete Leute herumstanden, doch der Hohepriester achtete nicht auf sie und ging direkt auf einen Raum zu, bei dem es sich nur um das innerste Ratszimmer des Statthalters handeln konnte.

»Was hat das zu bedeuten?« rief Ram-f-amsu aufgebracht, als die Wachen die Türflügel öffneten und Matiseth den Zauberpriester mitten in die private Unterredung des Fürsten führte.

»Der Segen des mächtigen Set sei mit Euch, Fürst Statthalter, und mit allen, die Euch hier ihre Aufwartung machen. Ich habe einen Eindringling erwischt, der von solch hohem Rang ist, daß ich ihm die Forderung nicht abschlagen konnte, vor Euch zu ...«

»Inhetep! Bei allen messeräugigen Teufeln von Restau, ich werde ...«

Während Ram-f-amsu seine Tirade mit hochrotem Kopf abbrach, verbeugte sich der Magister, wobei er die ganze Gesellschaft eingehend musterte. »Vielen Dank, Exzellenz. Sehr schmeichelhaft, von einem Adeligen vom Range eines Ram-f-amsu so rasch erkannt zu werden.«

»Macht Euch nicht lustig über ...«

»Schweigt!« knirschte der Statthalter, womit er Matiseth Chemres bereits zum zweiten Mal mitten im Satz unterbrach. »Ihr seid in einer Angelegenheit unterwegs, die es Euch erlaubt, unangemeldet hier einzudringen, Magister?« In Worten und Tonfall lag eine unverhohlene Drohung.

»Eigentlich nicht. Es war Euer Mitarbeiter, der *Große Seher* Matiseth Chemres, der darauf bestand, direkt hierher zu kommen. Ich verfolge jedoch eine nicht ganz unwichtige Angelegenheit — vielleicht sogar eine Frage von einiger Bedeutung ... Jetzt. Das bleibt abzuwarten.« Während Inhetep sprach, sah er von einem Gesicht zum anderen.

Um den großen Tisch im Raum saß etwa ein Dutzend Männer. Mehrere waren Ægyptische Kaufleute. Der Skrupellose Bankier Nerhat-ab saß zur Linken des Fürsten. Inhetep war nicht ganz sicher, aber bei einem anderen Burschen konnte es sich durchaus um den Meister der nubischen Alchimisten handeln. Die Hände des Mannes waren fleckig, und seine Haut hatte jenen bläßlichen Farbton, der typisch für alle jene war, die sich über einen langen Zeitraum mit gefährlichen Substanzen beschäftigten. »Ich hatte noch nicht das Vergnügen, Euren Gästen vorgestellt zu werden, Fürst Ram-f-amsu.« Der Zauberpriester musterte die anderen Anwesenden ganz offen. Einer war ein hartäugiger Yarber, ein anderer ein juwelenbehängter Levantiner. Auch ein Grieche war anwesend, wenngleich Inhetep nicht mit Sicherheit sagen konnte, ob er aus dem Achæischen Bund oder einem der unabhängigen Staaten wie Lydien oder Zypern kam. Wer jedoch Setnes ganz besondere Aufmerksamkeit erregte, war ein Trio schlitzäugiger Männer, das den anderen gegenübersaß. Waren sie Skythen? Hyrkanier? Oder vielleicht sogar Türken?

»Dieses Vergnügen wird Euch auch weiterhin versagt bleiben, Ur-Kheri-Heb!« spie der Fürst beinahe hervor. »Eindringen, pah! Vergeßt die Geschichte, Matiseth. Die Rechnung kann später beglichen werden.«

»Aber Hoheit, er hat gesagt ...«

»Ich finde diese Geschichte — und Euch, Hohepriester — langsam ermüdend. Magister Inhetep, meine Wachen werden Euch aus dem Palast eskortieren. Wenn Ihr eine offizielle Audienz wünscht, wendet Euch an den Majordomus und laßt Euch einen Termin geben«, ratterte Ram-f-amsu seine kleine Rede herunter, während er gleichzeitig seinen Soldaten ein Zeichen gab.

Dann entschuldigte er sich und führte den Hohenpriester aus der Ratskammer in ein Nebenzimmer. »Entschuldigt uns, aufrechte Bürger und hochverehrte Gäste. Ich muß ein paar Worte mit dem Hem-Neter-Tepi Matiseth wechseln, werde mich Euch jedoch in Kürze wieder anschließen.«

Die beiden Wachen führten ihn bereits weg, als Inhetep die Worte des Statthalters vernahm. Er wandte den Kopf und sah, wie sich die Türen hinter Ram-f-amsu und dem verwirrten Setpriester schlossen. Einer der Soldaten wollte den Arm des Zauberpriesters nehmen, um ihn zur Eile anzutreiben, doch dann sah er die durchdringenden grünen Augen des hakennasigen Magisters und zog die Hand hastig zurück. »Wenn Ihr erlaubt, Geschätzter ... Herr«, murmelte der Mann. »Ich bedaure, aber ich muß Euch hinausbegleiten, wie Seine Exzellenz, der Fürst Statthalter, befohlen hat.« Der Magister machte sich nicht die Mühe, die Wache in bezug auf seine korrekte offizielle Anrede zu korrigieren — es gab derer vier*, und die korrekte Anredeform hing von Inheteps jeweiliger Rolle ab —, sondern nickte nur und setzte sich nach einem letzten Blick auf das Trio aus dem Osten wieder in Bewegung. Tatsächlich ließ sich Inhetep ein wenig mehr Zeit, als er benötigt hätte, denn er war entschlossen, den Statthalter und alle Anwesenden seine relative Stellung im Vergleich zu ihnen vor Augen zu führen, sollte er es vorziehen, seine Privilegien wahrzunehmen. »Ich glaube, wir sehen uns wieder«, sagte der Zauberpriester laut zu all jenen, welche um den Konferenztisch versammelt waren, um ihnen Grund zum Nachdenken zu geben. Dann schritt er aus dem Zimmer und den Flur entlang.

---

* Die vier Anredeformen in der Reihenfolge ihrer Bedeutung:
Repa-Maa, Erbprinz
Ur-Kheri-Heb-Tepi, Großmeisterlicher Zauberpriester
Utchat-Neb, Oberst der Geheimpolizei
Magister

»Da ich schon einmal hier bin, Unteroffizier«, sagte Inhetep zu dem Soldaten, der mit der Aufgabe betraut worden war, ihn unzeremoniell aus dem Palast zu eskortieren, »denke ich, daß ich dem Majordomus einen Besuch abstatten werde, wie Statthalter Ram-f-amsu angeregt hat. Seid bitte so gut und führt mich in seine Arbeitsräume.«

Der junge Soldat zögerte einen Augenblick. Stand dies im Widerspruch zum Befehl des Fürsten? Wahrscheinlich, aber der große Ur-Kheri-Heb war seinerseits eine ziemlich bedeutende Persönlichkeit. Der Unteroffizier kannte Magister Setne Inhetep als Agent der Utchatu des Pharao, der ›Augen‹ des Herrschers. Außerdem war ihm zu Ohren gekommen, daß dieser Zauberpriester ein bedeutender Ekklesiast des Thot und berühmt für seine Leistungen bei der Bekämpfung des Verbrechens und des Bösen war. Und schließlich verrieten Inheteps Manieren und sein ganzes Gehabe, daß er dem Adel angehörte. Der Soldat mochte Ram-f-amsu nicht besonders, und plötzlich schoß ihm der Gedanke durch den Kopf, daß möglicherweise der Statthalter selbst Gegenstand einer Untersuchung des Pharaos war. Besser, den Zorn eines Fürsten als die Ungnade des Pharao zu riskieren. »Selbstverständlich«, sagte der Unteroffizier, nachdem er zu diesem Schluß gelangt war. »Meister Hukefis Arbeitsräume liegen gleich um die Ekke, und ich glaube, er ist gerade anwesend.«

Inheteps letzter Besuch hier lag schon eine Weile zurück, und Hukefi war neu im Amt des Majordomus. Der Statthalter hatte ihn erst vor ein paar Monaten dazu ernannt. Hukefi war klein und dick. Er trug eine Perücke und verbreitete eine Atmosphäre der Hektik, während er seinen Geschäften nachging. »Inhetep ... Magister Setne Inhetep«, murmelte er, während er mit einem plumpen Finger Spalte um Spalte in seinem Terminkalender entlangfuhr. »Ich fürchte, Seine Exzellenz, Statthalter Ram-f-amsu, hat in den nächsten Monaten einen ausgefüllten Terminplan ... Einen *äußerst* ausgefüllten Terminplan! Vielleicht irgendwann gegen Ende des Frühjahrs?« Die Frage war rhetorisch gemeint, denn während Hukefi sie stellte, nahm er eine Feder und tauchte sie in ein Tintenfaß.

»Das reicht, Kerl«, schnauzte Inhetep. »Ihr irrt Euch. Ich habe mehrere freie Zeilen vor dem erwähnten Zeitpunkt gesehen. Ihr werdet mich für einen Termin in Eurem Kalender eintragen, und zwar für morgen oder spätestens übermorgen!«

Die schlaffen Wangen des Majordomus erröteten und bebten als Ausdruck seiner Entrüstung. »Jetzt hört mir gut zu! Was glaubt, Ihr, wen Ihr vor Euch habt? Ich werde Euch erst einen Termin geben, wenn Ihr Euch entschuldigt habt — und zwar mit der nötigen Demut, möchte ich hinzufügen.«

Wenn der Mann ein großzügiges Bestechungsgeld und eine demütige Entschuldigung erwartete, was tatsächlich der Fall war, würde Inhetep ihn enttäuschen. »Schreibt. Zuerst ›Repa-Maa, Utchat-Neb‹, dann ›Ur-Kheri-Heb-Tepi Lord Thots‹ und schließlich ›Het Ser Inhetep-Uas, Magister‹. Schreibt sorgfältig, und legt den Termin auf einen Tag auf morgen oder übermorgen, nicht später als zur sechsten Stunde des Abends.«

Bei den Worten des Zauberpriesters weiteten sich Hukefis Augen vor Entsetzen. »Ihr gehört zum Prinzenhaus von ...«, brachte er mühsam heraus, während er Inheteps Titel auf den Papyrus übertrug. »Ich ... ich ... bitte Euch um Verzeihung, Wahrer Prinz ...«

Der ganze Vorgang gehörte zu den Dingen, die Inhetep verabscheute und zu vermeiden versuchte, doch hier geschah es ebensosehr zum Schutz des Unteroffiziers wie darum, den Gehorsam des übertrieben diensteifrigen Majordomus zu erzwingen. Der Statthalter würde wegen des unmittelbar bevorstehenden Termins mit Inhetep wütend sein. Andererseits konnte er den Termin nicht einfach absagen aus Furcht, dem Magister

Grund für eine offizielle Beschwerde und Vorwand zu einer gründlichen Untersuchung Ram-f-amsus als Statthalter zu geben. Er würde den Termin einhalten, doch sein Zorn würde jene treffen, welche es Inhetep ermöglicht hatten, den Termin zu vereinbaren. Indem er den Majordomus zwang, alle seine Titel niederzuschreiben, gab er ihm und dem jungen Soldaten gleichzeitig eine Entschuldigung in die Hand. Hätte er dem Unteroffizier allein als Agent Pharaos seine Forderungen gestellt, hätte dieser einer Anweisung bezüglich einer Eskorte zum Stabschef des Palasts gehorchen müssen, bevor er Inhetep aus dem Palast führte. »Gebt mir nie wieder Grund zur Klage«, war alles, was der Magister Hukefi zu sagen hatte, während dieser verzweifelt dastand und sich die fetten kleinen Hände rieb. »Und jetzt, Unteroffizier, könnt Ihr Euren Befehl erfüllen und mich nach draußen begleiten.«

Sie waren gerade dabei, das Gebäude zu verlassen, als der leichenblasse Matiseth angerannt kam und keuchte: »Inhetep! Kommt rasch zurück! Ihr müßt helfen!«

»Was gibt es? Wovon redet Ihr, Mann?« entgegnete Inhetep.

»Der ... der Fürst Statthalter«, stammelte Matiseth. »Irgend etwas will Besitz von ihm ergreifen — etwas Teuflisches! Er kämpft verzweifelt dagegen an, und von uns kann niemand etwas dagegen tun!«

Mit dem Hohenpriester und den beiden Soldaten im Schlepptau rannte Inhetep zur Ratskammer zurück. Die Laute, die sie unterwegs hörten, verliehen allen vier Flügel, denn das schreckliche Wehklagen entsprang der Kehle des Statthalters Ram-f-amsu.

4

Versammlung des Todes

Alle anderen Anwesenden im Raum klebten an den Wänden, in den verschiedensten Stadien des Schocks und des Entsetzens erstarrt. Ram-f-amsu stand allein in der Mitte des Zimmers auf einem Tisch, die Arme in die Seiten gestemmt, als wolle er seinem Publikum etwas verkünden. Das Problem war nur, daß der Fürst diese Stellung nicht aus eigenem Antrieb eingenommen hatte. Ram-f-amsu wurde körperlich manipuliert. Sein Kopf schwankte auf unnatürliche Weise hin und her, wodurch der Magister einen Blick auf sein Gesicht erhaschte. Aus Augen, Nase, Mund und Ohren des Statthalters tropfte Blut. Seine Lippen waren in der gräßlichen Parodie eines Lächelns zurückgezogen, die Zähne zusammengebissen, und die Augen traten aus den Höhlen, während aus der Kehle ein tiefes Stöhnen drang. Plötzlich hob sich ein Bein, so daß er wie ein Storch dastand, dann hob er sich auf die Zehenspitzen wie ein Ballettänzer und wirbelte mit ausgebreiteten und steifen Armen herum, als sei er ein Derwisch. Sich immer noch drehend, wurde er einen Augenblick später angehoben, umgedreht und anscheinend abgeschossen wie ein Pfeil von einer Bogensehne, bis sein Kopf mit einem dumpfen Knacken auf dem Boden aufschlug. Danach senkte sich völlige Stille auf die Kammer.

»Mögen uns die Götter behüten!« durchbrach Matiseth das unerträgliche Schweigen. Die anderen Anwesenden murmelten ähnliche Sprüche vor sich hin, während sie sich langsam aus den Klauen des schrecklichen Vorfalls befreiten, dessen Zeuge sie soeben geworden waren.

»Unteroffizier!« orderte Inhetep mit eiserner Stimme. »Schafft alle diese Männer augenblicklich aus dem Zimmer. Bringt sie an einen sicheren Ort — eine Halle oder einen Salon —, und sorgt dafür, daß sie dort bleiben. Laßt niemanden heraus oder mit jemandem von draußen in Verbindung treten. Habt Ihr verstanden?«

»Jawohl, Herr!«

»Postiert zwei Wachen bei ihnen im Raum und mindestens vier weitere vor der Tür. Die nächste Aktion führt Ihr erst dann aus, wenn Ihr absolut davon überzeugt seid, daß sie sicher aufgehoben sind.«

»Und welche Aktion wäre das, Magister?«

»Ihr benachrichtigt natürlich den Präfekt, Mann! Schließlich ist soeben der Statthalter auf ruchlose Weise ermordet worden.« Der Unteroffizier salutierte zackig und nahm dann die Aufgabe in Angriff, die Gäste des toten Statthalters um sich zu scharen und sie höchst unzeremoniell hinauszuführen. »Matiseth, Euch brauche ich noch ein paar Minuten. Seid bitte so nett und bleibt noch hier«, wandte sich Inhetep an den Setpriester.

»Könnte es nicht irgendein Anfall gewesen sein?« winselte der Hohepriester.

»Ihr wollt ein Hem-Neter-Tepi sein? Kommt schon, Matiseth, welche Krankheit hat solche Auswirkungen auf einen Menschen? Natürlich ist Fürst Ram-f-amsu ermordet worden.«

»Ich bin kein Detektiv.«

»Ich schon«, konterte der Zauberpriester. »Und jetzt ist Eile geboten. Welche Auren und Energien könnt Ihr in diesem Zimmer entdecken?«

Der leichenblasse Hohepriester rief jene Dweomer an, die ihn in die Lage versetzen sollten, Inheteps Frage zu beantworten. Währenddessen wob der Ur-Kheri-Heb ebenfalls seine Hekanetze, so daß die Magie aufdecken mochte, welche Kräfte bei diesem Verbrechen am Werk gewesen waren. Inhetep hatte seine anfänglichen Arbeiten beendet und sich zur Untersuchung über die Leiche gebeugt, als Matiseth sich schließlich wieder zu Wort meldete. »Verblüffend! Ich kann nichts Außergewöhnliches feststellen!«

»Was habt Ihr gesehen?«

»Verblassende persönliche Macht, natürlich, und ein paar schwache Eindrücke von der Gesellschaft, die hier versammelt war. Tatsächlich bemerkenswert ist die Tatsache, daß alles fehlt, womit ich insgeheim gerechnet hatte — ich kann weder einen Fluch erkennen noch eine bösartige Sendung oder irgendeine Spur magischer Energien.«

»Ihr habt keine gefunden, nicht einmal solche preternatürlicher Art?«

Der Mann schüttelte den Kopf, seine Miene drückte so viel Verblüffung aus, daß Inhetep ihm selbst dann geglaubt hätte, wenn er Set selbst gewesen wäre. Tatsächlich bestätigte Matiseth jedoch nur, was der Magister selbst schon herausgefunden hatte. »Nicht einmal ein Anflug preternatürlicher Energie, geschweige denn stärkerer Kräfte. Kein übernatürliches Heka und eine völlige Abwesenheit entitärer Kräfte.«

»Ich verstehe. Stehen Euch irgendwelche orakelhafte Hilfsmittel zur Verfügung?«

»Nichts Anspruchsvolles oder Kompliziertes«, antwortete Matiseth. »Bestenfalls kann ich erkennen, ob irgendeine anwesende Elementarkraft über Informationen verfügen könnte — eine Befragung der Neteru bedarf der korrekten Zeremonien und Rituale in meinem Tempel. Was ist mit ... den sterblichen Überresten?«

Natürlich war der Hohepriester hier nicht in der Lage, die Götter anzurufen. Das vermochte selbst Inhetep nicht. Die Bemerkung, die Matiseth in bezug auf Elementarkräfte gemacht hatte, war ebenfalls nachvollziehbar. Mit ausdrucksloser Miene fragte Setne: »Was sagt Euch ›die Samarkand-Lösung‹, Chemres?«

Der Hohepriester hielt weder den Atem an, noch verengten sich seine Augen, noch war sonst irgendein Hinweis auf eine erhöhte Spannung an ihm zu erkennen, als er antwortete: »Nicht das geringste. Sollte es das?«

»Ich weiß nicht.« Inhetep erwog, ihn über ›Wirbelsturm‹ zu befragen, verwarf den Gedanken jedoch. »Was Ram-f-amsu auch getötet haben mag, scheint seine nichtkörperlichen Teile getrennt und verstreut zu haben. Seht selbst!«

Matiseth kam und kniete sich neben die Leiche des Statthalters. Nach einigen Beschwörungsformeln stand der Mann auf und sah dem Magister in die grünen Augen. »Ich konnte nicht einmal seinen Geist zurückrufen!« Dann rieb er sich die Wange. »Aber das ist doch unmöglich. Für eine derartige Zerstreuung sind außerordentliche Kräfte erforderlich!«

»Und keiner von uns beiden kann hier auch nur einen Hauch von Magie entdecken. Sagt mir, Chemres, was ist hier geschehen, nachdem ich fortgeschickt wurde?«

Eine kurze Pause trat ein, als sich der Hohepriester des Set einen Sitzplatz suchte und seine Gedanken sammelte. Der schreckliche Tod hatte ihn stark erschüttert. Matiseth holte tief Luft und fuhr mit der Schilderung der Ereignisse fort, die zwischen seinem Weggang mit dem Statthalter und seinem Hilfeersuchen an Inhetep stattgefunden hatten. »Seine Hoheit war … nun ja … erzürnt, ich glaube, das trifft es am besten. Er hielt es für unklug von mir, Euch zu seiner privaten Besprechung gebracht zu haben.«

»Mir ist nicht entgangen, daß Ram-f-amsu irgendwie verärgert war«, warf Inhetep trocken ein.

»Ja. Nun, jedenfalls nahm er mich beiseite, um mir die Möglichkeit zu geben, den Vorfall zu erklären, ohne jene, die davon nicht betroffen waren, zu … unterbrechen.«

»Ihr seid gemaßregelt worden«, pflichtete der Magister bei, »wahrscheinlich deshalb, weil Ihr in meiner Gegenwart und auch vor den anderen zuviel erzählt habt. Sagt mir, wie lange Ihr von den anderen getrennt wart, und zeigt mir den Raum, in den Ihr gegangen seid, bevor Ihr mir den Rest erzählt.«

Matiseth war immer noch zu erschüttert, um Inheteps Bemerkung zu widersprechen. »Nur ein paar Minuten — drei, höchstens vier. Wir waren in Ram-f-amsus persönlichem Arbeitszimmer«, berichtete Matiseth, während er Inhetep zu der betreffenden Tür führte.

Dahinter befand sich ein kleiner, elegant möblierter Raum. Karten der Stadt, der ganzen Provinz On, Ægyptens und jenes Teils der Ærde, der sich von MittelÆuropa und Afrika bis Mittelasia zog, dekorierten die langen Wände gegenüber vom Schreibtisch. Hinter diesem mit Papieren überladenen Möbelstück standen Regale und Schränke, die offensichtlich für die Aufnahme von Akten, Schriftrollen, Papieren und Büchern bestimmt waren, die Ram-f-amsu gerade bearbeitete oder zur Einsicht benötigte. Abgesehen von seinem eigenen Stuhl gab es noch zwei Besucherstühle. Direkt neben der Tür, in der sie standen, war ein kleiner Schrein in der Wand eingelassen, dessen geschlossene Türen die Gottheit verbargen, die dort verehrt wurde, während sich in der gegenüberliegenden Wand eine weitere Tür befand, die von einem prächtigen Ölgemälde irgendeines italischen Meisters, das Ram-f-amsu zeigte, und einer Büste von Rameses XII. flankiert war. Die hellen Bodenfliesen waren nur teilweise von einer alten, doch unbezahlbaren Brücke aus Farz bedeckt. Darauf stand ein Gestell, auf dem ein Globus der Welt ruhte.

»Der Statthalter scheint übermäßig versessen auf Karten gewesen zu sein«, kommentierte Inhetep, während er damit beschäftigt war, mit dem Fuß die verschrumpelte Hülle irgendeines Insekts beiseite zu schieben, das auf den Fliesen neben dem Schreibtisch lag.

»Man könnte eher sagen, daß Seine Hoheit ein Student sowohl der Politik als auch der Geschichte war«, korrigierte Matiseth geziert.

»Was befindet sich hinter jener Tür?« fragte der Zauberpriester, während er auf den jenseitigen Ausgang deutete und Chemres' Widerspruch kommentarlos durchgehen ließ.

»Sie führt zu Ram-f-amsus persönlichen Gemächern — einem Eßzimmer, seinem Schlafgemach und Ankleideraum sowie dem Bad. Die Suite ist mit einem privaten Flur verbunden, über den man sowohl nach draußen als auch auf den Hauptflur des Palasts gelangt.«

»Ihr seid ziemlich vertraut mit den Räumlichkeiten des Statthalters.«

»Er hat mich oft konsultiert.« Der Setpriester straffte sich und drückte die Brust ein wenig heraus, als er das sagte.

»Zweifellos, Großer Seher, zweifellos. Was ist mit einer Frau? Einem Harem?«

»Er hat sich keinen Harem gehalten. Ram-f-amsu hat sich nur seiner Arbeit gewidmet. Er hatte keine Zeit für frivole Beschäftigungen.«

Inhetep drehte sich um und bedeutete dem Hohenpriester, ihm zu folgen. »Soviel dazu. Jetzt fahrt bitte mit Eurer Schilderung fort.«

Matiseth setzte sich wieder. »Wie ich bereits berichtete, waren wir nur etwa drei oder vier Minuten lang im Arbeitszimmer. Dann schlug der Fürst vor, ich solle gehen, so daß er die Besprechung fortsetzen könne, und ich stimmte zu. Wir sind beide aufgestanden und in das Ratszimmer zurückgegangen, Ram-f-amsu vor mir. In diesem Augenblick muß etwas Seltsames vorgefallen sein.«

»Warum sagt Ihr das?«

»Weil ich die Gesichter der Männer sah, die am Tisch saßen. Sie unterhielten sich, doch als wir aus dem Arbeitszimmer kamen, blickten alle in unsere Richtung. Von einem Augenblick zum anderen verwandelten sich ihre Mienen von nichtssagender Höflichkeit zu sprachlosem Entsetzen.«

Das ist bemerkenswert, dachte der Magister. »Und was geschah mit Ram-f-amsu? Ist Euch in diesem besonderen Augenblick irgend etwas Ungewöhnliches an der Haltung des Statthalters aufgefallen?«

»Es war, als sei er für einen Augenblick wie paralysiert. Dann hob er mit steifem Rücken ein paar Zentimeter vom Boden ab — als levitiere er — und schwebte dergestalt, also ohne Kontakt zum Boden, in das Ratszimmer. Dann fing er an, seltsame Laute auszustoßen. Und sich um sich selbst zu drehen. Ein oder zwei Sekunden lang waren die Drehungen sehr langsam, dann beschleunigten sie sich bis zu einem Punkt, an dem er nur noch verschwommen zu erkennen war. Ich muß zugeben, daß ich froh war, sein Gesicht nicht betrachten zu müssen, obwohl die Schreie mit Zunahme der Rotationsgeschwindigkeit immer lauter wurden.«

»Hat irgend jemand etwas unternommen, um dem armen Mann zu helfen?«

Der Hohepriester nickte. »Ich wirkte sofort einen Zauber zur Abwehr feindlicher Kräfte, dann versuchte ich den Statthalter zu packen, um die Drehbewegung aufzuhalten. Offensichtlich bereitete sie ihm ziemliche Schmerzen.«

»Hat Euch einer von den anderen dabei geholfen?«

»Ich habe nicht darauf geachtet, was die anderen taten. Ich hatte mich ganz auf den Statthalter konzentriert«, gestand Matiseth ein. »Ich versuchte, eine magische Ursache für das zu finden, was von Ram-f-amsu Besitz ergriffen hatte, und zwar auch dann noch, als ich zu ihm eilte, um ihm körperlich zu helfen. Vielleicht empfanden die anderen auch ein gleichermaßen starkes Hilfsbedürfnis, ich weiß es nicht. Als ich den Fürst schließlich zu fassen bekam, trat er mit den Füßen aus — als wolle er mich treffen, den einzigen, der ihm half!«

»Was geschah dann?«

»Ich wurde äußerst schmerzhaft getroffen und davongeschleudert. Ich fiel. Die anderen klammerten sich derweil förmlich an die Wände — aus Angst, ebenso getroffen zu werden wie ich.«

»Und welche Anzeichen von Magie habt Ihr entdekken können, bevor Ihr den Tritt erhieltet — und danach, falls Ihr da noch nach Magie gesucht habt?«

»Mir blieb kaum Zeit, und die Bedingungen waren alles andere als gut, aber ich meine eine verschwommene schwarze Kontur um Ram-f-amsu gesehen zu haben, als ich ihn zu packen und seiner Heimsuchung ein Ende zu bereiten versuchte.« Der Hohepriester hielt inne und wischte sich über das Gesicht, als wolle er lästige Insekten verscheuchen, dann schauderte er. »Das war eine höchst beunruhigende Empfindung, denn die schwarze Aura schien zugleich geistlos und schlau zu sein.« Matiseth schüttelte sich und schluckte. »Natürlich war es mir unmöglich, einen weiteren Kontakt herzustellen. Zu diesem Zeitpunkt nahmen die Qualen des Fürsten bereits ebenso zu wie seine Verrenkungen und die Schnelligkeit der Drehbewegung. Ich war der Ansicht, Ihr könntet vielleicht noch in der Nähe sein, um bei der Rettung des Fürsten zu helfen, also raffte ich mich auf und rannte Euch nach.«

»Weil ich ein Ur-Kheri-Heb bin?«

Matiseth zuckte die Achseln. »Weshalb sonst? Ihr seid nicht nur Priester, sondern auch Zauberer. Ich hoffte, die Tatsache, daß Ihr eine größere Hekavielfalt beherrscht als ich, könnte der Rettung des Statthalters dienen.«

Die Miene des Magisters blieb ausdruckslos, doch sein Verstand raste, während er jedes Wort der Geschichte sorgsam abspeicherte. Später würde Zeit genug für eine sorgfältige Analyse sein. »Zwei weitere Fragen, bevor wir am Ende sind, Hem-Neter-Tepi. Erstens: Kennt Ihr die Personen, die beim Statthalter versammelt waren? Zweitens, und hierbei handelt es sich um eine zweigeteilte Frage: Könnt Ihr mir sagen, warum sie sich getroffen haben? Und warum Ihr nicht ebenfalls dort wart?«

»Ob ich die Personen kenne? Nun, gewiß kenne ich sie! Es handelt sich bei ihnen um die Elite von On! Es war eine Handvoll Männer dort, die ich nicht kenne, aber ...«

»Wenn die Männer des Präfekten kommen, Chemres, nennt ihnen bitte den Namen jedes Mannes, den Ihr gesehen und wiedererkannt habt, und beschreibt ihnen jene, deren Namen Ihr nicht kennt. Ich werde eine Kopie dieser Liste lesen. Die Zeit fliegt dahin, und ich brauche Eure Antwort auf die zweite Frage. Warum waren sie hier? Warum wart Ihr bei der Besprechung nicht zugegen?« drängte Inhetep, während er die Fragen wiederholte.

Wiederum zuckte der Hohepriester die Achseln. »Ich bin zwar oft konsultiert worden — Ram-f-amsu betrachtete mich als Freund und spirituellen Führer —, aber ich war schließlich nicht in jede Angelegenheit eingeweiht, die mit der Verwaltung des Sepat zu tun hatte. Ich kann mich erinnern, daß Seine Hoheit etwas von einer Förderung des Handels durch verbesserte Finanzen und bessere Einrichtungen für Lager, Vertrieb und Verkauf erwähnte. Aber das sind alles nur Spekulationen, da ich den Grund für die Besprechung nicht kenne. Aber es muß dabei um solche und ähnliche Dinge gegangen sein, denn ich glaube, dies ist auch der Grund dafür, warum ich nicht eingeladen wurde. Offen gesagt, so groß das Vermögen meines Tempels und seine Einbindung in die Gemeinde auch sein mögen, befassen wir uns doch mehr mit ... äh ... Agrarfragen und sozialer Arbeit als mit dem Bankwesen und merkantilen Dingen.«

Fünfzehn Minuten waren vergangen, seit der Unteroffizier die Ratskammer geräumt hatte, und bald würde die Polizei eintreffen. Inhetep wollte soviel Zeit wie möglich haben, um die anderen zu befragen, bevor die

Gesetzeshüter der Stadt eintrafen und die Dinge zweifellos komplizierten. »Vielen Dank, Matiseth. Ich weiß Eure Hilfsbereitschaft im Angesicht unserer lange bestehenden Feindschaft zu schätzen. Wenn es nach mir ginge, würde ich Euch gestatten, in Euer Haus zurückzukehren, aber diese Entscheidung steht mir nicht zu. Kommt mit mir, ich werde den Majordomus bitten, Euch ein Privatgemach zur Verfügung zu stellen, in dem Ihr Euch ein wenig entspannen könnt — die Götter wissen, daß Ihr eine kleine Atempause gut gebrauchen könnt nach allem, was Ihr durchgemacht habt. Wenn die Männer des Präfekten eintreffen, werde ich den Majordomus beauftragen, dafür zu sorgen, daß sie zuerst mit Euch reden.«

»Äh ...«, erwiderte Matiseth mit einem Anflug des Argwohns. »Und warum sollte ich zuerst befragt werden?«

»Die Angelegenheit wird wohl die ganze Nacht über dauern, Chemres. Wenn die Untersuchungsbeamten mit Euch fertig sind, werden sie Euch gestatten, in Euren Tempel zurückzukehren, und Ihr werdet nicht bis morgen früh hier festgehalten. Ich versuche mich für Eure Auskunftsbereitschaft zu revanchieren. Wie es aussieht, ist dies die beste Möglichkeit, aber wenn Ihr lieber bleiben wollt ...«

»Nein. Ich weiß das zu schätzen, Inhetep. Kommt. Laßt uns den tüchtigen Hukefi suchen — ich war für seine Ernennung mitverantwortlich. Er wird bereit sein, uns wie gewünscht zu unterstützen.«

Wie der Hohepriester gesagt hatte, war der Majordomus Hukefi geradezu erpicht darauf, zu Diensten zu sein, da er Matiseth seine Stellung schuldete und sich vor Inhetep fürchtete. Er hastete mit dem Hohenpriester des Set davon, um ihn mit dem Komfort eines eigenen Gemachs zu versorgen. Inhetep war sicher, daß sich der dicke kleine Mann als ebenso tüchtig erwies, was das Abfangen der Polizei anbelangte, und diese die Aussage des Hohenpriesters zuerst aufnehmen würde. Seine ›Fürsorge‹ für Chemres diente tatsächlich nur dem Zweck, Setne die Zeit zu verschaffen, die er benötigte, um die übrigen Zeugen zu befragen.

Der junge Unteroffizier hieß Bekin-Tettu. Der Magister suchte ihn auf und erklärte ihm, daß er sich ab jetzt um die Häftlinge kümmern und die alleinige Verantwortung tragen werde, sollte irgend etwas Unerwartetes geschehen. »Ihr habt sehr gute Arbeit geleistet, Unteroffizier. Ich werde den Namen Bekin-Tettu nicht vergessen und zusehen, daß er auch in meinem Bericht Erwähnung findet.«

»Vielen Dank ... Magister Inhetep. Ich ... ich weiß nicht genau, wie ich Euch richtig anreden soll, jetzt, da ich alle die hohen Titel gelesen habe, die Ihr dem Majordomus ...«

»Bitte!« unterbrach Inhetep mit Nachdruck. »Ihr solltet das alles vergessen. Ein schlichtes ›Magister‹ reicht vollkommen aus, vielen Dank. Ich mache mir nichts aus Titeln und bin nur noch ehrenhalber Utchat-Neb, wenngleich ich unter den gegebenen Umständen für eine Weile wieder in den aktiven Dienst eintreten werde, wie es mein Vorrecht ist. Der Mord an einem Statthalter verlangt schließlich die Aufmerksamkeit des Pharaos. Wenn Ihr Eure Männer aus dem Salon geführt habt, in dem die Verdächtigen festgehalten werden, würde ich es begrüßen, wenn Ihr in Erfahrung bringen könntet, ob einem Eurer Männer ungewöhnliches Verhalten aufgefallen ist, während sie die Verdächtigen bewacht haben. Wenn ich mit der Befragung der Gäste fertig bin, werde ich Euch suchen und mir diese Information von Euch holen. Einverstanden?«

»Jawohl, Herr! Ich werde in der Nähe sein, Magister«, sagte der Unteroffizier mit einem Anflug von Stolz.

Der Raum, in dem die Gruppe festgehalten wurde, war groß und mit einem Eßtisch, Stühlen und mehreren Sofas möbliert. Alle vierzehn Gäste des ermordeten

Statthalters warteten dort gezwungenermaßen. Als Inhetep eintrat, versuchten sofort alle auf einmal zu reden und wollten wissen, warum sie festgehalten würden, was los sei, und so weiter. Der hochgewachsene Zauberpriester hob die Hände und bedeutete ihnen zu schweigen. »Bitte, meine Herren!« Seine Worte waren ein Befehl. »Für alle jene, die mich nicht kennen: Ich bin Magister Setne Inhetep. Zur Zeit bin ich als Beamter der Utchatu des Pharaos tätig, also betrachtet das folgende bitte als hochoffizielle Polizeiangelegenheit. Ihr alle seid Zeugen eines Mordes. Es kann kein Zweifel bestehen, daß Seine Hoheit, Statthalter Ram-f-amsu, auf schändlichste Art und Weise ums Leben gebracht worden ist.« Jemand wollte protestieren, doch Inhetep ließ sich auf keine Diskussion ein. »Wartet. Jeder von Euch wird ausreichend Gelegenheit bekommen, sich zu äußern. In gewisser Weise habt Ihr alle Glück. Ich selbst war Zeuge der letzten Sekunden dieser Tragödie. Keiner von Euch wird im Augenblick irgendeines Verbrechens beschuldigt, aber da Ihr alle zugegen wart, seid Ihr Tatzeugen, wenn nicht gar Tatverdächtige. Ihr seid aufgefordert, vollständige Aussagen zu machen. Die offizielle Befragung wird bald beginnen, und was Ihr zu sagen habt, wird von den Leuten des Polizeipräfekten von On aufgenommen werden. In der Zwischenzeit habe ich selbst ein paar Fragen. Einige von Euch kenne ich, andere nicht. Das spielt keine Rolle. Ich verlange, daß jeder von Euch seinen Namen und den Grund seines Hierseins nennt. Um dies so einfach wie möglich zu gestalten, werden wir damit zu meiner Linken beginnen und uns dann durch den Raum arbeiten.« Inhetep zückte eine kleine Feder, die insofern verzaubert war, daß sie einen unerschöpflichen Tintenvorrat besaß — ein unerläßliches Werkzeug für den Magister —, danach sein Notizbuch. Es war ebenfalls magisch, und jedes Wort, das er hineinschrieb, schrumpfte und reihte sich von selbst an das letzte Wort, so daß auf einer kleinen Seite buchstäblich Platz für ein ganzes Buch war. Noch besser, sofern man nicht wußte, wie das schriftlich niedergelegte Material aufgerufen wurde, waren seine Notizen nicht mehr als unleserliche kleine Punkte, die selbst unter einem Vergrößerungsglas kaum zu erkennen waren.

»Fangt an!«

»Magister«, sagte der erste, »ich bin Nerhat-ab, ein Bankier hier in der Stadt. Der Statthalter legte Wert auf meine Anwesenheit, um Zahlungsanweisungen und Kreditbriefe einzuwechseln. Außerdem sollte ich ihm in Finanzierungsfragen beratend zur Seite stehen.«

Der Magister nickte dem nächsten Mann zu, seiner Kleidung nach ein Levantiner. »Ich bin Barogesh, ein phönizischer Investor mit Geschäftsinteressen in On, Antiochia, Trebizond und Serai. Fürst Ram-f-amsu hat meine Dienste aus denselben Gründen in Anspruch genommen wie die des ehrenwerten Nerhat-ab.«

»Lord Pyronos aus Zypern«, stieß der dritte Mann brüsk hervor. Auf Inheteps fortdauerndes Starren fügte der bärtige Mann hinzu: »Ich besitze Landgüter und Schiffe. Eurem Statthalter lag etwas an meinen Verbindungen.«

Vier Männer erhoben sich nacheinander wie auf ein geheimes Zeichen. »Nenef-Kheru, Kaufmann in On und Memphis«, sagte der Fette, der zuerst aufgestanden war, mit der Andeutung eines Lächelns. »Wir sind uns schon begeg ...«

»Ja«, sagte Inhetep schroff. »Eure Begleiter?«

»Emptah-hiash. Thunun-maat. Hatsotef.« Jeder der drei verbeugte sich, als der dicke Ægypter ihre Namen nannte. »Ehrliche Händler und aufrechte Bürger wie ich selbst.«

Die vier waren sich dessen wahrscheinlich nicht bewußt, doch dem Magister war durchaus bekannt, daß sie sich kürzlich zusammengetan hatten, um alle Handelswaren aufzukaufen, Preisabsprachen zu treffen und jeden Wettbewerb auszuschalten. Jene illegalen Manipulationen hingen nicht unbedingt mit dem Mord zusammen, doch das Wissen darum mochte sich im weiteren Verlauf der Untersuchungen noch als nützlich erweisen.

»Eure kollektiven Aktivitäten sind dem Pharao ebensowenig entgangen wie Euer gemeinsamer Leumund«, stellte Inhetep in richterlichem Tonfall fest. »Eure vorbehaltlose Kooperation in dieser Angelegenheit könnte sich in dieser Beziehung durchaus positiv auswirken. Der nächste!«

»Shaik Yasik ibn Okhdar«, rasselte der narbengesichtige Yarber mit finsterem Blick herunter, der Inheteps grünen Augen ohne jedes Zucken begegnete. »Meine Leute kontrollieren Karawanenwege und handeln außerdem viel.«

»Zweifellos mit Waren, die ihnen nicht gehören«, sagte der Zauberpriester kühl. »In welcher Angelegenheit seid Ihr hier?«

»In meiner eigenen!« schnauzte der Nomadenführer zurück. Dann, unter Berücksichtigung der Situation, in der er sich befand, fügte er hinzu: »Ich bin das Oberhaupt der Al-Heshaz und Herr der Stadt Ælana.«

»Sehr lobenswert. Eure Anwesenheit ehrt uns, Lord.« Inhetep verbarg seine Überraschung, denn das erbärmliche Städtchen, welches der Yarber genannt hatte, war der einzige Hafen am östlichen Finger des Mare Rubine, des Roten Meers. Yasik ibn Okhdars Eingeständnis kündete von veränderten Machtverhältnissen, denn zuletzt hatte er gehört, daß die Al-Nabatt die Stadt hielten. »Und Ihr, mein Herr?«

»Vert. Ich bin Entdecker und ein Kartograph von einigem Ruf. Da ich viel reise und viele Handelswege und -verbindungen kenne, wurde ich gebeten, mein Wissen an Statthalter Ram-f-amsu weiterzugeben. Man hat mir eine Bezahlung versprochen. Sein Tod ändert nichts an dieser Abmachung.«

»Wenn eine derartige Abmachung besteht, wird man

ihr auch nachkommen, wenn es an der Zeit ist.« Sein Blick wanderte von dem Æuropäer zu dem dunkelhäutigen Mann, der als nächster an der Reihe war. Seine fleckigen Hände zeigten, daß er mit Chemikalien arbeitete.

»Ich bin Jobo Lasuti, Imprimus der Nubischen Alchimisten und außerdem in gewissen Künsten der Thaumaturgie bewandert. Dessen seid Ihr Euch wohl bewußt, Ur-Kheri-Heb-Tepi, das weiß ich.«

Inhetep neigte unmerklich das Haupt. »Imprimus Lasuti, es ist mir eine Ehre, Euch wieder einmal begrüßen zu dürfen. Aus welchem Grund wart Ihr hier?«

Der Nubier lächelte. »Ihr wißt von unserem Bestreben, die Märkte für die Chemikalien und anderen Materialien auszuweiten, die wir produzieren, Magister. Aufgrund der Isolation unserer Hauptbasen hat sich das in der Vergangenheit als recht schwierig erwiesen.«

»Eure Route würde natürlich über das Meer nach Ælana verlaufen.«

»Das wurde vorgeschlagen«, sagte der nubische Alchimist mit seiner reich akzentuierten Baßstimme.

»Die shemitischen Behörden könnten durchaus Einwände haben, aber vielleicht ist dies unter den gegenwärtigen Umständen eine rein akademische Überlegung«, murmelte Inhetep. Er musterte den elften Anwesenden, einen unauffälligen Ægypter, den er nicht kannte. »Und Ihr?«

»Aufseru, Magister Inhetep. Ich bin nur ein Sekretär des Statthalters«, sagte der Mann mit einer wegwerfenden Handbewegung. »Tatsächlich bin ich jetzt nicht einmal mehr das, vermute ich. Angesichts der neuen Umstände werde ich mir morgen wohl eine neue Arbeit suchen müssen.«

»Höchstwahrscheinlich. Wie lange gehört Ihr schon dem Stab des Statthalters an?«

»Erst ein paar Tage. Darum war ich auch bei dieser Besprechung anwesend — Fürst Ram-f-amsu wollte mich mit seiner Art vertraut machen, Geschäfte abzuwickeln.«

Magister Inhetep wollte gerade auf die letzten drei in der Gruppe der vierzehn Männer zeigen, wandte sich dann jedoch noch einmal an Aufseru. »Ihr habt einen nördlichen Akzent. Rosetta, vielleicht?«

»Genau die andere Richtung, Magister. Ich stamme aus Tanis.«

»Das zeigt nur, welch ungehobelter Bursche ich bin«, erwiderte Inhetep mit einem Lächeln. »Bei Dialekten und Akzenten konnte ich noch nie Ost und West auseinanderhalten. Seid Ihr schon lange hier?«

Bevor der Mann diese Frage beantworten konnte, wurden sie durch die Ankunft eines halben Dutzends Polizisten der städtischen Präfektur unterbrochen. »Ihr seid Utchat-Neb Inhetep?« Der Sprecher war ein ganz gewöhnlich aussehender Bursche mittleren Alters von durchschnittlicher Größe und Gestalt, der wahrscheinlich durch ein Zimmer voller Menschen gehen konnte, ohne daß sich anschließend jemand an ihn erinnerte. Der Magister nickte bestätigend, und der Polizeibeamte lächelte. »Es ist mir ein Vergnügen, Euch kennenzulernen. Ich bin der für diesen Fall zuständige Beamte — Chefinspektor Tuhorus. Ich gehe davon aus, daß wir auf korrekte Weise zusammenarbeiten werden.«

Höflichkeit und ein Lächeln konnten nicht über die wahren Gefühle des Inspektors und die Bedeutung seiner Worte hinwegtäuschen. Inhetep begriff, denn solche Dinge waren nicht selten in Fällen, wo sich die Zuständigkeiten verschiedener Behörden überlappten. »Genauso«, stimmte er zu, ohne damit irgend etwas einzuräumen oder zuzugestehen. »Wir sollten möglichst bald über den Fall beraten — vielleicht nachdem Ihr Eure Arbeit hier beendet und die Aussagen der Anwesenden aufgenommen habt?«

»Vielleicht«, erwiderte Tuhorus unverbindlich. »Wenn Ihr mich jetzt entschuldigen wollt, ich glaube, ich sollte mich an die Arbeit machen. Anscheinend habe ich einige Zeit mit Hem-Neter-Tepi Matiseth verschwendet ...«

»Verschwendet? Ich bin ganz im Gegenteil davon überzeugt, Inspektor, daß der Hohepriester sehr wohl der Schlüssel zu dieser ganzen Affäre sein könnte. Und was die Befragung dieser werten Herren betrifft, schlage ich vor, daß Ihr mit den elfen beginnt, deren Angaben ich bereits bekommen habe. Es stehen ausreichend Räume zur Verfügung. Sobald ich die Möglichkeit hatte, ein paar Informationen von diesen letzten dreien zu bekommen«, sagte der Magister mit fester Stimme, »werde ich sie Euch dorthin schicken, wohin Ihr wollt.«

»Ist das eine offizielle Forderung der Utchatu des Pharao?«

Inhetep schüttelte den Kopf. »Sagen wir lieber, es ist das Ersuchen eines Polizeikollegen.«

»In diesem Fall, Magister, habt Ihr fünf Minuten«, sagte Inspektor Tuhorus. Dann geleitete er die anderen aus dem Raum und ließ den Zauberpriester mit den drei Männern aus dem Osten allein.

»Man begegnet Euch mit wenig Respekt«, krächzte das schnurrbärtige Mitglied des Trios nach dem Abgang des Inspektors. »In meinem Land steht ein Agent des Königs so hoch wie der König selbst.«

»Und welches Königreich ist das?« fragte Inhetep.

»Parthien«, erwiderte der Mann ohne Umschweife. »Der östlichste Bewahrer griechischer Kultur von allen Euren Alliierten.«

Magister Inhetep blieb unbeeindruckt. »Philhellenismus, Allianzen und Belange der internationalen Politik sind nicht mein Metier. Was tun drei Parther hier? Eine Besprechung mit dem Statthalter von On ist kaum eine Staatsangelegenheit.«

»Da befindet Ihr Euch im Irrtum«, konterte der Parther mit seiner krächzenden Stimme. »Fürst Ram-f-amsu hatte äußerst weitreichende Handelspläne, müßt Ihr wissen. Mein Land führt sehr viele Waren ein, und man hat mich gebeten, Ægyptische Konzessionen in Erwägung zu ziehen.«

»Wollt Ihr damit sagen, der Statthalter hat Monopole vorgeschlagen?«

»Ja, genau das.«

Ohne aufzusehen, machte sich Inhetep eine Notiz in seinem Büchlein. »Meine Zeit ist fast abgelaufen, meine Herren, also will ich Euch nicht weiter mit Fragen behelligen. Nennt mir bitte Euren Namen und die Namen Eurer beiden Begleiter.«

»Sacaxes. Das sind meine Lieutenants, Tengri Ataman und Vardin.«

»Vielen Dank, General Sacaxes«, murmelte der Zauberpriester, während er sich erhob. Das Mienenspiel auf den Gesichtern der Parther reichte aus, um Inheteps Verdacht in bezug auf ihren Anführer zu bestätigen, denn der militärische Rang war ein reiner Schuß ins Blaue gewesen, der lediglich auf Inheteps Beobachtungen beruhte.

5

Chefinspektor gegen Magister

Kurz nach Mitternacht suchte Chefinspektor Tuhorus den Magister dort auf, wo er mit Bekin-Tettu wartete. Die beiden unterhielten sich gerade, als der Polizist eintrat. »Ich hoffe, ich störe nicht«, sagte Tuhorus.

»Nein, Inspektor, wir haben Euch schon erwartet.«

»Ich brauche Euch heute nacht nicht mehr, Unteroffizier«, sagte der Polizeibeamte in ziemlich barschem Tonfall zu Bekin-Tettu. »Geht nach draußen und sucht einen meiner Assistenten. Erzählt ihm, wer Ihr seid und was Ihr wißt. Dann kehrt in Euer Quartier zurück. Morgen früh werde ich mir Eure Aussage persönlich anhören.«

Der Soldat entschuldigte sich und ging. Inhetep musterte den Beamten eindringlich. »Ihr macht einen ungewöhnlich schroffen Eindruck, Tuhorus. Was bekümmert Euch?«

»Bekümmert? Der königliche Fürst, der dieses Sepat verwaltet hat, wird in meiner Stadt in seinem eigenen Palast ermordet, und Ihr seid überrascht über meine Gemütsverfassung?« Der Inspektor funkelte Inhetep an. »Doch jetzt stelle ich die Fragen, Magister — oder sollte ich Euch Utchat-Neb nennen ... oder Wahrer Prinz?«

»Dann habt Ihr also den Eintrag im Terminkalender gesehen?«

»Wie ich schon sagte, die Fragen stelle ich — es sei denn, die Dienststelle des Pharaos bearbeitet diesen Fall.« Tuhorus' Tonfall war ebenso hart wie seine Miene.

Inhetep rückte näher an den Polizeibeamten heran. »Wenn es Euch gelingt, diesen Fall rasch zu lösen und jene zu verhaften, die für den Mord an Ram-f-amsu verantwortlich sind, kann ich mir nicht vorstellen, daß die Regierung ihre eigenen Leute schickt, Chefinspektor Tuhorus. Wenn ich jedoch die geringste Notwendigkeit dazu entdecke, werde ich persönlich die Leitung dieses Falls übernehmen und eine Abordnung der Utchatu anfordern«, sagte er in gemessenem Tonfall, während seine grünen Augen in das kantige Gesicht des Polizisten starrten. »Eure Einstellung wird langsam ein wenig ärgerlich, Tuhorus. Selbst die Ausländer hier haben sie bemerkt.«

»Ich mag Euch nicht besonders, Inhetep. Wir *gewöhnlichen* Gesetzesvertreter lehnen auch die Einmischung von seiten der Utchatu ab. Geheimpolizisten und Spione sind nicht besonders beliebt in On — selbst jene nicht, die wir gezwungenermaßen selbst einsetzen. Die Gründe für Euer Hiersein — die Politik des Reiches und seiner Statthalter — sind für die Präfektur nicht weiter von Belang, dessen bin ich mir sicher, aber ...«

»Einen Augenblick, mein lieber Inspektor«, unterbrach der Magister. »Ich bin rein zufällig hier. Gestattet mir, das zu erklären.« Inhetep nahm sich ein paar Minuten Zeit, die Gründe für seine zufällige Anwesenheit im Palast zu skizzieren, als Ram-f-amsu getötet worden war. Er verschwieg in seinem Bericht lediglich den Namen des Attentäters, Yakeem. »Natürlich habe ich die Pflicht, den Mord zu untersuchen, aber was die Utchatu betrifft, kann diese Untersuchung in der Zuständigkeit von Ons Stadtpräfektur bleiben, wenn sie korrekt und wirkungsvoll durchgeführt wird.«

Der Polizist fixierte Inhetep durchdringend. »Würdet Ihr mir das schriftlich geben?«

Setne erwiderte den Blick. Trotz seines barschen Auftretens und seiner unmöglichen Manieren gefiel Chefinspektor Tuhorus dem Magister. Tatsächlich war seine Aufgabe gewaltig, die zu erwartende Belohnung im Erfolgsfall jedoch gleich null. Schließlich wurde von einem erwartet, daß man seine Pflicht tat ... Er nickte dem

Polizisten unmerklich zu und erwiderte unbeschwert und in freundlichem Tonfall: »Laßt einen Eurer Schreiber ein entsprechendes Dokument aufsetzen, dann werde ich es unterschreiben. Aber es *ist* höchst ungewöhnlich. Sagt mir, Tuhorus, was macht all dies erforderlich?«

»Der tote Statthalter, Ram-f-amsu.«

»Hmmm ...«, murmelte Magister Inhetep, während sich seine Gedanken überschlugen. »Dürfte ich vorschlagen, daß wir uns woanders treffen — vielleicht heute nachmittag — und uns eingehender über diese Dinge unterhalten? Ich denke, wir sollten unsere Notizen vergleichen und die sich daraus ergebenden Schlußfolgerungen erörtern.«

»Zum Abendessen«, sagte der Inspektor. »Es dürfte bis zum Vormittag dauern, bis ich hier fertig bin, und ich brauche ein paar Stunden Schlaf. Wo habt Ihr Euch einquartiert?«

»Dann also im *Schilfrohr.* Ich glaube, die Küche ist ganz anständig dort«, erwiderte Inhetep. Tuhorus war einverstanden, und die beiden Männer trennten sich ohne ein weiteres Wort. Der Zauberpriester verließ den Palast, um sich in dem von ihm vorgeschlagenen Gasthaus einzuquartieren, das nicht weit vom Palast von On entfernt war. Inspektor Tuhorus kehrte natürlich zu den Zeugen zurück, um ihre Vernehmung fortzusetzen.

Im *Schilfrohr* fand Inhetep ein nettes Zimmer, schickte jemanden in den *Goldenen Nylle,* um seine Sachen zu holen, und ging zu Bett. Fünf Stunden später erwachte er erfrischt und ausgeruht. Nachdem er gebadet und eine Kleinigkeit gegessen hatte, verließ der Magister das Gasthaus zu einem Geschäftebummel. Ihm blieben noch drei Stunden bis zu seiner abendlichen Verabredung mit dem Inspektor. Inhetep verbrachte diese Zeit damit, seine Einkäufe zu erledigen und noch einmal seine Notizen durchzugehen.

Die Räume, die er bezogen hatte, blickten zur Straße

hinaus. Inhetep hatte sie einzig und allein aus diesem Grund gewählt. Er stand am Fenster und beobachtete, wie Inspektor Tuhorus in einer geschlossenen Kutsche eintraf. Tuhorus befand sich in Begleitung eines anderen Mannes. Als Inhetep nach unten ging, um den Chefinspektor zu begrüßen, war dieser allein. »Habt Ihr ein wenig Ruhe gefunden?« fragte der Magister höflich.

»Es reicht. Das geht auf Eure Rechnung, Utchat-Neb — dieser Laden ist zu teuer für jemanden, der seinen Lohn von der Präfektur bezieht.«

»Ich habe das Treffen vorgeschlagen«, stimmte Inhetep zu. »Ein Tisch für zwei?«

»Falls Ihr nicht noch jemanden erwartet.«

Ein absolut korrekter Ober wies ihnen einen Tisch zu, und einen Augenblick später tauchte ein Mann auf, der sich nach ihren Wünschen erkundigte. Tuhorus bestellte Wein, Inhetep dagegen sein übliches Getränk: ein großes Glas stark gesüßten Pfefferminztee. Nach einem kurzen Höflichkeitsaustausch fragte der Zauberpriester: »Habt Ihr eine Theorie in bezug auf den Mord an Ramf-amsu?«

»Vielleicht, aber ich will erst Eure eigene hören.«

Inhetep ließ sich von der Grobheit des Mannes nicht in Wut bringen. »Wie könnte ich eine halbwegs vernünftige Theorie zum Tode des Statthalters haben? Ihr wißt, daß keine Magie mitgespielt hat, und ich hatte keine Zeit, mehr herauszufinden als die Namen der Zeugen des Vorfalls. Nach allem, was ich an dieser Stelle weiß, könnte die Tat auch ein Werk der Götter gewesen sein.«

Inspektor Tuhorus starrte ihn an. »Ihr könnt mir glauben, Inhetep, das könnte nicht so weit vom Abschlußbericht entfernt sein, dem wir dem Präfekt vorlegen werden. Sechzehn Zeugen dieses Todesfalls, und alle geben sich gegenseitig perfekte Alibis — und die Tatsache, daß Ihr ein Agent des Pharaos seid, besiegelt die Angelegenheit, Magister! Zwischen Euch und Hem-Neter-Tepi Matiseth gibt es keine losen Enden.«

Der Zauberpriester schüttelte den Kopf. »Das paßt nicht zu den Fakten, Inspektor Tuhorus. Der Hohepriester Matiseth Chemres hat bestätigt, daß weder aurale Spuren vorhanden waren, die auf eine entitäre Präsenz schließen lassen würden, noch irgendwelche anderen magischen Rückstände dieser Art Heka.«

»Also gut, dann waren es unbekannte Personen oder Mächte.«

»Ich glaube nicht.«

»Glaubt, was Ihr wollt, Inhetep. Welche Beweise gibt es? Habt Ihr irgend etwas in der Hand, das einen anderen Bericht rechtfertigen würde?«

»Habt Ihr eine *vollständige* Schilderung von Matiseth bekommen?« fragte Inhetep scharf. »Er und ich sind die Mordszene noch einmal durchgegangen, und Chemres hatte mindestens einen interessanten Eindruck zu berichten.« Der Magister wartete nicht auf eine Antwort, sondern setzte nach, um den Polizisten zu einer positiveren und aggressiveren Sichtweise zu bewegen. »Es handelt sich um einen schwierigen Fall, das läßt sich nicht leugnen. Wir haben es mit irgendeinem Genius zu tun — wer sonst könnte solch ein Verbrechen vor einem ganzen Haufen prominenter Zeugen ausführen und Euch vor ein Rätsel stellen? Aber es muß Fingerzeige geben. Der Hohepriester des Set hat etwas gesehen. *Dem* muß man nachgehen.«

»Und Ihr, Magister? Ihr verfügt über Informationen, die Ihr für Euch behaltet. Dessen bin ich mir sicher. Ich glaube, Ihr wollt den Ruhm, diesen Fall gelöst zu haben, für Euch selbst verbuchen. Das ist der Grund, warum Ihr herauszufinden versucht, was ich weiß.«

Wie jeder gehobene Kriminelle wußten auch gute Polizisten, wann sie magisch beobachtet oder ausspioniert wurden. Inhetep nahm Abstand davon, mit irgendeinem Zauber in die Gedanken des Mannes einzudringen, und benutzte nicht einmal seinen angeborenen ›sechsten Sinn‹. Statt dessen betrachtete er Tuhorus' Wissen im Lichte dessen, was Matiseth Chemres ihm erzählt haben würde. »Ihr spielt gewiß darauf an, daß ich den Hohenpriester gefragt habe, ob er weiß, was die ›Samarkand-Lösung‹ zu bedeuten hat.«

Der hausbacken wirkende Inspektor hob eine Augenbraue. »Und ...?«

»Und nichts. Er weiß nichts darüber, noch habe ich irgendeine Idee, was damit gemeint ist.«

»Was ist mit ›Wirbelsturm‹, Utchat-Neb, ›Wirbelsturm‹! Verhält es sich damit nicht ganz anders?«

Inhetep versteifte sich unwillkürlich. »Das Wort haftete Ram-f-amsus Leiche als schwache Gedankenimpression an — aber ich habe es Matiseth gegenüber nicht erwähnt.«

»Nein. Auch nicht mir gegenüber, Inhetep!« Tuhorus funkelte den Zauberpriester an. »Es ist nur zufällig so, daß wir Schmalspurschnüffler ebenfalls über Möglichkeiten der Entdeckung verfügen. Der Saa Scarab, den wir benutzen, ist weiter entwickelt, als irgend jemand vermutet. Dieselben Gedankenreste, die Ihr mit Eurem Heka gefunden habt, wurden auch vom Saa Scarab aufgespürt. Ihr hättet Euren Fund jedoch ruhig etwas früher erwähnen können. Daß Ihr es nicht getan habt, läßt nur einen Schluß zu.«

»Ihr habt recht, aber Ihr zieht die falsche Schlußfolgerung, Inspektor Tuhorus. Ja, ich habe dieses Wort nicht erwähnt, aber das tat ich, weil ich ihm zu diesem Zeitpunkt noch keine Bedeutung beigemessen habe. Wenn ›Wirbelsturm‹ eine Bedeutung für mich gehabt hätte — und zwar nicht als letzter Eindruck eines Sterbenden bezüglich dessen, was mit ihm geschah —, hätte ich Euch diese Information mitgeteilt.« Inhetep log nicht direkt, sondern ließ nur seine Vorbehalte hinsichtlich jener Personen aus On aus, welche den Fall untersuchten. Es mochte ein geheimes Einvernehmen zwischen Mörder und Polizei geben ... »Hier drinnen werdet Ihr ›die Samarkand-Lösung‹ erwähnt finden«, fuhr er fort, während er ein Bündel Papyrus über den Tisch schob. »Das ist mein Bericht. Eine Kopie habe ich natürlich an meine Dienststelle geschickt, und eine habe ich behalten, aber die dritte ist für Euch und die Präfektur.«

»Vielleicht habe ich Euch falsch beurteilt, Magister«, räumte der stämmige Polizist widerwillig ein. »Ihr erfahrt Näheres, wenn ich das hier gelesen habe«, fuhr Tuhorus fort, während er die Papiere in seine Tunika schob. »Habt Ihr dem noch etwas hinzuzufügen?«

Inhetep schüttelte den Kopf. »Kommt schon, Tuhorus! Dies ist eine äußerst weitverzweigte Angelegenheit, was Ihr so gut wißt wie ich. Die Verästelungen könnten durchaus bis in die höchsten Spitzen reichen.«

»Ich hasse Wortspiele«, sagte Tuhorus todernst, »aber ich muß Euch beipflichten. Die Versammlung im Palast des Statthalters war, gelinde gesagt, ungewöhnlich.«

Setne konnte sich ein Grinsen nicht verkneifen. Er fand sowohl an der Tatsache Gefallen, daß Tuhorus sein Wortspiel mitbekommen hatte, als auch daran, daß es ihn aufgebracht hatte. Der Bursche wurde ihm immer sympathischer! »Was haltet Ihr also davon?« fragte er weiter, um den Mann zum Reden zu bewegen. »Haben wir es mit einem einzelnen Mörder oder einer Verschwörung zu tun, Tuhorus?«

Die Miene des Inspektors verhärtete sich, als er den Ur-Kheri-Heb ansah. »Ihr mögt aufrichtiger sein, als ich dachte, Magister oder Utchat-Neb oder wie Ihr genannt werden mögt. Aber das heißt nicht, daß ich gern mit Euch zusammenarbeite — wenn Ihr es so nennen wollt. Wann immer Ihr Lust habt, bei der Untersuchungsabteilung der Präfektur vorbeizuschauen, wird ein Dossier für Euch bereitliegen — lest es und zieht daraus Eure Schlußfolgerungen. Alles streng nach den Dienstvorschriften. Aber ich lege keinen Wert darauf, in der Zwischenzeit für Euch oder irgend jemand anderen Spekulationen anzustellen. Und vielen Dank für das Abendessen. Wir sehen uns, Inhetep.«

Tatsächlich lächelte der Zauberpriester ziemlich breit, als sich der Inspektor erhob und davonstapfte. Hier war zumindest ein engagierter Polizist am Werk. Tuhorus' Mißtrauen ihm gegenüber war immer noch da, das wußte Inhetep, doch es war ein ehrliches Mißtrauen beruflicher Art. Inspektor Tuhorus hatte gewiß nicht vor, die Angelegenheit zu vertuschen, noch war er tatsächlich zu dem Schluß gelangt, daß der Mord nicht aufzuklären war. Ich frage mich, spekulierte Inhetep, ob er argwöhnt, daß das Pharaonenhaus in den Mord verwikkelt ist. Wenn ja, welchen Grund könnte dieser Bluthund für eine derartige Vermutung haben?

Nachdem er die ziemlich gesalzene Rechnung beglichen hatte, verließ Magister Inhetep den Speisesaal des *Schilfrohrs* und schlenderte nach draußen, um einen Verdauungsspaziergang zu machen. Es gelang ihm ziemlich rasch, seinen Verfolger auszumachen, doch der Zauberpriester setzte seinen Spaziergang gelassen fort, scheinbar völlig ahnungslos, daß er beschattet wurde. Etwa drei Straßen von dem feudalen Gasthaus entfernt bog Setne in eine schmale Gasse und kletterte auf die Dächer der dortigen Häuser, um einen Block entfernt wieder auf der Straße zu landen. Während er zahlreiche weitere Abzweigungen nahm und durch schmale Gänge zwischen Häusern und mehrere Geschäfte ging, vergewisserte sich Inhetep, daß ihn der Polizist, der zu seiner Beschattung abgestellt worden war, verloren hatte. Er wollte einen Blick auf gewisse Dinge werfen und hatte nicht die Absicht, dem Inspektor zu verraten, was für ihn von Interesse war.

Yakeems Anwesenheit in der Stadt und seine mögliche Verbindung zu dem Mord gaben Inhetep Rätsel auf. Hem-Neter-Tepi Matiseth Chemres, der Diener des schändlichen Set, mußte der Schlüssel sein. Für Inhetep war es offensichtlich, daß seine Anwesenheit auf dem

Tempelgelände den Hohenpriester aus der Fassung gebracht hatte. Das mußte mit Yakeem und irgendeinem üblen Plan zu tun haben, mit dem sich sowohl Ram-famsu als auch Matiseth befaßten. Der Hohepriester hatte sich in dieser Beziehung beinahe verplappert, als er Inhetep auf so närrische Art und Weise vor den Statthalter schleifte. Ein längeres Gespräch mit Chemres war in Ordnung, da der Hohepriester sehr wahrscheinlich über wichtige Informationen verfügte. Der Magister war ziemlich sicher, daß es in dieser Angelegenheit um mehr als um einen mysteriösen Mord ging. Wenn er herausbekam, was eigentlich vorging, würde er den Mord zwangsläufig aufklären.

Es war eine Sache von wenigen Augenblicken, ein abgelegenes Plätzchen zu finden und sein Aussehen mittels Dweomerkræft zu ändern. Immer noch groß, doch in der Gestalt eines Mestizen-Matrosen, kehrte Inhetep zum Tempel des Set zurück. Eine kleine Gruppe Andächtiger schritt gerade durch das Tor, also schloß sich ihnen der Magister an, als sei er ebenfalls gekommen, um an dem Ritual teilzunehmen, das zur sechsten Abendstunde stattfand. Einmal im Hauptgebäude, blieb Inhetep jedoch zurück, und während die anderen in Richtung Altar gingen, glitt er in einen Gang, der zum Flügel mit den Priesterquartieren führte.

Der Hohepriester würde die Mitternachtszeremonie leiten müssen, so daß dieser einige Zeit damit beschäftigt sein würde, seine Meßgewänder anzulegen und die Messe zu zelebrieren. Magister Inhetep hatte die Absicht, die Gelegenheit zu nutzen, um die persönlichen Gemächer des Hohenpriesters einer Untersuchung zu unterziehen, während dieser von seinen Pflichten gegenüber der düsteren Gottheit Set in Anspruch genommen wurde. Er kannte sich im Tempelkomplex zwar nicht besonders gut aus, aber die meisten religiösen Gebäude folgten einem bestimmten Schema, und so brauchte Inhetep nicht lange, um jene Räumlichkeiten hinter sich zu lassen, in denen sich die Priester und Unterpriester auf die Messe vorbereiteten, und vor der verschlossenen Tür zu den Privatgemächern des Hohepriesters zu landen. »Du gehst kein Risiko ein, oder, Chemres?« murmelte er vor sich hin, während er behutsam die Heka-Sicherungen, Alarmzauber und magischen Fallen neutralisierte, welche Tür und Schloß schützten.

Alles, was einigermaßen wertvoll war, würde sorgfältig verborgen sein, also hielt sich Inhetep nicht mit einer Durchsuchung der vier Zimmer auf, die zu Matiseths Gemächern gehörten. Statt dessen nahm er sich die Zeit, die Räumlichkeiten mit einer abgestuften Entdekkungsformel zu belegen, die auf dem Gesetz der Antipathie beruhte. Einem Sondierungsversuch mit sympathischen Mitteln mochte sich die Magie entziehen, doch indem er nach Heka suchte, das einer Sondierung widerstand, konnte Inhetep die derart geschützten Geheimverstecke ausfindig machen. Außerdem handelte es sich um eine Vielzweckformel. Sie suchte das gesamte Spektrum von den einfachsten bis zu den komplexesten Zaubern ab, indem sie zunächst Ærdbezogene Kräfte und dann jene aus entfernteren Ebenen aufspürte, um sich schließlich jenem seltenen Kontinuum zu widmen, aus dem die Energien stammten, welche von Wesenheiten der höchsten Ordnung benutzt wurde.

»Entschieden merkwürdig«, sagte Inhetep laut nach Beendigung der Inspektion von Matiseths Räumlichkeiten. Er hatte nur das übliche entdeckt — dicke Bücher, die Geheimnisse der magischen Art enthielten, mit Heka ausgestattete Werkzeuge und Gerätschaften, deren Besitz für einen Hohenpriester ebensowenig ungewöhnlich war wie sein Wunsch, sie zu schützen, sowie ein Lager weltlicher Schätze, deren Umfang und Wert selbst das überstiegen, was ein Mann im Rang eines Hohenpriesters normalerweise anhäufen konnte. Doch abgesehen von seinem Vermögen hatte Inhetep nichts Belastendes gefunden, nicht einmal etwas Erhellendes.

Dann schnippte er mit den Fingern und lächelte. »Du bist ein gerissener Teufel, Chemres«, flüsterte der Magister. »Aber mir bleibt noch eine Viertelstunde, und ich kriege dich doch!«

Die persönliche Bibliothek des Hem-Neter-Tepi enthielt zahlreiche Papyri, Schriftrollen und gebundene Bücher. Inhetep bemerkte einen dicken Band mit Karten und Tabellen, blätterte ihn rasch durch und nahm sich dann den nächsten Band vor. Nachdem er diejenigen durchgesehen hatte, die offensichtlich am bequemsten zur Hand waren und regelmäßig zu Rate gezogen wurden, trat er zum Regal und suchte nach esoterischeren Dingen. *Die Erforschung des Sudd* und zwei dazu passender Bände — *Navigationstabellen* des *Blauen Nylle* und des *Weißen Nylle* — weckten sein Interesse. Es handelte sich um allgemein verbreitete Bücher, die sich mit einem Thema beschäftigten, das so gewöhnlich war, daß es schon wieder ungewöhnlich und zugleich so austauschbar war wie der Verlauf der Flüsse, mit denen sie sich beschäftigten. Dreißig Jahre alte Bücher im Regal eines Hohenpriesters? Die meisten Leute hätten angenommen, daß sie einfach Platzhalter waren, wenn ihnen das Ungewöhnliche daran überhaupt aufgefallen wäre. Inhetep zog die drei Bände aus dem Regal und blätterte einen nach dem anderen durch.

Wenige Minuten später wußte er, was jedes Werk enthielt. Inhetep stellte alles wieder ganz genauso ins Regal, wie er es vorgefunden hatte, und schlenderte dann ins Wohngemach des Hohenpriesters, das sich direkt an die Bibliothek anschloß. Kaum hatte er es sich dort gemütlich gemacht, als sich die Tür öffnete und der Hem-Neter-Tepi eintrat. Auf Matiseths Miene zeichneten sich sowohl Überraschung als auch Ärger ab, als er die Anwesenheit des Zauberpriesters bemerkte.

»Das ist ungeheuerlich, Inhetep! Wie könnt Ihr es wagen, in meine Gemächer einzudringen?«

»Ich bin durch die Tür gekommen. Wie könnt Ihr unterstellen, ich hätte mir den Zutritt erzwungen? Also wirklich, Chemres, das wäre doch eine Gesetzesübertretung!«

»Das werden wir noch sehen«, polterte der Hohepriester. »Raus hier!«

»Sobald Ihr mir noch ein paar Fragen beantwortet habt, Chemres. Betrachtet dies als offizielles Anliegen.«

»Ihr habt zwar die Macht dazu, Inhetep, aber nicht mehr lange. Ich habe Freunde in der Umgebung des Pharaos, die dafür sorgen werden, daß Ihr Eure Verbindungen zur Utchatu verliert!«

»Oh, bitte, tut Euch keinen Zwang an. Ich wüßte nur zu gern, wer am Hof des Pharaos Set dient.« Matiseth erbleichte und funkelte Inhetep an. Dann setzte er sich jedoch, schlug die Beine übereinander und fand sich mit dem Eindringen des Magisters ab. »Viel besser«, sagte Setne mit einem Lächeln, in dem weder Heiterkeit noch Freundlichkeit lagen. »Meiner Ansicht nach steckt Ihr in beträchtlichen Schwierigkeiten, Hem-Neter-Tepi, und es wird schon mehr als Eurer Stellung als Hohenpriester bedürfen, um da wieder herauszukommen. Seid Ihr daran interessiert, vom Verdacht der Komplizenschaft im Falle des Mordes an Ram-f-amsu befreit zu werden?«

Der Hohepriester schüttelte den Kopf. »Ich weiß nicht, wovon Ihr redet, Inhetep. Habt Ihr irgendeine Anklage, die Ihr gegen mich vorbringen könnt?«

»Nein, in diesem Stadium der Ermittlungen noch nicht. Aber Ihr wißt, worauf ich hinauswill, Chemres. Der ehemalige Statthalter hatte weitreichende Pläne, und die meisten davon gingen weit über die Grenzen seines offiziellen Herrschaftsgebiets, des Sepat von On, hinaus.«

»Reine Spekulation — obwohl ich gern zugeben will, von Fürst Ram-f-amsus Bestrebungen gewußt zu haben, On zu einem Handels- und Finanzzentrum zu machen. Sein Ziel war, die Verhältnisse im Sepat und im ganzen Reich zu verbessern.«

»Natürlich, natürlich. Das erzählt man sich. Aber jetzt besteht keine Notwendigkeit mehr für diesen ganzen Unsinn. Beantwortet meine Frage: Werdet Ihr mir im Austausch für eine reine Weste in bezug auf den Mord an Ram-f-amsu volle Unterstützung gewähren?«

Matiseth Chemres dachte für einen Augenblick nach, bevor er antwortete. »Das hängt davon ab, was Ihr damit meint, Inhetep. Als Adliger und religiöser Führer des Reiches bin ich natürlich immer bestrebt ...«

»Noch einmal, Mann, spart Euch das! Ich muß wissen, mit wem Ram-f-amsu regelmäßigen Umgang hatte und wer mit ihm und seinen schändlichen Plänen gemeinsame Sache gemacht hat.«

»Diese Information ist mir nicht bekannt. Ich war ein Freund und Ratgeber Fürst Ram-f-amsus, Magister Inhetep. Nur der Majordomus kann mit Gewißheit sagen, wer den Palast des Statthalters regelmäßig besucht hat und demzufolge dieses Attribut verdient.«

Der Zauberpriester erhob sich. »Ich glaube, Ihr begeht einen schweren Fehler, Matiseth Chemres, Hem-Neter-Tepi oder nicht. Der Mord an einem Reichsstatthalter wird nicht unter den Teppich gekehrt, und die Untersuchungen werden Dinge ans Licht bringen, die gewiß sehr schädlich für Eure Interessen sein werden ... und nicht zuletzt für Euch selbst! Eine letzte Gelegenheit ...«

»Gute Nacht, Magister. Ich glaube, daß weder Ihr noch die gesamte Utchatu, geschweige denn die hiesige Polizei in der Lage sein wird, den Tod des armen Ram-f-amsu aufzuklären. Ihr nennt es Mord, aber wer kann das schon mit Bestimmtheit sagen?«

»Und das übrige?«

»Glatter Unsinn. Politisch motivierte Lügen und Beschuldigungen, die jeder Grundlage entbehren — sollte sich überhaupt je irgend etwas anderes ergeben.

Sprecht mit den anderen, die in jener schrecklichen Nacht zugegen waren, wenn Ihr wünscht. Sie werden bestätigen, was ich gesagt habe.«

Setne versuchte die verirrten Gedanken des Mannes aufzufangen und zu lesen, aber in Matiseths Kopf herrschte völlige Leere. »Ihr wart schon immer zu überheblich, Chemres. Vergeßt bitte nicht, was ich Euch gesagt habe. Das Angebot der Immunität bleibt noch eine Zeitlang bestehen. Ich werde es nur zurückziehen, wenn Ihr mich dazu zwingt und ich keine andere Wahl habe.«

»Zumal ich auch nicht im geringsten weiß, wovon Ihr redet, Inhetep — warum wollt Ihr Euch eigentlich so für mich einsetzen? Wir verfolgen entgegengesetzte Ziele, haben unterschiedliche politische Ansichten und hegen schon seit langem nichts als Abneigung füreinander.«

»Die Höflichkeit gegenüber einem Berufskollegen würde als Erklärung ausreichen, aber tatsächlich geht es darüber hinaus. Ich will eine Teilung Ægyptens verhindern. Ich glaube, Ihr versteht, was ich meine.«

»Absolut nicht. Ich lasse Euch von einem Bediensteten hinausbegleiten, Magister. Dann werde ich mich mit einer offiziellen Beschwerde bezüglich Eures Verhaltens an die Regierung wenden.« Und damit war das Gespräch beendet. Ein paar Minuten später stand Setne wieder außerhalb des Tempelgrundstücks.

Nachdem er seine Tarnung als Matrose wieder angelegt hatte, machte sich Inhetep auf den Rückweg zu seinem Quartier im *Schilfrohr.* Die Tarnung sorgte dafür, daß er unterwegs nicht von Bettlern und Rüpeln behelligt wurde und noch einmal die Ereignisse des Tages überdenken konnte. Er hatte das Gasthaus fast erreicht, als ihn ein leises Geräusch direkt hinter sich aus den Gedanken riß. Instinktiv duckte er sich, und einen Wimpernschlag später zischte ihm eine Schwertklinge über den Kopf hinweg. Gleichzeitig traf ein in einer Sandale steckender Fuß sein angewinkeltes Bein und schickte ihn auf das Straßenpflaster. Ein zweiter Tritt erwischte ihn schmerzhaft am Knie, und neben ihm stoben Funken, als eine Axt auf das Pflaster schlug. Als er sich zur Seite wälzte, um etwas Abstand zwischen sich und seine Angreifer zu bringen, trieb er sich unabsichtlich selbst in die Enge, denn seiner Ausweichbewegung wurde von einer Hauswand Einhalt geboten. Zwei dunkle Gestalten stürzten heran, um ihr Werk zu vollenden.

Plötzlich ertönte ein dumpfer Schlag, und einer der beiden Angreifer brach wie vom Blitz getroffen zusammen. Der zweite wirbelte mit ausgestrecktem Schwert herum, um jeden Angriff abwehren zu können. Es gab ein lautes Klirren, als Metall auf Metall krachte. Der Attentäter fluchte mit gutturaler Stimme und warf eine Handvoll Körner in die Luft. Die Körner flogen aufwärts und explodierten zu weißglühenden Meteoren, um dann aufzukreischen, als seien sie winzige Kobolde unter der Folter. Der strahlende Glanz hielt nur für einen Sekundenbruchteil an, das Kreischen ein wenig länger, und danach war nur noch stinkender Qualm übrig. Jedes Körnchen hatte eine dichte kleine Wolke erstickenden Rauchs erzeugt, und die ganze Gegend war jetzt von dem Zeug erfüllt.

Jemand würgte und hustete. »Inhetep? Geht es Euch gut?«

Der Magister biß die Zähne zusammen, ebensosehr vor Enttäuschung wie vor Schmerzen. »Unter Berücksichtigung dessen, was mir hätte passieren können, geht es mir sehr gut, danke der Nachfrage. Wer spricht da? Ich schulde Euch mein Leben.«

»Inspektor Tuhorus«, kam die lakonische Antwort.

»Offenbar seid Ihr ebenso schwer zu täuschen wie ein Drache«, murmelte Inhetep, während er mit der Hand wedelte, um die lästigen Qualmwolken zu verjagen, und dem Polizeibeamten gegenübertrat. »Aber ich bin Euch sehr dankbar, und das ist noch gelinde ausgedrückt. Doch verratet mir, welch ein Mensch seid Ihr eigentlich, daß Ihr einen Ur-Kheri-Heb so leicht verfolgen könnt?«

»Einer, der Euch eine ›Wanze‹ verpaßt hat«, sagte der Inspektor, ohne zu blinzeln. »Mein Scarabäus bleibt sichtbar für mich, gleichgültig, in welche Illusion Ihr Euch auch hüllt, Magister.«

Inhetep pflückte das käfergestaltige Metallstück, auf das sich Tuhorus bezog, von der Rückseite seiner Tunika und gab es ihm zurück. »Und warum ist es mir nicht gelungen, Euch abzuschütteln? Ich nehme an, Ihr seid mir vom Gasthaus aus gefolgt.«

»Absolut nicht. Das habe ich einem anderen überlassen, da ich wußte, Ihr würdet ihn entdecken und abschütteln und dann dorthingehen, wo Ihr hingehen zu müssen meintet.«

»Aber ... Ich verstehe. War es so offensichtlich, daß ich Matiseth Chemres aufsuchen würde?«

»Es kam mir am wahrscheinlichsten vor, also habe ich Euch am Tempel erwartet und Euch seitdem nicht mehr aus den Augen gelassen.«

»Zum Glück für mich«, sagte der Zauberpriester, während er Tuhorus' Arm ergriff. »Kommt mit mir ins *Schilfrohr.* Ich könnte einen kräftigen Schnaps vertragen — zum Beispiel einen guten neustrischen Branntwein. Leistet mir bitte Gesellschaft. Ich denke, es dürfte Euch interessieren, was ich bei meinem Besuch beim Hohenpriester heute nacht erfahren habe.« Wortlos schloß sich ihm der Chefinspektor an, wobei er den immer noch benommenen Inhetep ein wenig stützte.

Nachdem sie es sich im Gasthaus gemütlich gemacht hatten, genossen die beiden Detektive eine Zeitlang den vorzüglichen Branntwein, bevor der Chefinspektor das Wort ergriff. »Dieses feurige Zeug wird mir für heute nacht wahrscheinlich den Rest geben«, sagte er, während er sich die müden Augen rieb und das Glas beiseite stellte.

»Nicht, wenn Ihr hört, was ich entdeckt habe«, erwiderte der Magister.

Danach schilderte Inhetep, was geschehen war, sowohl bei der magischen Untersuchung der Gemächer des Hohenpriesters als auch danach.

»Er hat dasselbe übertriebene Interesse an Geographie, wie es der Statthalter angesichts der Karten an seinen Wänden gehabt zu haben scheint. Also teilten Matiseth und Ram-f-amsu diese, wollen wir mal sagen, Angewohnheit. Ohne weitere Beweise nicht weiter von Bedeutung, das muß ich zugeben.«

»Aber Ihr habt noch mehr gefunden«, hakte Tuhorus nach.

»Ja. Morgen solltet Ihr mich meiner Ansicht nach bei einem weiteren kleinen Besuch begleiten. In Matiseth Chemres' Bibliothek befinden sich einige Bücher, die nicht ganz das sind, was sie zu sein scheinen.«

»Ach, tatsächlich?«

»Ja, tatsächlich. Laut Einband befassen sie sich mit dem Sudd und der Navigation auf den Oberläufen des Nylle, aber in Wahrheit verwahrt der gute Hohepriester darin ausführliche Notizen über eine gewisse Organisation und eine geplante Verschwörung. Es scheint, als hätte der tote Fürst und ehemalige Statthalter Eures Sepat, Tuhorus, einen Aufstand geplant.«

»Ihr scherzt! Niemand kann ernstlich hoffen, einen Wechsel der Dynastien herbeiführen zu können, nicht einmal die Pharaos unseres gegenwärtigen Hauses. Nicht jetzt, da ...«

»Ram-f-amsu wußte das. Seine Bestrebungen zielten auf etwas völlig anderes ab. Er wollte UnterÆgypten vom Reich ablösen und es sozusagen zu einem eigenen und unabhängigen Staat machen. Eine genauere Untersuchung des Palasts und Matiseths eigener Aufzeichnungen dürfte uns einiges mehr verraten. Der Fürst hat angedeutet, daß Set die Hauptgottheit des neuen Königreichs werden könnte. Und Matiseth war natürlich einverstanden. Typisch für einen Gefolgsmann des Set, ob ekklesiastisch oder säkular.«

»Warum habt Ihr ihn nicht auf der Stelle verhaftet, Inhetep?«

»Das wäre für die übrigen Beteiligten ein zu deutliches Warnsignal gewesen. Ich habe Grund zu der Annahme, daß es sich um eine weitreichende Verschwörung handelt. Ich versuchte Chemres zur Zusammenarbeit zu bewegen, aber er hält unerschütterlich an seinem finsteren Kurs fest.« Er hielt inne, goß noch ein wenig Branntwein in beide Gläser und fuhr fort: »Ich werde uns beiden gleich einen Schluck eines magischen Stimulans verabreichen, also genießt den Augenblick. Nach Einnahme dieses Zeugs fühlt man sich unüberwindlich, aber es schmeckt, als sei es aus Fledermausmist und Pferdeschweiß zusammengebraut, nur noch schlimmer — und so, wie es schmeckt, fühlt man sich auch eine Stunde, nachdem die Wirkung abgeklungen ist, wenn man bis dahin noch nicht schläft.«

»Der Palast des Statthalters?«

Inhetep nickte. »Wir müssen ihn vom Keller bis zum Dach durchsuchen, um einen Beweis für die Verschwörung zu finden. Dann gehen wir zu Chemres und erzählen ihm von unserem Fund. Der ehrgeizige Halunke muß mir die beiden Straßenräuber nachgeschickt haben, um mich aus dem Weg zu räumen, damit sein Geheimnis gewahrt bleibe.«

Tuhorus war anderer Ansicht. »Das waren keine Männer von ihm, Magister. Habt Ihr sie nicht reden gehört?«

»Nein«, gab der Zauberpriester zu. »Ich war zu sehr damit beschäftigt, meine Haut zu retten. Was macht Euch so sicher, daß es nicht Matiseths Männer waren?«

»Einer benutzte asiatische Zauber, und sie sprachen mongolisch oder türkisch. Ich würde sagen, einer war ein Schamane, der andere ein Krieger, beide von der

Sorte, die ihrem Gewerbe mit äußerster Hingabe nachgehen.«

Die grünen Augen fixierten den Chefinspektor. »Für einen Stadtpolizisten legt Ihr ein ungewöhnliches Wissen an den Tag, Tuhorus. Ich wüßte gern, wie es kommt, daß Ihr dessen so sicher seid.«

»Weil ich, verehrter Ur-Kheri-Heb, zufälligerweise zwölf Jahre mit dem Studium barbarischer Völker und primitiver Magie zugebracht habe — nicht zu vergessen Herbalismus, Toxikologie und alles übrige, was damit verbunden ist. Dabei ist es mir gelungen, selbst ein leidlicher Dweomerkræftler zu werden.«

Darüber dachte Inhetep erst einmal nach. In einer Stadt wie On würde Tuhorus in der Tat bei seiner Arbeit davon profitieren, wenn er wußte, welche Hekaarten von drittrangigen Magiern, Teilanwendern und den anderen benutzt wurden, die in den Slums beheimatet waren. Der Mann besaß wenig natürliche Begabung, aber durch harte Arbeit und Ausdauer *war* es möglich, eine beträchtliche Menge kleinerer Zauber zu bewältigen. Diese Fähigkeit würde auch Tuhorus' Stellung in den Reihen der Präfektur erklären — unersetzlich, aber gefürchtet, so daß er immer ausführendes Organ bleiben und nie an die Spitze der Präfektur gelangen würde. Der Magister hielt es für wahrscheinlich, daß er aus der Unterschicht stammte und sich zu einer wichtigen Position hochgearbeitet hatte. Das erklärte seine unverhohlene Abneigung gegenüber Inhetep, einem adeligen, wohlhabenden und wohlerzogenen Ur-Kheri-Heb-Tepi — all das, was der Chefinspektor nicht war. Setne bedachte den Inspektor mit einem warmen Lächeln und nickte. In seiner Stimme lag ein Unterton von Bewunderung, als er sagte: »Gut. Ich glaube, gemeinsam sollten wir in der Lage sein, diesen Fall rasch zu lösen — Euren Fall. Ich stehe zu Eurer Unterstützung zur Verfügung.«

6

Mord in Sets Haus

Tuhorus wollte dem Zauberpriester sagen, er könne sich seine Gunstbezeugungen sparen, besann sich dann jedoch eines Besseren. Der Utchat-Neb war höchst aufrichtig gewesen. Das war seine Art, dem Polizeibeamten zu danken. Mehr als das, es war auch Inheteps Art, ihm zu sagen, daß er Vertrauen in seine polizeilichen und detektivischen Fähigkeiten hatte. Während Tuhorus diese Überlegungen durch den Kopf gingen, hatte der Magister bereits das versprochene Elixier gezückt, und Tuhorus stürzte seinen Anteil rasch hinunter. Es schmeckte noch schlimmer als beschrieben. »Pfui!«

»Ich habe Euch gewarnt«, bemerkte der Ur-Kheri-Heb mit kaum verhohlenem Grinsen. »Sollen wir gehen?«

Vielleicht war er ein wenig älter als der Zauberpriester, das konnte Tuhorus nicht mit Gewißheit sagen. Infolge des harten Lebens, das der Chefinspektor geführt hatte, erweckte er den Anschein, älter als seine siebenundvierzig Jahre zu sein, während Inhetep alterslos schien — oder zumindest unbestimmbaren Alters. Es bedurfte aller seiner Fähigkeiten, um zu erkennen, daß Inhetep die späten Dreißiger und vielleicht auch die frühen Vierziger hinter sich gelassen hatte. Tuhorus warf einen Blick in den Spiegel, und was er sah, verblüffte ihn: Sein Gesicht sah so jung und frisch aus wie schon seit Jahren nicht mehr. »Magister, ist das ein Verjüngungselixier? Oder spielen mir meine Augen einen Streich?«

»Weder noch. Das Stimulans ist wahrscheinlich die

Ursache für einiges, was Ihr seht, aber das Zeug hat keinen Einfluß auf Euer Alter, Tuhorus. Vielleicht liegt es an Eurer inneren Erregung, in die Euch dieser Fall versetzt ...«

Tuhorus beschloß im stillen, diese Einstellung beizubehalten, wenn das Resultat derart bekömmlich war. Er fühlte sich mehr als nur erfrischt. »Ich habe zwei von meinen Männern bei mir — einer ist hier im Gasthaus, der andere beobachtet die Straße. Ich werde einen mit dem Auftrag ins Hauptquartier schicken, mit einem Trupp in den Palast zu kommen. Mupahkat, das ist derjenige, welcher draußen steht, soll uns direkt begleiten.«

Der Ur-Kheri-Heb war einverstanden. »Selbst mit der Unterstützung der Palastwache haben wir meiner Ansicht nach Stunden der Arbeit vor uns, Chefinspektor. Wenn Ram-f-amsu dieselben Techniken bevorzugt hat wie der Hohepriester, muß die gesamte Arbeit von Hand ausgeführt werden.«

Ohne weitere Diskussion verließen die beiden Inheteps Gemächer, wobei der Chefinspektor vorausging. Tatsächlich haßte es der Polizist, Inhetep folgen zu müssen, weil der Glatzkopf soviel größer war als er. Tuhorus war in jeder Beziehung durchschnittlich, seine Größe von einem Meter fünfundsiebzig vom Scheitel bis zur Sohle eingeschlossen. Konnten die Erfolge des Zauberpriesters in seiner imponierenden Gestalt und seinem selbstbewußten Auftreten begründet sein? Nein — oder zumindest nicht in der Hauptsache. Der Mann war ganz offensichtlich intelligent und tüchtig und hatte das Bestreben, etwas zu erreichen. Er war jedoch nicht unfehlbar, was durch die Tatsache bewiesen wurde, daß Tuhorus ihn vor den beiden Angreifern hatte retten müssen. Er hatte das starke Gefühl, daß er den Fall vor dem Zauberpriester lösen konnte, wenn er seine eigenen Fähigkeiten und seinen gesunden Menschenverstand einsetzte und genau darauf achtete, was Magister Inhetep tat. Nachdem er Mupahkat vorausgeschickt hatte, um im Palast alles vorzubereiten, wandte sich der Chefinspektor an Inhetep. »Der Angriff dieser beiden Strauchdiebe beunruhigt mich, Magister. Ich kann mir nicht helfen, aber ich habe das Gefühl, daß schwierige Zeiten auf uns zukommen.«

»Matiseth Chemres kann also nicht dahinterstecken und auch ... kein anderer, den ich mir vorstellen kann.«

Warum hatte der Zauberpriester gezögert, um schließlich hastig ›kein anderer‹ einzufügen, statt der Worte, die er ursprünglich hatte sagen wollen? Inhetep verfügte immer noch über Informationen, die er für sich behielt, und obwohl Tuhorus nicht mehr daran zweifelte, daß die Lösung dieses Falles ihm und der Präfektur zugeschrieben würde, fühlte sich der Polizist angesichts der Geheimnistuerei des Ur-Kheri-Heb unbehaglich. Würde die ganze Angelegenheit vertuscht werden, wenn es nach dem Willen des adeligen Ex-Geheimagenten ging? Schließlich entstammte der Fürst nicht nur einem alten Adelsgeschlecht, sondern war auch noch entfernt mit der Pharaonenfamilie verwandt. Inhetep gab zu, versucht zu haben, den aristokratischen Hohenpriester mit der Aussicht auf Immunität als Gegenleistung zur Zusammenarbeit zu bewegen. Der Grund für Matiseth Chemres' Ablehnung mochte in fehlender Angst vor einer Strafverfolgung zu suchen sein. Kein Wunder, denn solange nicht das Königreich oder das Leben irgendwelcher Adligen durch die Taten des Statthalters bedroht waren, brauchten nur gewöhnliche Sterbliche Angst zu haben. Die ganze Affäre mochte mit Ram-famsus Tod erledigt sein, wenn es keine anderen Faktoren gab, die für die Nation, den Pharao oder jene von hohem Stand von Bedeutung waren.

»Habt Ihr schon darüber nachgedacht, wie sie Euch erkannt haben?«

»Hmmm ...«, machte Inhetep vage, während er Tuhorus fixierte, als wolle er dessen Gedanken lesen, obwohl der Scarabäus des Saa und das Amulett derselben

Entität, die von allen Inspektoren und Detektiven getragen wurden, vor solchen Belästigungen schützten. »Ein einfacher Straßenraub ist nicht besonders wahrscheinlich, meint Ihr nicht auch? Das scheint Eure Einschätzung zu bestätigen, daß einer der beiden ein Schamane war, Inspektor. Dennoch bleibt die Frage offen, woher sie wußten, daß ich diese Straße nehmen würde.«

Tuhorus hatte keinen Zweifel an der Antwort, und mit seiner spitzen Erwiderung beabsichtigte er, das Interesse des Zauberpriesters an den Kenntnissen des Inspektors weiter anzustacheln. »Ich bitte Euch, Inhetep! Das liegt doch auf der Hand, wie Ihr selbst sehr wohl wißt. Ihr werdet von einer anderen Organisation überwacht — und zwar von einer Organisation, die sich ganz eindeutig gegen mich, Euch und das Gesetz richtet! Und ohne meine besonderen Vorsichtsmaßnahmen und vielleicht einem Lächeln des alten Bes wäre dem Feind auch Erfolg beschieden gewesen.«

Jetzt war die Reihe an Inhetep, ein wenig zu grübeln. Tuhorus' Erwähnung der Gottheit Bes gab ihm auch gehörig zu denken, denn der Zwergengott wurde am innigsten in jenem Teil Afrikas verehrt, in dem die schwarze Rasse beheimatet war, die Rasse der Dahlikil, trotz der Völker, welche das Ægyptische Pantheon ablehnten und statt dessen die Gottheiten Babylons verehrten. War das ein bloßer Zufall? Oder wußte der Polizist von Yakeem? Aber die beiden gedungenen Mörder kamen aus dem Osten. Tuhorus hatte gesagt, sie hätten eine zentralasiatische oder möglicherweise arische Sprache wie die der Farzer, Parther und Hyrkanier gesprochen. Setne versuchte es anders: »Innu ist jetzt praktisch eine Schwesterstadt von On, Chefinspektor. Arbeitet Eure Abteilung eng mit derjenigen Innus zusammen?«

Damit legte er gewiß eine Spur für ihn, und Tuhorus machte sich augenblicklich einen geistigen Vermerk, sie zu verfolgen, während er erwiderte: »Nein, in der Regel nicht. Wir würden uns freuen, wenn es so wäre, und ich glaube, Fürst Harphosh hat auch schon diesbezügliche Vorschläge gemacht. Vielleicht war Ram-f-amsu das Hindernis, aber das bleibt abzuwarten. Warum fragt Ihr?«

»Aus keinem besonderen Grund«, erwiderte der Ur-Kheri-Heb. »Tuhorus, Ihr seid eine Bulldogge und ein Bluthund, nicht wahr?«

Mit dem Wunsch, auch noch ein Windhund zu sein, gab der Polizist eine freundliche Antwort. »Und Ihr, Ut-chat-Neb, seid eine Mischung ungewöhnlicherer Art — sagen wir eine Sphinx und ein Fuchs? Ja, ich glaube, das ist angemessen.«

Sie hatten den Palast jetzt fast erreicht. Inhetep hatte das Gefühl, den Inspektor durch die Erwähnung Innus auf die Fährte der Khazirier angesetzt zu haben. Vielleicht gab es einen Zusammenhang mit diesem Fall, vielleicht auch nicht, aber jedenfalls würde Tuhorus damit einige Zeit beschäftigt sein. Der Magister hatte nicht die Absicht, dem Chefinspektor zu gestatten, sich in die Angelegenheit Yakeem einzumischen. Die Rolle des Attentäters in dieser Affäre war unklar, doch Inhetep war sicher: Wenn es einen Zusammenhang gab, handelte es sich um eine Angelegenheit von nationaler Tragweite. Die hiesigen Behörden mochten oder mochten nicht darüber informiert werden. Vielleicht würde Pharao persönlich diese Entscheidung treffen, nachdem der Zauberpriester die Wahrheit herausgefunden und seinen Bericht abgeliefert hatte. »Nun, vielleicht habt Ihr recht, Chefinspektor. Die Stadtpräfektur braucht eine Art von Polizist, die Utchatu eine andere — obwohl sie glücklich wäre, wenn sie mehr Leute Eures Kalibers hätte, das kann ich Euch versichern.«

Inhetep bezog sich natürlich auf die staatliche Geheimpolizei, die Utchatu. Tuhorus hatte im Laufe seiner Jahre bei der Polizei mehrere ihrer Agenten kennengelernt. Er hatte keinen von ihnen gemocht. Inhetep war vielleicht eine Ausnahme, aber das blieb abzuwarten. Fürs erste reichte es Tuhorus, den Ur-Kheri-Heb in puncto Menschlichkeit und Fähigkeiten ein wenig höher einzustufen als die anderen, da er gewiß weniger herablassend, dafür aber gescheiter als das andere Dutzend Utchatu-Agenten war, das ihm bislang untergekommen war. »Sagt ihnen, wir könnten ihre Talente ganz gut hier gebrauchen«, witzelte Tuhorus. »Und da wir gerade von stumpfsinnigen Bemühungen reden, ich glaube, wir müssen den gesamten vom toten Statthalter benutzten Flügel versiegeln und ihn Zoll für Zoll absuchen.«

»Eure Leute treffen wohl gerade die notwendigen Vorbereitungen, Tuhorus. Dem Anblick nach würde ich sagen, daß jedes Licht im Palast brennt.«

Ein Blick auf den Himmel vor ihnen reichte Tuhorus, um zu verstehen, was der Magister meinte. Die Häuser zwischen ihnen und dem Palast waren in eine strahlende Helligkeit getaucht. Dann ertönte eine Alarmglocke. »Kein Licht, Feuer!« Beide Männer rannten los, und Sekunden später bogen sie um die Ecke der zur Palastplaza führenden Straße, jener Gebäudegruppe, die das Herz des Sepat und der Stadt On war. »Bei den Göttern, Inhetep, der ganze Palast ist ein Flammenmeer!«

Es war gewiß kein Feuer, das leicht oder schnell gelöscht werden konnte. Inhetep sah, daß der Innere Palast das Zentrum der Feuersbrunst war. Von allen Seiten strömten jetzt Menschen auf den Platz, um im Kampf gegen die allesverzehrenden Flammen zu helfen. »Soviel zu unserer Suche, Inspektor!« rief er Tuhorus über den rasch wachsenden Lärm der knisternden Flammen, erregten Stimmen und klingelnden Alarmglocken hinweg zu. »Ich kann hier beim Löschen helfen, aber Ihr könnt hier gar nichts tun. Nehmt lieber eine Abteilung Eurer Männer und eilt damit zum Tempel des Set!«

»In Ordnung, aber soll ich Chemres schützen oder verhaften?«

»Beides. Ich glaube, er weiß, wer für das alles verantwortlich ist, und deshalb soll er wahrscheinlich als nächster beseitigt werden.«

Tuhorus sah noch einige Herzschläge lang zu, wie der langbeinige Ur-Kheri-Heb losrannte und die Palasttore erreichte. Sein magisches Können mochte von der allerhöchsten Art sein, aber der Polizeibeamte war der Ansicht, daß mehr als Priesterkræft und Zauberei nötig waren, um irgend etwas aus den Mauern des Palasts zu retten. Vielleicht war ein Salamander aus der elementaren Ebene des Feuers in den Statthalterpalast beschworen worden, um ihn so gründlich in Brand setzen zu können, und Inhetep konnte solch ein elementares Wesen ohne Schwierigkeiten fortschicken. Dennoch, der Schaden war angerichtet. Kein Heka konnte in diesem Stadium noch viel gegen die Flammen ausrichten. Dazu war schon eine Überschwemmung des Nylle erforderlich! »Genau«, sagte er entschlossen. Hier gab es für ihn nichts zu tun, und Inheteps Gedanken bezüglich des Hohenpriesters hatten ins Schwarze getroffen ... oder jedenfalls nicht weit daneben. Tuhorus war nicht ganz so sicher in bezug auf Matiseth Chemres' Rolle beim Brand des Palasts, wie es der Ur-Kheri-Heb zu sein schien. Vielleicht unterschätzte Inhetep den Ehrgeiz und die Fähigkeiten des Hohenpriesters. Und möglicherweise auch seine Intelligenz, weil der ehemalige Geheimpolizist nicht die Möglichkeit in Betracht zu ziehen schien, daß Matiseth die Entdeckung seiner belastenden Aufzeichnungen bemerkt hatte. Konnte es sein, daß der Hohepriester das Feuer gelegt hatte? Wenn ja, würde Tuhorus nichts mehr in Chemres' Bibliothek finden, wenn er dort ankam. Aber ich komme nie dorthin, wenn ich noch lange hier herumstehe und mir hypothetische Fragen stelle. Zeit, daß ich mich auf den Weg mache! dachte er.

Zwei Wachmänner der regulären Präfektur-Patrouille waren in der Nähe. »Ihr! Ihr kommt mit!« rief Tuhorus, während er sich zuerst den einen, dann den anderen griff. »Chefinspektor Tuhorus, kümmert Euch nicht um den Ärger hier, sondern kommt jetzt mit mir!« befahl er. Die beiden Polizisten gehorchten, und die drei schlugen mit Tuhorus an der Spitze einen flotten Trab an. Ein paar Straßen weiter schickte er einen der beiden mit dem Auftrag zur Präfektur, so schnell wie möglich ein halbes Dutzend zusätzlicher Polizisten zum Tempel des Set zu bringen. Dann eilten er und der andere Wachmann weiter.

»Was ist überhaupt los, Chefinspektor?« keuchte der Bursche, während er versuchte, mit Tuhorus Schritt zu halten. Trotz seines fortgeschrittenen Alters war der Chefinspektor noch sehr athletisch und ein hervorragender Läufer.

»Es ist dein gutes Recht, danach zu fragen«, antwortete Tuhorus. »Wir sind dabei, uns in eine möglicherweise gefährliche Situation zu stürzen — aber ich bin nicht sicher. Wir wollen Hem-Neter-Tepi Matiseth Chemres einerseits in Schutzhaft nehmen und ihn andererseits wegen des Verdachts der Mittäterschaft im Falle des Palastbrandes unter Hausarrest stellen.«

»Ihr macht Euch über mich lustig!«

»Sehe ich wie jemand aus, der in solchen Dingen scherzt, Wachmann?«

»Nein, Chefinspektor!« Der Blick, den ihm Tuhorus zuwarf, überzeugte ihn, daß es sich nicht um einen bizarren Ulk handelte. »Aber wie können wir zwei den Großen Seher des Set unter Arrest stellen? Du meine Güte, er könnte Heka beschwören und uns beide ...«

Tuhorus fiel ihm ins Wort. »Halt dein Schwert allzeit bereit — so lautet die Regel in solchen Fällen. Aber mach dir nicht zu viele Gedanken, Wachmann. Ich habe die ganzen letzten Jahre überlebt, obwohl ich allen jenen nicht aus dem Weg gegangen bin, die fähig sind, Magie anzuwenden.«

»In Ordnung, Chefinspektor«, keuchte der Bursche,

während er versuchte, selbstbewußt auszusehen. Trotz der Versicherung seines Vorgesetzten war er äußerst nervös, und als sie sich dem dunklen Tempel näherten, griff er auf der Suche nach zusätzlicher Sicherheit nach dem Heft seines Schwerts. Was machte diesen Tuhorus so selbstsicher? Er war doch selbst kein Zauberer, oder doch? Während er darüber nachdachte, musterte der Wachmann seinen Vorgesetzten verstohlen und versuchte, Tuhorus' Potential einzuschätzen. Er fragte sich, ob er schon einmal irgend etwas über ihn gehört hatte, was ihm einen Hinweis auf seine Fähigkeiten geben konnte. Als sie ihren Bestimmungsort erreichten, vergaß er alle diese Überlegungen.

Der Eingang zum Tempel lag im Dunkeln und war durch ein Gitter versperrt. Wenn man die Tages- oder vielmehr Nachtzeit bedachte, war das keine Überraschung. Der junge Polizist zog seine kurze Klinge, während Tuhorus mit Nachdruck am Klingelzug zerrte und rief: »Aufmachen! Hier ist die Präfektur!« Nach etwa einer Minute kam ein verschlafen wirkender Bediensteter angeschlurft, der eine schwach flackernde Öllampe vor sich her trug und sich mit zögernden Schritten dem versperrten Portal näherte.

»Wer ist da?« fragte er in einem Tonfall, der irgendwo zwischen Furcht und Verärgerung lag.

»Mach schon! Öffne dieses Tor im Namen der Polizeipräfektur!« rief der Wachmann in dem Bemühen, möglichst viel Autorität in seine Stimme zu legen.

Tuhorus unterdrückte ein Lächeln. Der Bedienstete war wahrscheinlich ein gescheiterter Kleriker, der Priester hatte werden wollen, sich aber als derart unfähig erwiesen hatte, daß er jetzt als Nachtportier fungierte. Als er den Befehl des jungen Polizisten hörte, hielt sich der nun vollends wache Bedienstete zunächst von den Gitterstäben fern und wollte irgendeinen Ausweis von den beiden Besuchern sehen, die so spät in der Nacht Einlaß begehrten. Ohne darauf in Worten zu antworten, zog Tuhorus ein flaches Etui aus Kupfer und Bronze. Als er es öffnete, war auf der einen Seite eine Kartusche der Präfektur Ons zu sehen. Auf der anderen Seite waren die Hieroglyphen seines Namens und Ranges eingraviert. Er schob das geöffnete Etui durch die Gitterstäbe. »Chefinspektor Tuhorus, augenblicklich stellvertretender Präfekt, *Uab-Hem*. Schnell jetzt, Mann! Laß uns hinein!«

»Ich bin kein Uab«, sagte der Bedienstete, während er das Schloß des Gitters öffnete. Er fühlte sich jedoch geschmeichelt, daß Tuhorus ihn ›Reiner Bediensteter‹ genannt hatte, als sei er ein Priesterlehrling, so daß er sich beeilte und die beiden Polizisten anschließend in das große Vorzimmer des Tempels führte. »Polizei oder nicht, Ihr müßt hier warten, während ich einen Priester hole, der sich dann um Eure Wünsche kümmern kann.«

»Dann beeil dich«, sagte der Inspektor, »denn wir haben eine Angelegenheit mit dem Großen Seher Matiseth Chemres zu besprechen, die keinen Aufschub duldet.« Der Portier rannte beinahe, als er in einem Seitengang verschwand, um einen der zahlreichen untergeordneten Priester des Tempels zu suchen. In einem derart großen Tempel wie diesem mußten mindestens zwanzig ekklesiastische Beamte und ein Dutzend oder noch mehr Priesterinnen unter dem Hohenpriester Dienst tun. Durch Wachen und Bedienstete verdreifachte sich diese Zahl, so daß insgesamt gut hundert Personen im Tempelkomplex wohnten. Der Nachtportier würde keine Schwierigkeiten haben, einen Priester ausfindig zu machen, denn mindestens einer tat immer Dienst, auch in den letzten Stunden der Nacht.

Was er auch tat, jedenfalls verursachte er einen kleinen Aufruhr im Tempel. Nach kurzer Zeit kam eine Handvoll Priester herbeigeeilt, um nachzusehen, was die Polizisten in Sets Haus wollten, und zahlreiche Lampen und durcheinanderredende Stimmen deuteten an, daß sämtliche Tempelbewohner geweckt wurden.

»Hat das etwas mit dem Brand zu tun?« fragte der Uab-Priester, der im Vorzimmer erschien. »Wir haben das Leuchten im Süden gesehen. Steht etwa ganz On in Flammen?«

»Nein, aber deswegen sind wir nicht gekommen, Priester«, sagte Tuhorus ohne jeden Vorwurf. »Wir sind hier, um mit dem Hem-Neter-Tepi Matiseth Chemres zu sprechen. Niemand darf den Tempel verlassen oder betreten — ich bin der stellvertretende Präfekt und berufe mich in dieser Hinsicht auf die Autorität der Stadt On. Sorgt dafür, daß dieser Anordnung Folge geleistet wird, und einer Eurer Leute soll uns sofort in die Gemächer Eures Hohenpriesters führen.«

Der Mann verbeugte sich leicht. »Ich werde mit meinem Vorgesetzten reden.« Um das zu tun, brauchte er sich nur umzudrehen und ein paar Schritte zu gehen. Ein ›Prophet‹ Sets in rotem Gewand hatte soeben den Raum betreten. Eben dieser führte die beiden Polizisten in den Flügel des Hohenpriesters, während der Uab-Priester sich um die angeordnete Schließung des Tempels kümmerte. »Das ist höchst ungebührlich, Chefinspektor«, bemerkte der ältere Priester. »Wir werden diesen Vorfall in allen Einzelheiten aufzeichnen und sowohl die Urmaa Sets als auch den Pharao davon in Kenntnis setzen.«

»Setzt von mir aus ganz Ægypten davon in Kenntnis, wenn Ihr das für richtig haltet«, schnappte Tuhorus, der äußerst empfindlich auf die Andeutung reagierte, seine Handlungen könnten zu irgendeiner disziplinatorischen Maßnahme der vereinigten Priesterschaft Sets oder zu einer Einmischung — möglicherweise gar zu einem Verweis — des Pharaos führen. »Doch wartet damit noch, bis Ihr uns zu Matiseth Chemres gebracht habt. Wohin gehen wir?«

»Direkt zum Flügel des Großen Sehers, Chefinspektor. Das ist ein großer Tempel, müßt Ihr wissen.«

»Ich weiß es«, murmelte der Inspektor, doch in diesem Augenblick erreichten sie eine halb geöffnete Tür. Der Priester machte einen leicht bestürzten Eindruck. »Was ist los?« fragte Tuhorus.

»Die Tür des Hem-Neter-Tepi ist normalerweise immer geschlossen und abgesperrt«, erwiderte der Priester. »Da stimmt irgend etwas nicht.«

Tuhorus schob den Priester rasch zur Seite und betrat den matt beleuchteten Raum. Der junge Polizist war direkt hinter ihm. Beide sahen die Leiche des Hohenpriesters auf dem Boden liegen. Der Anblick war schrecklich. Matiseth Chemres war offenbar auf dieselbe Weise ermordet worden wie Ram-f-amsu vor zwei Tagen.

7

Ein geheimer Ort

Der gesamte Palastkomplex war in hellem Aufruhr, da mehrere hundert Bedienstete und Soldaten des Palastes hierhin und dorthin rannten und verzweifelt versuchten, ein Übergreifen des Feuers zu verhindern. Der Palast selbst brannte jetzt so lichterloh, daß der größte Teil der Aufmerksamkeit den Nachbargebäuden galt, Verwaltungsbüros, Registraturen und Wohnhäuser, die einen Großteil des Regierungskomplexes ausmachten. Natürlich wurde der Brand bereits mit Wasser bekämpft, und bald würde die städtische Feuerwehr eintreffen, um den Palastangestellten zu helfen. Alle Wasserleitungen waren geöffnet, und sämtliche Gartenteiche wurden leergepumpt, so daß sich das Wasser in dicken Strahlen auf die lodernden Flammen ergoß, aber selbst in diesem Bezirk war der Wasservorrat nicht groß genug, um ein Feuer dieser Ausdehnung zu löschen. Inhetep wußte, daß irgendwo eine perfekte Miniaturnachbildung des ganzen Komplexes existierte. Sehr bald würde diese von einem ausreichend starken Dweomerkræftler angezündet und dann mit einem Metalldeckel verschlossen werden. Dieser Deckel war luftdicht, und das kleine Feuer würde kurz darauf ersticken. Richtig ausgeführt, würde dieser Zauber das große Feuer ebenfalls ersticken — wie auch jene kleineren Brände in den übrigen Gebäuden, da der Luft in ihrer Umgebung jeglicher Sauerstoff entzogen würde.

Inhetep stürmte in den brennenden Palast, wobei er alle Warnrufe überhörte. Als Diener zum Beispiel des Ra wäre er vor derartig sengender Hitze geschützt gewesen. Thot, als Gottheit des Gleichgewichts und nicht von Ras solarer Natur, rüstete ihn nicht mit einem derartigen Luxus in bezug auf seine Priesterkræft aus. Doch der Magister machte sich im Augenblick wenig Sorgen, da sein Spezialgebiet im Bereich der Dweomerkræft die Elementarschule war und ihm Feuchtigkeitssprüche und der Umgang mit Hitze und Feuer durchaus geläufig waren. Auf ein Wort von ihm bildete sich um ihn ein kalter, beinahe gefrorener Nebel, der an den Rändern zischend verdampfte, doch in der Mitte, dort, wo Inhetep sich bewegte, kühl, belebend und stabil war. Dergestalt geschützt, drang der Zauberpriester rasch zu den Privatgemächern des verstorbenen Statthalters vor.

Es bestand nicht die geringste Hoffnung, noch einen direkten Beweis aus dieser Flammenhölle zu retten, doch der Ur-Kheri-Heb suchte dennoch nach Spuren. Die Brandstiftungsmethode mochte ebenso verräterisch sein wie die Informationen, welche ein Opfer der Flammen geworden waren. Von draußen gesehen war es offensichtlich gewesen, daß das Feuer im Flügel des Statthalters ausgebrochen war. Inhetep hoffte, daß die Flammen ihn noch nicht so weit zerstört hatten, daß er nicht mehr betreten werden konnte oder die Einsturzgefahr zu groß war. Das Gebäude bestand zwar aus Stein, aber ein Großteil der Inneneinrichtung war selbstverständlich brennbar: Balken, Fußböden, Decken, der Dachstuhl und sämtliche Möbel und Stoffe — sogar die Tünche an den Wänden. Die Hitze wurde jetzt zu groß für den Nebel, also sprach der Zauberpriester noch ein paar Silben, diesmal eine Hekakombination. Eine schimmernde Glocke nahm um ihn herum Gestalt an, und diese Schutzhülle sog den Nebel auf und verschluckte ihn. Geschützt durch einen Vorhang aus kühler Wasserenergie, die sowohl Luft als auch Kälte enthielt und die Macht des Feuers abwies, drang Setne weiter in das Inferno der ehemals persönlichen Gemächer des Statthalters vor.

Eine gigantische Masse lebendiger Flammen fuhr

herum, und strahlend violette Punkte richteten sich auf den Magister, als seien sie Augen. Tatsächlich *waren* es Augen, und orangerotes Feuer teilte sich, als ein Mund sprach. »Du kommst zu deinem Tod, du Narr! Lauf weg, kleiner Mann, sonst werde ich dein Fleisch verbrennen und dein Blut zum Kochen bringen, bevor ich dich verschlinge!«

»Wenn du das könntest, würdest du handeln und nicht drohen«, schrie Inhetep zurück. »Kehr zurück in deine höllischen Gefilde, sonst bin ich es, der dich vernichtet!« Zwar hatte der Magister damit gerechnet, irgendeiner Kreatur aus den Sphären des Feuers zu begegnen, aber dieser Beinahe-Dämon in seiner mächtigsten Form stellte eine Überraschung für ihn dar, doch er ließ nicht zu, daß das Monster etwas davon bemerkte. Noch während er sprach, traf er bereits Vorbereitungen, seine Drohung in die Tat umzusetzen.

Die gewaltige Kreatur aus Höllenfeuer streckte einen Flammenarm aus, um ihren Gegenspieler zu packen, zog ihn jedoch mit schrillem Kreischen zurück, als er mit dem eiskalten Wasser in Berührung kam. Der Schrei bereitete Inhetep körperliche Schmerzen, und die schützende Glocke erbebte, wölbte sich dort, wo sie der Feuerdämon getroffen hatte, nach innen und glättete sich dann wieder. Sie war jetzt nur um einiges kleiner. »Sohn eines Wassermolchs!« brüllte das Feuerwesen. »Ich hole dich aus dieser Blase heraus, und dann werde ich dich wegen deiner Vermessenheit ganz langsam rösten!«

Und mit diesen Worten begannen die Flammenglieder auf die schützende Glocke einzuschlagen. Das monströse Ding heulte vor Schmerzen, während es versuchte Inheteps Schutz zu zerstören, aber es war aufs äußerste erzürnt und entschlossen. In seiner Wasserblase arbeitete Inhetep mit verzweifelter Anstrengung. Er mußte sowohl seinen Schutz aufrechterhalten als auch einen Angriff gegen das Monster vorbereiten. Keine reine Verteidigung würde sich unter Bedingungen wie diesen lange behaupten können. Er arbeitete auch dann noch mit äußerster Genauigkeit, als das Wasser, das ihn schützte, zischte und waberte und auf wenig mehr als ein paar Zentimeter Flüssigkeit um seinen schwitzenden Körper verdampfte. Plötzlich explodierte eine Art Dampfstrahl, und während sich um ihn Wolken aus ultrahoch erhitztem Wasser erhoben, rief der Zauberpriester: »Jetzt ist dein Schicksal besiegelt, Ding aus der Hölle!«

Der Dampf würde Inhetep so sicher töten wie Feuer, aber die Mixtur aus Feuer und Wasser war für den Dämon fast ebenso tödlich wie für menschliches Fleisch. Magister Inhetep war es gelungen, den ganzen Raum in einen Schleier aus wogendem Dampf zu hüllen, während sich über ihnen keine brennenden Hölzer, sondern nur noch eine immer dunkler werdende Wolke solcher Art befand, wie sie auch auf natürliche Weise am Himmel erschien, wenn ein Unwetter bevorstand. Das Elementarwesen aus Feuer zuckte vor den Strahlen des ultrahoch erhitzten Dampfes zurück, sah nach oben auf die Masse eiskalten Dampfes über sich und warf sich einen Augenblick später wie wahnsinnig auf den Mann, der schuld an seinem baldigen Ableben war. Als es vorsprang, um die Schutzhülle endgültig zu zerschmettern und den Mann darin zu verbrennen, entlud sich die Wolke über ihnen explosionsartig. Der Wasserfall löschte die Flammen auf dem Rücken des Dämons im gleichen Augenblick, als dessen Bauch die Blase, die zwischen ihm und dem Sterblichen stand, traf und eindrückte. »TOD!« brüllte er Setne zu, während er starb.

Inhetep sah, was kam, und sank. Das heißt, der Zauberpriester benutzte den letzten Rest seiner Kräfte, um die Struktur seines Körpers so zu ändern, daß er durch den Marmorfußboden in das darunterliegende Geschoß sinken konnte. Der zunehmende Luftdruck in der von dem sterbenden Dämon zusammengedrückten Glocke trieb den Magister nach unten, wie ein Atemstoß einen Pfeil durch ein Blasrohr jagen würde. Inhetep schoß abwärts und wurde drei Meter tiefer von einem weiteren Steinboden aufgehalten. Die Wucht des Aufpralls betäubte ihn für einen Augenblick, doch größerer Schaden blieb ihm gnädigerweise erspart. »Bei Thots Schnabel!« murmelte er frevlerisch. »Das war viel zu knapp. Nächstesmal, wenn ich mich in ein Feuer wage, werde ich etwas bei mir haben, um mit Elementaren dieser Sorte rascher fertigzuwerden.«

»Wenn man sich mit Dämonen messen will, braucht man einen großen Löffel«, sagte eine kühle, verführerische Stimme.

Inhetep erschrak und fuhr herum. Der Sprecher war ein Mädchen mit milchweißer Haut und kupfergoldenem Haar, das ihm fast bis zur Hüfte reichte. Die Haarsträhnen waren die einzige Bekleidung, wenngleich es mit Amuletten und anderem Schmuck aus Gold und Edelsteinen behangen war. Es hielt seinem Blick ohne jede Spur von Scham stand und erwiderte ihn aus orangefarbenen Augen. Zum erstenmal war Setne Inhetep so durcheinander, daß er fast sprachlos war. »Was tust du hier — und wo sind wir?« brachte der Ur-Kheri-Heb schließlich mühsam hervor.

»Dasselbe könnte ich Euch fragen, obwohl ich die Antwort auf die zweite Frage kenne. Ich verrate sie Euch, wenn Ihr mir sagst, wer Ihr seid.«

»Magister Setne Inhetep von der Utchatu.«

Sie lächelte. »Ich bin Xonaapi. Es ist mir ein Vergnügen, einen Mann zu treffen, der durch festen Stein sinken kann, ganz besonders hier.«

Inhetep sah weg, denn das wunderschöne Gesicht und der vollendete Körper lenkten ihn ab. »Wo ist das ›Hier‹, von dem du redest — das heißt, abgesehen von der Tatsache, daß wir uns unter den Gemächern von Ram-f-amsu befinden?«

»Ihr habt recht. Wir sind in einem Verlies unter den

Gemächern dieses … dieses *Schweins.*« Ihre vollen Lippen kräuselten sich zu einer Miene des Abscheus, und ihre letzten Worte klangen wie ein Fluch. »Ich *hasse* diesen Menschen, und wenn ich hier herauskomme, wird er für einiges büßen müssen.«

»Deine Rache kann Ram-f-amsu nicht mehr treffen. Er ist vor zwei Tagen ermordet worden.«

»Oh … das wußte ich nicht«, sagte Xonaapi zögernd, und ihre Lippen verzogen sich zu einem äußerst verführerischen Schmollmund. »Wirklich schade, zumal ich gehofft hatte, ihn selbst umzubringen. Wißt Ihr, wie wir hier herauskommen?«

Er schüttelte den Kopf. »Ich hatte gehofft, du wüßtest es. Nun gut! Das heißt, wir müssen nach dem Ausgang suchen, aber zumindest war Ram-f-amsu so umsichtig, diesen unterirdischen Bau mit Hexenlichtern zu versehen.« Inhetep hielt inne und versuchte sich zu orientieren, doch er wußte einfach nicht genau, welcher Weg wohin führte. Dabei fiel sein Blick wiederum auf das nackte Mädchen. »Besser, wir beeilen uns, denn wer weiß, was das Feuer oben mit diesem Verlies anstellen wird!«

Xonaapi lächelte und nahm den Arm des Magisters. »Ihr seid sehr eindrucksvoll, Magister Setne Inhetep. Ich bin sicher, Ihr werdet den Weg finden.«

»Äh, verzeih mir, Xonaapi, aber hast du vielleicht irgend etwas zum … äh … Anlegen?«

»Ich trage meinen gesamten Schmuck.«

»Ich dachte eher an Kleidung.«

»Natürlich! Wie dumm von mir«, sagte die junge Frau, während sie seinen Arm drückte. »Ram-f-amsu hat mir alles genommen, aber ich könnte mich in ein Laken wickeln.«

Inhetep war der sanfte Druck ihrer vollen Brüste nicht unbedingt unangenehm, aber sie lenkte ihn tatsächlich ab, und er hatte das Gefühl, daß sie dieses unterirdische Verlies rasch verlassen mußten. Sanft entzog er seinen

Arm Xonaapis Griff. »Dann laß uns in dein Schlafzimmer gehen«, stimmte er ihrem Vorschlag zu.

»Hier«, sagte sie, als sie kurz darauf in dem Labyrinth unter dem Palast um eine Ecke bogen und sie eine Tür öffnete, die in ein großes und verschwenderisch möbliertes Gemach führte. »Ist es nicht wunderschön? Wie gefiele es mir, solch ein Schlafzimmer an einem anderen Ort zu besitzen. Eines mit großen Fenstern und einem Balkon, von dem man auf einen Garten hinabsieht. Ihr habt kein Verlies wie dieses, oder, Magister Setne Inhetep?«

Ohne nachzudenken, sagte er: »Setne reicht völlig aus, meine Liebe. Und ich würde nicht im Traum daran denken — ein solches Verlies besitzen zu wollen, meine ich«, fügte er hastig hinzu. »Mach dir eine Toga oder so etwas aus einem der Laken, während ich mich nach einer Fluchtmöglichkeit umsehe. Hier unten zirkuliert warme Luft.«

In der einen Hand hielt Xonaapi das Seidenlaken, das sie von dem luxuriösen Bett in dem Gemach abgezogen hatte, während sie mit der anderen auf eine Wand zeigte. »Da drüben, dicht über dem Boden. Ich habe auch schon daran gedacht, aber es ist nur ein kleiner Belüftungsschacht.«

»Wir wollen uns ein wenig Zeit nehmen, um über das Problem nachzudenken, Xonaapi«, schlug der Zauberpriester vor, während sie sich in das Laken hüllte und es an der Schulter mit einer Smaragdspange befestigte.

Sie nickte, also fuhr er rasch fort. »Ich werde dir jetzt ein paar Fragen stellen. Deine Antworten sollten kurz und genau sein. In Ordnung?«

Sie lächelte. »Kein Problem, Setne Inhetep — Setne, meine ich. Mir gefällt Euer Name.«

»Woher kommst du? Wie heißt dein Heimatland?«

»Hyrkanische Piraten haben mich von einem Schiff geraubt, das von Sinope nach Sarai unterwegs war. Ich befand mich auf dem Heimweg.«

»Du bist eine Khazirierin?«

»Das ist richtig — noch dazu eine Weiße und außerdem noch eine Adlige! Die Piraten aus Baku haben mich zu einem skythischen Sklavenhändler gebracht. Dann hat mich ein phönizischer Händler gekauft und nach Antiochia gebracht. Und dort hat mich Ram-f-amsu erstanden.«

Inhetep hielt sie für außerordentlich praktisch veranlagt und innerlich gefaßt, doch er machte keine diesbezügliche Bemerkung, sondern fragte: »Der Fürst hat dich in Antiochia gesehen und gekauft?«

Xonaapi schüttelte die rotgoldene Mähne. »Nicht Ram-f-amsu persönlich. Er tat es über einen Mittelsmann, einen schmierigen Zyprioten, der mich ziemlich verwöhnt hat. Der hat mich dann nach On gebracht, und dann hat mich Ram-f-amsu hier unten eingesperrt.«

»Wie hieß der Zypriot?«

»Pyronos.«

»Wie lange bist du schon hier unten?«

»Ziemlich lange. Ich bin nicht sicher, aber ich glaube, seit einem Monat oder noch länger.«

»Und ist der Statthalter oft zu dir gekommen?«

»Ja, aber er hat nie versucht, sich mir zu nähern, Setne.« In ihrer Stimme lagen Verwunderung und Schmerz. »Bin ich so häßlich geworden?«

Bei diesen Worten schüttelte der Ur-Kheri-Heb den Kopf. »Nein, Xonaapi. Ich versichere dir, daß du immer noch ganz bezaubernd aussiehst, obwohl du schon so lange hier unten eingesperrt bist.«

»Dann wollt Ihr ...«

»Entkommen!« unterbrach Inhetep schroff. »Also, wo ist Fürst Ram-f-amsu aufgetaucht, wenn er dich besucht hat — aus welchen Gründen auch immer.«

»Kommt, ich zeige es Euch«, erwiderte das Mädchen eifrig. Xonaapi nahm ihn bei der Hand und führte ihn durch eine Flucht größerer und kleinerer Gemächer zu einem großen Raum mit vielen Säulen, Wandgemälden und einem Springbrunnen in der Mitte. »Dort«, sagte sie und deutete auf eine Stelle zwischen zwei Säulen in einem Alkoven des Zimmers. »Er ist immer an dieser Stelle aufgetaucht, aber als ich nach einer Tür suchte, habe ich nichts gefunden!«

In dem Alkoven sah Inhetep eine gemalte Tür mit den für einen Transporter typischen Schriftzeichen und Darstellungen. »Verdammt! Das wird uns nicht viel nützen.«

Das Mädchen ging ihm nach und stellte sich neben ihn. »Ich weiß. Die Tür ist nur aufgemalt.«

»Nein. Es ist ein magisches Portal. Ich bin zwar geschwächt, doch meine magische Energie reicht aus, um es zu aktivieren, aber ...«

»Aber was?«

»Wenn wir es benutzen, werden wir oben im Feuer landen!«

»Was können wir dann tun, um hier herauszukommen?« Jetzt wirkte sie ein wenig ängstlich.

Inhetep führte sie von dem Transporter weg und begann mit einer raschen, aber systematischen Durchsuchung der Räumlichkeiten. Für ihn war offensichtlich, daß der Fürst lediglich einen Teil des unterirdischen Labyrinths abgetrennt hatte, um einen geheimen und völlig privaten Ort zu haben. Während er alles in Augenschein nahm, bat er Xonaapi, ihm zu erzählen, was sie von Ram-f-amsu wußte.

»Er sagte, eines Tages werde er ein großer Herrscher sein. Ich fragte ihn, ob er mich zu seiner Königin machen wolle, aber er lachte nur. ›Nicht einmal zu meiner Konkubine, du hellhäutige Verführerin‹, sagte er, und ich fühlte mich zugleich geschmeichelt und beleidigt. ›Soll ich geopfert werden oder was?‹ Das habe ich ihn gefragt, weil ich plötzlich an die Dinge denken mußte, die ihr Ægypter tut.«

»Unsinn! Nicht einmal ... Na, jedenfalls sind Menschenopfer in diesem Land ein Verbrechen, Xonaapi. Es gibt Vermutungen, daß die Anhänger Sets immer noch ... Aber erzähl doch weiter. Entschuldige, daß ich dich unterbrochen habe.«

Sie lächelte und gab ihm einen Kuß auf die Wange. »Das macht nichts. Eure Worte sind sehr beruhigend. Ihr seid ein Priester — das erkenne ich an Eurem rasierten Schädel und Eurer ganzen Art. Ich hatte schon befürchtet, alles sei nur ein Trick, und Ihr wärt gekommen, um mich abzuholen ... Ihr wißt schon.«

»Hat Ram-f-amsu gesagt, was er mit dir vorhatte, Xonaapi? Selbst im mysteriösen Ægypten ist es äußerst ungewöhnlich für einen Statthalter des Pharaos, sich in einem Geheimverlies eine so hübsche Sklavin zu halten.«

»Ich sollte ein besonderes Geschenk sein. Zumindest hat er das gesagt, aber ich habe ihm nicht geglaubt. Jetzt meine ich, daß er die Wahrheit gesagt hat. Er sagte, ich sei das Juwel, das der Krone Glanz verleihen werde.«

Obwohl seine Hekaenergie nach der Begegnung mit dem Dämon verbraucht war, benutzte der Magister seine Kraft der Beobachtung und das Wissen um Konstruktion und Tarnung geheimer Portale, während er sich an den Außenwänden des Palasts entlangtastete. »Hah! Hier haben wir ein Areal, das eigentlich gar nicht da sein dürfte, meine Liebe. Streng doch mal deine wunderschönen Topasaugen an und such nach Kratzern auf dem Boden.«

»Wie nett von Euch, das zu sagen«, erwiderte Xonaapi, doch sie bückte sich und sah nach unten, während Inhetep mit einer neuerlichen Umkreisung der fraglichen Wände begann. »Wie sollen die Kratzer denn aussehen?« fragte sie.

»Wie kleine gekrümmte Linien. Es können eine oder mehrere sein, tief eingekerbt oder ganz schwach, das hängt davon ab, wie fähig der Steinmetz war, der die

Rollen unter den Stein montiert hat. Wenn zwei oder mehrere Linien da sind, verlaufen sie parallel.«

»Wie diese hier?« Xonaapi zeigte auf den Boden.

Jetzt umarmte Inhetep das Mädchen. »Du hast die Stelle gefunden, Xonaapi! Komm und hilf mir, den Entriegelungsmechanismus zu finden.« Der Magister verriet ihr, wonach sie Ausschau halten mußte, während er seine Suche fortsetzte. Sie entdeckten den Mechanismus unter einer Steinplatte, einen kurzen Metallhebel, der auf einem Gelenk ruhte und herausgezogen werden konnte, so daß ein Bolzen gelöst wurde, der in den Boden verankert war und den beweglichen Teil der Steinmauer an Ort und Stelle hielt. Sie hatten keine Mühe, die Geheimtür zu öffnen und in den anschließenden Raum zu treten. Es handelte sich um eine Art Lager, das mit Waffen und Rüstungen gefüllt war und recht weitläufig zu sein schien.

»Was glaubt Ihr, wofür all das bestimmt ist?« fragte Xonaapi, als sie in die dunkle Kammer lugten.

»Das mußt du mir sagen. Wem solltest du denn zum Geschenk gemacht werden?«

»Er wollte es mir nie verraten, obwohl ihm einmal ein Name entschlüpft ist, unabsichtlich, glaube ich. Er wollte ihn nicht wiederholen, aber ich meine, es hätte nach einem yarbischen oder vielleicht auch shemitischen Namen geklungen. Ich bin nicht sicher.«

Das Arsenal wurde nicht wie das Gefängnis des Mädchens von Hexenlichtern erhellt, doch Inhetep benutzte sein Beleuchtungsamulett. Xonaapi fragte ihn, wie er den goldenen Talisman dazu brachte, Licht zu spenden, doch der Zauberpriester erklärte ihr lediglich, daß der Gegenstand mit Heka aufgeladen war. »Stell ihn dir einfach als eine Art Lampe vor, und während ich ein bestimmtes Wort spreche, bringe ich ihn zum Leuchten, als würde ich einen Docht anzünden.« Das war als Erklärung für sie mehr als ausreichend.

Das Arsenal enthielt genug Waffen, um mehrere tausend Männer damit auszurüsten. Feine Panzerhemden, Stahlhelme, Bogen, Pfeilköcher, Speere, Schilde, Schwerter und Äxte. Der Magister war versucht, eine Auswahl mitzunehmen, entschied sich jedoch dagegen, da sie immer noch einen Ausgang aus dem Arsenal finden mußten. Doch nach einigen Minuten sah er eine breite Stelle, bei der es sich nur um ein Tor handeln konnte. Es stellte sich heraus, daß es zwar von der anderen Seite getarnt, doch von innen leicht zu öffnen war. Xonaapi und er betraten endlich den regulären Teil des Palastkellers, und nach kurzer Zeit hatte der Zauberpriester einen Tunnel ausgemacht, der in gerader Richtung verlief und vom Palast wegzuführen schien.

»Es ist kalt und ekelhaft hier«, sagte das Mädchen, als Inhetep Anstalten machte, dem Gang zu folgen.

»Aber der Gang wird uns sicher hier herausbringen, glaube ich«, entgegnete er, und so folgte ihm Xonaapi bereitwillig.

Als sie das Ende des Tunnels erreichten und an die frische Luft kletterten, ging bereits die Sonne auf, und von den etwa fünfhundert Meter entfernten Überresten des Palasts stieg nur noch weißlicher Rauch auf. »Wie kommt es, daß wir so weit von Ram-f-amsus Gemächer entfernt sind?« fragte sie, als Inhetep auf den Rauch deutete und ihr sagte, wo sie sich befanden.

»Bei dem Gang handelt es sich um einen Fluchttunnel für den Notfall«, erklärte ihr der Magister. »Sie haben den Brand bereits gelöscht, also hat es keinen Sinn, dorthin zurückzukehren. Inspektor Tuhorus und seine Männer können die Trümmer auch ganz gut allein durchsuchen. Sie werden zweifellos sehr bald hier auftauchen. Komm mit mir, Xonaapi. Wir gehen ins *Schilfrohr,* wo wir etwas essen und vielleicht ein paar Stunden schlafen können.«

»Ja, Setne«, sagte sie mit müder Stimme. »Durch die ganze Aufregung bin ich ziemlich müde und hungrig. Führt Ihr immer so ein gefährliches Leben?«

»Da mir diese Frage von jemandem gestellt wird, der von Piraten entführt und als Sklavin verkauft worden ist, kann ich sie nicht ganz ernst nehmen«, erwiderte der Ægypter. »Doch das eine oder andere meiner Erlebnisse könnte sich als durchaus interessant für dich erweisen. Ich werde dir davon in der behaglichen Umgebung meiner Unterkunft erzählen.«

8

Unerwartete Schwierigkeiten

Setne fand, daß Xonaapi eine faszinierende Mischung aus Naivität und Bildung darstellte. Er vermutete, daß dies eine Folge ihres jugendlichen Alters und behüteten Aufwachsens war, denn mit achtzehn Jahren hatte das Mädchen noch nicht viel von der Welt gesehen. Der kurze Aufenthalt in der freien griechischen Stadt Sinope an der Küste des Mare Ostrum schien ihre einzige Erfahrung außerhalb der klösterlichen Frauengemächer auf dem ausgedehnten Anwesen ihres Vaters zu sein. Khazirier waren dafür bekannt, Frauen lediglich als ihr Eigentum zu betrachten, und obwohl Xonaapi das einzige Kind ihrer Familie war, hatte ihr Vater das kleine Mädchen kaum anders behandelt, als wenn er viele Söhne und Töchter gehabt hätte. Das war der Grund dafür, warum sie ihr Sklavinnendasein mit soviel Gelassenheit ertragen hatte. »Schließlich wäre ich irgendwann sowieso von meinem Vater für ein üppiges Brautgeld an irgendeinen alten häßlichen Lord verkauft worden«, berichtete sie Inhetep. »Warum sollte ich mich da über die Sache mit den Piraten und dem Sklavenhändler groß aufregen? Ich bin nicht schlecht behandelt worden, ganz im Gegenteil, denn eine Jungfrau ist das Zehnfache einer gewöhnlichen Frau wert ... einer Frau, die man geschändet hat.«

Der Zauberpriester mußte lächeln. »In zivilisierteren Ländern ist das anders, Xonaapi, aber du bist jetzt in der Lage, das bald für dich selbst herauszufinden.« Er fuhr fort, ihr zu erklären, daß sie jetzt ein freier und gleichwertiger Mensch war und ihr die Regierung unter den gegebenen Umständen die Ægyptische Staatsbürgerschaft gewähren werde, falls sie dies wünsche. »Und zwar schon allein deshalb, weil nach dem Tode eines Statthalters alle Sklaven, die er während seiner Amtszeit für sich persönlich erworben hat, freigelassen werden, ob sie nun im Statthalterpalast oder sonstwo auf seinen Besitzungen wohnen. Das verhindert Mißbräuche«, erklärte der Magister augenzwinkernd.

Nachdem er mit seinem zeitweiligen Mündel ein leichtes Frühstück eingenommen hatte, ging er vor dem Schlafengehen noch einmal ins Bad. Als er wieder herauskam, lag das Mädchen nackt in seinem Bett. »Ich nehme an, ich muß auf einem der Diwane schlafen«, sagte er eiligst.

»O nein. Bleibt hier und macht es Euch gemütlich, Setne Inhetep. Dieses Bett ist sehr groß, und es ist reichlich Platz für uns beide.«

Inhetep legte sich auf die andere Seite, doch Xonaapi wollte nichts davon wissen. Sie drehte sich zu ihm herum und schmiegte sich an ihn. Ihre rechte Brust ruhte auf seinem Arm, als sie ihm mit zarten Fingern über die Wange strich. »Seht, wie weiß meine Haut im Vergleich zu Eurer aussieht, selbst meine Nippel sind blaßrosa«, kicherte sie. »Obwohl meine Haarfarbe fast Eurem Hautton entspricht, nur daß sie etwas goldener ist«, fügte sie hinzu, während sie sich in den Nacken griff und ihm ein paar von ihren langen Strähnen über die Brust legte, als wolle sie die beiden Farben miteinander vergleichen.

»Geh schlafen, Mädchen«, knirschte Inhetep mit zusammengebissenen Zähnen und bemüht, nicht auf andere Weise zu reagieren. »Jetzt ist nicht die Zeit für diese Art von Dingen.«

»Welche Art von Dingen meint Ihr? Zeigt es mir, bitte! Ich will Euch danken, daß Ihr mich gerettet habt«, drängte Xonaapi. »Ihr seid der bestaussehende Mann, der mir je begegnet ist — so gescheit und ... und ...«

»Und mit Sicherheit älter als dein Vater, Xonaapi.«

Die Worte versetzten ihm einen Stich, aber manche Dinge mußten eben sein. Außerdem war die Wirkung des Stimulans so gut wie verflogen, und der Magister fühlte sich erschöpft und am Rand einer Migräne. »Dein Liebreiz ist unwiderstehlich, und ich wünsche mir sehr, mit dir zu schlafen. Aber fürs erste wollen wir uns nur gute Nacht sagen. Wie du bereits bemerkt hast, bin ich ein wichtiger Mann, ein Agent des Pharaos — das soll unser Geheimnis sein! Ich habe einen Sonderauftrag, der mehr oder weniger mit dem Tod des Fürsten Ram-famsu zu tun hat. Wir brauchen beide unseren Schlaf, denn ich werde schon bald wieder meiner Arbeit nachgehen, und dann brauche ich deine Hilfe ebenso wie jetzt. Wie hört sich das an? Einverstanden?«

Xonaapi schmollte ein wenig, küßte Inhetep jedoch auf die Wange und drehte sich um. »Ich denke schon. Aber ich begreife die Männer nicht! Ganz besonders Euch nicht, Magister Setne Inhetep.«

»Ich glaube nicht, daß ich mich selbst begreife, Mädchen — und Frauen sind für mich ein noch größeres Rätsel.« Dann gab er vor zu schlafen, wobei aus der Vorspiegelung Augenblicke später eine Tatsache geworden war.

Ein hämmerndes Geräusch weckte ihn. Er setzte sich erschreckt auf und sah sich verwirrt und schläfrig um. Das Geräusch kam wieder und mit ihm eine Stimme: »Öffnet, Inhetep! Hier ist Tuhorus!« Das versetzte den Ur-Kheri-Heb zumindest in die Lage, sich wieder zu erinnern, wo er war und was geschehen war. Setne warf sich einen Morgenmantel aus Baumwolle über und lugte zuerst aus dem Fenster, dessen Läden noch geschlossen waren, bevor er sich um seinen Besucher kümmerte. Der Sonnenstand verriet ihm, daß früher Nachmittag war. Xonaapi ließ sich nicht stören: Sie schlief tief und fest und sah wunderschön und fast wie ein Kind aus, wie sie nur halb vom Laken zugedeckt dalag. Inhetep riß sich von ihrem Anblick los, verließ das Schlafzimmer, schloß die Verbindungstür und ging zur Eingangstür des Gemachs, wo der Polizist sein Hämmern wieder aufgenommen hatte.

»Hört auf damit! Ich komme ja schon!« rief der Magister gereizt. »Ihr versetzt mit Eurem Getrommel das ganze Gasthaus in Aufruhr.« Bei diesen letzten Worten öffnete er die Tür.

»Nun, ich hatte den Eindruck, ich müßte Tote aufwekken«, erwiderte Tuhorus, während er eintrat und sich setzte. Er musterte den Zauberpriester für einen langen Augenblick. »Ihr scheint wohlauf zu sein, sogar ausgeschlafen.«

»Natürlich bin ich das«, schnappte Inhetep, nachdem er sich ebenfalls gesetzt hatte. »Warum sollte ich nicht ausgeschlafen sein?«

»Man hat Euch als tot gemeldet — im Feuer umgekommen.«

»Man hat sich gründlich geirrt«, sagte Inhetep ohne jeden Humor. »Ich brauche ein Glas Tee.«

Just in diesem Augenblick pochte es erneut an der Tür, nur handelte es sich diesmal um ein unterwürfiges Klopfen. »Herein!« rief Tuhorus. Die Tür öffnete sich, und einen Augenblick später trat ein Kellner mit einem riesigen Tablett aus gehämmertem Messing ein, das mit frischem Obst, Säften, kleinen Brotlaiben, süßem Gebäck und Tee beladen war. Außerdem gab es ein Tablett mit einer Auswahl verschiedener Käsesorten, kaltem Fleisch und geräuchertem Fisch. Dieses Tablett wurde von demselben Kellner hereingebracht, nachdem das erste abgestellt worden und der Kellner noch einmal hinausgegangen war. Setne begutachtete den ganzen Vorgang, ohne ein Wort zu sagen, doch dafür sprach seine Miene Bände.

»Ich habe Euren Wunsch vorausgesehen, Magister — und ich wollte selbst etwas essen.«

»Geht das auf meine Rechnung?«

»Mit Sicherheit.«

Inhetep grummelte, gab dem Kellner jedoch ein paar kleine Münzen. Dann goß er sich ein Glas heißen gezukkerten Pfefferminztee ein, trank und lehnte sich zurück. Er beobachtete Tuhorus beim Essen und schnitt eine Grimasse. »Pfui! So früh am Morgen! Wie könnt Ihr nur?«

»Mittag ist längst vorbei, Inhetep.«

»Für Euch, vielleicht, aber soweit es mich betrifft, ist es kurz nach Tagesanbruch. Was bedeutet diese Geschichte, ich sei tot?«

Tuhorus aß ein Stück Fisch, biß in ein Stück Käse und nahm sich ein paar Trauben, um das Essen abzuschließen, und erwiderte: »Ihr wurdet dabei gesehen, wie Ihr in das Feuer gerannt seid. Es war Mittag, bevor mir der Gedanke kam, daß Ihr vielleicht nicht als verkohlte Leiche in den Palastruinen liegt, sondern vielmehr friedlich in Eurem Bett schlaft! Niemand hat Euch aus dem Palast kommen sehen, aber als Eure Leiche bis dahin noch nicht aufgetaucht war, dachte ich mir, daß Ihr wahrscheinlich Heka benutzt habt, um dem Inferno zu entkommen.«

»Mehr oder weniger«, bekannte der Magister nichtssagend. »Warum seid Ihr hier?«

»Wo sollte ich Euch sonst suchen? Ich brauchte selbst etwas Schlaf, obwohl ich nur ein paar Stunden erübrigen konnte. Ich nehme an, Ihr habt eine volle Nachtruhe ...«

Er brach schlagartig ab, als Xonaapi plötzlich in der Tür zum Schlafzimmer erschien. »Ich habe Stimmen gehört und Frühstück gerochen, Setne Inhetep!« rief sie gutgelaunt, während sie ins Zimmer tanzte. Dann sah sie Tuhorus sitzen und zog sich hastig wieder zurück. Natürlich war sie nackt gewesen.

»Laßt mich meine Einschätzung revidieren, Magister«, sagte der Polizist mit einem Gesichtsausdruck, der irgendwo zwischen Bewunderung und Mißbilligung lag und sich gleich darauf zu einem Grinsen verzog.

»Das ist vielleicht der reizendste Anblick, der mir in meiner langen Laufbahn als Detektiv vergönnt war. Dürfte ich fragen, wie und wo ...?« ließ Tuhorus die Frage ausklingen, während sein Grinsen noch breiter wurde.

Setne schloß die Augen, verzog das Gesicht, öffnete sie dann wieder und trank von seinem Tee. »Haaaa ...«, seufzte er. »Womit soll ich beginnen?«

»Kein Grund, mir irgend etwas zu erklären, Magister. Die Frage war reine Konversation.«

»Verdammt«, sagte er ohne Nachdruck. »Hört endlich auf, Spielchen mit mir zu spielen, Tuhorus. Die Situation ist ganz und gar nicht so, wie Ihr denkt, aber ich muß sie Euch erklären. Außerdem gibt es noch einen sehr guten Grund, obwohl sie im Augenblick nicht anwesend ist.«

»Eine andere Frau? Ich weiß, daß Ihr nicht verheiratet seid. Kein Grund zur Beunruhigung. Zufälligerweise bin ich die Diskretion in Person.«

»Jetzt hört mir zu, Ihr Affe! Ich habe dieses Mädchen — sie ist ja noch ein Kind — aus dem Palast gerettet. Sie war von diesem Bastard Ram-f-amsu in ein Verlies gesperrt worden.«

»Das letztere kann ich glauben«, erwiderte Tuhorus. »Aber da ich die Dame ... äh ... gesehen habe, muß ich das erstere ausdrücklich davon ausnehmen. Ein Kind? Also wirklich, Inhetep!«

»Pah! Sie ist gerade achtzehn.«

»Und zwar jeder Zoll an ihr! Es muß an Eurer Tüchtigkeit als Ur-Kheri-Heb liegen«, sagte er mit einem spöttischen Unterton, der Inhetep außerordentlich ärgerte. Bevor der Magister jedoch antworten konnte, tauchte Xonaapi wieder auf, diesmal züchtig in ein Seidenlaken gewickelt, das sie in eine Toga verwandelt hatte.

»Es tut mir leid, einfach so hereingeplatzt zu sein, ohne ...«

»Bitte!« unterbrach der Zauberpriester. »Sag jetzt nichts mehr zum Thema Nacktheit!«

»... vorher anzuklopfen«, beendete Xonaapi in aller Unschuld den Satz.

Tuhorus lachte schallend. Inhetep goß sich noch ein Glas Tee ein und reichte dem Mädchen ebenfalls ein frisches Glas. »Bedien dich und iß, was du magst. Ich kann auch etwas anderes bestellen, wenn dies nicht nach deinem Geschmack ist.«

»Doch, genau darauf habe ich Appetit«, erklärte sie mit einem Lächeln, das an beide Männer gerichtet war. Dann konzentrierte sie sich auf den Polizisten. »Ich habe gar nicht gewußt, daß Magister Setne Inhetep Gesellschaft hat. Ich dachte, die andere Stimme gehöre dem Kellner, der uns das Frühstück bringt — obwohl es schon Nachmittag ist. Ich bin Xonaapi. Wer seid Ihr?«

Der Detektiv stellte sich vor und fragte sie, wo sie Inhetep kennengelernt habe. Xonaapi schilderte freimütig, wie der Ur-Kheri-Heb des Thot buchstäblich vom Himmel in ihr Gefängnis gefallen sei und dann eine Fluchtmöglichkeit entdeckt habe. »Wir zwei müssen uns einmal ausführlich über diese Geschichte unterhalten, daß Euch der ehemalige Statthalter dort unten eingesperrt hat«, sagte Tuhorus. Doch damit wußte er auch, daß er nichts mehr von ihr erfahren würde, also richtete Tuhorus seine Aufmerksamkeit wieder auf Inhetep, diesmal jedoch voller Ernst und Eifer. »Was habt Ihr erfahren, Utchat-Neb?«

»Der Fürst scheint einer Sammelleidenschaft für Waffen gefrönt zu haben. Ich habe dort drinnen ein Arsenal mit Waffen und Ausrüstung für ein ganzes Regiment entdeckt. Er hatte ein Geheimversteck für sein illegal erworbenes Eigentum. Es ist keine große Sache, später noch einmal dort vorbeizuschauen. Nach allem, was Xonaapi mir darüber erzählt hat — warum Ram-f-amsu sie gekauft und versteckt gehalten hat —, glaube ich, der Lösung des Falles ziemlich nahe zu sein.«

»Wenn es Euch recht ist, legt die Einzelheiten doch bitte schriftlich für mich nieder«, bat ihn Tuhorus höflich. »Doch da ist noch eine Sache, die Eure Ansicht vielleicht ändert.«

»Tatsächlich? Dann erzählt bitte, Inspektor. Habt Ihr noch Hinweise aus der Palastruine retten können? Oder seid Ihr beim Hohenpriester fündig geworden?«

»Weder noch ... Nun ja, mehr oder weniger. Matiseth Chemres ist ebenfalls tot — genauso ermordet wie der Fürst, und die Bücher, die Ihr dort gesehen habt, sind verschwunden.«

»Vielleicht sollte ich mich in ein anderes Zimmer zurückziehen«, schlug Xonaapi mit schwacher Stimme vor. Das Gerede über Tod und Mord machte sie offensichtlich nervös.

»Hmmm ...«, machte Inhetep. »Ja. Nein! Warum gehst du nicht einfach einkaufen, statt dich im Schlafzimmer zu verkriechen. Du könntest dir ein paar Kleider und Sachen kaufen. Du brauchst nämlich etwas Richtiges zum Anziehen.«

»Sie sieht bezaubernd aus in dieser Toga«, widersprach Tuhorus.

»Vielen Dank«, sagte das Mädchen sittsam, »aber mir gefällt die Farbe nicht besonders. Sie paßt nicht zu meinem Haar, finde ich.«

Nachdem er ein paar Münzen entnommen hatte, gab ihr Inhetep seine Börse. »Hier, nimm das! Es ist genug Geld drin für alle Kleider und allen Tand, den du brauchst«, fügte er an Rachelle denkend hinzu.

»Das ist wunderbar!« Das Mädchen sprang auf, hüpfte herum und lachte. »Welch ein Spaß, eine so schöne Ægyptische Stadt wie On zu sehen und mir kaufen zu können, was mir gefällt, anstatt anziehen zu müssen, was mein Vater für angemessen hält. Ich kann es kaum erwarten! Ich komme zurück, wenn die Geschäfte schließen«, informierte sie Xonaapi, während sie aus den Gemächern eilte. Inhetep hielt sie jedoch zurück und legte ihr nahe, daß Sonnenuntergang eine bessere Zeit sei, da viele Geschäfte der Stadt, insbesondere diejenigen, welche die wohlhabendere Kundschaft Ons bedienten, bis tief in die Nacht hinein geöffnet waren.

Das kupferhaarige Mädchen war sofort einverstanden und versprach, bei Sonnenuntergang wieder im *Schilfrohr* zu sein. Dann hauchte sie einen Kuß in Inheteps Richtung, sagte dem Polizisten auf Wiedersehen und flog förmlich zur Tür hinaus.

»Ebenso begeisterungsfähig wie gutaussehend«, kommentierte Tuhorus, nachdem sich die Tür hinter ihr geschlossen hatte.

»Dieser letzte Vorschlag könnte sich noch als verhängnisvoll erweisen.«

»Wovon redet Ihr denn jetzt, mein guter Magister? Sie hat Euch doch zum Abschied einen Kuß zugehaucht, oder nicht?«

»Wie erkläre ich Rachelle nur die Ausgaben, die sie zweifellos tätigen wird?«

»Rachelle? Ich nehme an, das ist die andere Frau. Nun, Ihr seid doch ein einfallsreicher Bursche, Inhetep. Könnten wir jetzt vielleicht wieder zur Sache kommen?«

»Gern, wenn Ihr endlich mit Euren Sticheleien aufhört«, grollte Inhetep. »Gibt es irgend etwas, das ich wissen muß, bevor wir zum Tempel des Set gehen? Ich will den Tatort untersuchen.«

»Nein, ich glaube, Ihr werdet alles so vorfinden, wie es war, als ich die Leiche des Hem-Neter-Tepi in den letzten Stunden der vergangenen Nacht entdeckt habe. Der Ort wird von einem Dutzend Männer bewacht, und alle wichtigen Personen dort sind verhört worden.«

Genau das hatte er gehofft. »Ich ziehe mir nur eine Tunika an und bin gleich wieder da. Greift ruhig noch zu, während Ihr wartet. Ich hasse Verschwendung.«

»Besonders dann, wenn *Ihr* sie bezahlt, Magister.« Tuhorus lächelte. »Das bringt mich auf das Thema Frauenkleidung ...« Das Knallen der Schlafzimmertür schnitt alle weiteren Worte ab, die der Polizist vielleicht noch hatte sagen wollen, also begnügte er sich damit, die Reste zu verzehren, die auf den beiden Tabletts übriggeblieben waren.

Ein paar Minuten später kam Inhetep mit frisch rasiertem Gesicht und Schädel zurück. Er trug ein flottes Gewand aus Baumwolle und Leinen. »Sollen wir gehen?«

Tuhorus stand auf und ging zur Tür. »Was ist mit Eurer Theorie in bezug auf die Morde, Inhetep? Ihr solltet Eure Gedanken nicht für Euch behalten.«

»Das will ich auch gar nicht — aber laßt mich erst einen Blick auf Chemres und den Tatort werfen, Tuhorus.«

»Sein Tod überrascht Euch nicht? Ich dachte, er hätte mit dem Mord am Statthalter zu tun.«

»Diese Möglichkeit wird durch sein Ableben nicht ausgeschlossen. Nun, mein scharfsinniger Freund, ich *bin* ein wenig bestürzt, daß er auf diese Weise umgebracht wurde — und daß alles Beweismaterial fehlt, das sich in seinem Besitz befand! Habt Ihr diesbezüglich irgendwelche Vermutungen?«

Der Inspektor blickte dem Ur-Kheri-Heb in die grünen Augen. »Also gut, Magister, ich habe ebenfalls meine Berufsgeheimnisse. Alle Beweisstücke, die im Tempel gefunden wurden, sind noch dort und können von Euch begutachtet werden, die Aussagen der Anwesenden sind zu Protokoll genommen worden, und Ihr könnt diesen Zeugen noch mehr Fragen stellen, wenn Ihr wollt. Zieht Eure eigenen Schlüsse. Wenn Ihr mir sagt, was Ihr entdeckt habt, werde ich Euch mit Freuden meine eigenen Folgerungen mitteilen. Ist das angemessen?«

»Das ist angemessen«, stimmte Inhetep zu, doch es wurmte ihn gewaltig. »Ach, übrigens, Tuhorus, kennt Ihr Euch wirklich so gut mit Sprachen aus?«

»Warum fragt Ihr?«

»Vielleicht ist es ganz unwichtig, aber ich mußte gerade an das Wort denken, welches die Steppennomaden für ›Wirbelsturm‹ benutzen.«

Der Inspektor blieb stehen und sagte: »Und, warum? Oder besser gesagt, welches Wort *ist* das?«

»Wie ich schon sagte, es ist ganz unwichtig. Es will mir anscheinend nicht einfallen«, sagte Setne schleppend. Jetzt stapfte Tuhorus stirnrunzelnd neben ihm her, und Inhetep fühlte sich besser. Ein Austausch von Informationen, in der Tat! Wie er gehofft hatte, verschwand der Inspektor nach ihrer Ankunft im Tempel in der großen Bibliothek. Wahrscheinlich suchte er nach mongolischen Wörterbüchern. Jedenfalls war damit der Weg für den Magister frei, den Tatort allein und ungestört zu besichtigen. Die vom Halbmagier erzeugte Illusion der ursprünglichen Szenerie war ziemlich gut. Einige Einzelheiten würden natürlich fehlen, doch selbst bei genauerer Untersuchung würde Inhetep glauben, die tatsächliche Leiche des Hohenpriesters zu betrachten, hätte er es nicht besser gewußt. Der Gesichtsausdruck und das getrocknete Blut waren schauerlich. Sie verrieten ihm außerdem, daß Matiseth schon einige Zeit dort gelegen haben mußte, als Tuhorus ihn schließlich gefunden hatte. »Eine Stunde oder so«, murmelte Inhetep, während er sich von der Leiche — oder von ihrem Abbild — erhob und sich in dem Raum umsah. Es gab Anzeichen für das vermutliche Geschehen: eine zerbrochene Vase, verstreute Papiere und andere Dinge, die darauf hinwiesen, daß sich das Opfer derselben rigorosen Art des Tanzes hingegeben hatte wie der Statthalter kurz vor seinem Tod. Der Magister blieb stehen und hob eine leblose Spinne vom Boden auf, deren ausgedörrter Leib sich deutlich vor einem helleren Stück Papyrus abhob, und erzeugte dann ein magisches Licht, um die Räume genauer zu untersuchen. Er erwartete keineswegs, ein aurales oder magisches Indiz zu entdecken, und als der Zauberpriester seine Kräfte einsetzte, um nach Spuren zu suchen, fand er tatsächlich keine.

»Ich bin angegriffen worden, und das ist fehlgeschlagen. Also war der nächste Schritt, den Palast des Statthalters zu verbrennen und Chemres aus dem Weg zu räumen. Der Mörder hatte außerdem die Beweise beseitigt, die der Hohepriester dummerweise hier aufbewahrt hatte, also wußte er höchstwahrscheinlich von meinem Besuch und hat zumindest befürchtet, ich könnte eine Spur haben. Das bedeutet wiederum, er muß mehr Anhaltspunkte gehabt haben als das Gespräch mit Matiseth, da dem Hem-Neter-Tepi nicht einmal der Gedanke gekommen ist, ich könnte seine Aufzeichnungen entdeckt haben«, sagte Inhetep zu Inspektor Tuhorus, als dieser ein paar Minuten später zurückkehrte. »Selbst meine Drohung, ihn bloßzustellen, hat das Selbstvertrauen des Hohenpriesters nicht im geringsten erschüttert. Sagt Euch das irgend etwas, Tuhorus?«

»Nein, ich muß zugeben, daß ich daran nichts Bedeutsames finden kann. Ihr habt mir jedoch gewisse Informationen gegeben, die ich noch benötigte, und ich frage mich, warum Ihr nicht früher gehandelt und diese Verbrecher verhaftet habt. Dadurch hätten der Brand und der Mord an Matiseth Chemres verhindert werden können. Wie lange wißt Ihr schon, daß Tengri nicht nur ein Luftgeist ist, sondern auch ›Wirbelsturm‹ bedeutet?«

Bei Tuhorus' Worten hatte sich Inheteps Haltung immer mehr versteift, und auf seiner Miene hatte sich wachsende Verwirrung ausgedrückt, aber als der Chefinspektor seine letzte Frage stellte, entspannte sich der Zauberpriester. »Ach, auf *diese* Information spielt Ihr an. Meine Güte, ich wußte es schon immer. Es ist nicht weiter von Bedeutung.«

»Da bin ich aber anderer Meinung, Magister. Ich glaube, wir haben unsere Mörder. Ich werde Befehl geben, Lord Sacaxes, Vardin und Tengri Ataman sofort verhaften zu lassen. Wenn sie schuldig sind, Inhetep, werdet Ihr Euch für dieses Eingeständnis verantworten müssen.«

Der Ur-Kheri-Heb starrte Tuhorus ungläubig an. »Unsinn! Aber ich will nicht mit Euch streiten. Also tut, was Ihr nicht lassen könnt, und verhaftet die drei. Und wenn Ihr schon mal dabei seid, trommelt doch gleich auch alle anderen zusammen, die zugegen waren, als Fürst Ram-f-amsu ermordet wurde.«

»Warum? Wozu in aller Welt sollte das gut sein, Inhetep?«

»Sagen wir einfach, ich glaube, Ihr überseht eine Kleinigkeit. Tut es mir zu Gefallen — oder meinetwegen auch deshalb, weil ich es als Utchat-Neb verlange. Ich verspreche, daß Ihr nicht enttäuscht werdet.«

»Also gut«, sagte der Inspektor. »Aber meiner Ansicht nach seid Ihr jetzt der Beihilfe zu Matiseth Chemres' Tod verdächtig.«

»Diesen Vorwurf solltet Ihr besser nicht zu Protokoll geben, Tuhorus, da er Euch nur in Verlegenheit und in Mißkredit bringen wird. Macht Euch einfach einen Vermerk in Euren persönlichen Notizen — und auf einem gesonderten Blatt, das Ihr schnell verbrennen könnt. Ich verlasse die Stadt nicht, so daß Ihr Eure Anklage auch später noch offiziell formulieren könnt, wenn Ihr es für notwendig haltet.«

Der Mord an Matiseth Chemres war beinahe eine so ernste Angelegenheit wie der Mord am Statthalter, und Inspektor Tuhorus schien nicht gewillt zu sein, Inheteps Vorschlag zu folgen. »Das verstößt gegen alle Regeln, Inhetep. Was ist, wenn Ihr Euch entschließt, Euer Heka zu benutzen und einfach zu verschwinden?«

»Das könnte ich auch in diesem Augenblick tun, wenn ich es wollte, mein Lieber. Was nutzt ein offizieller Bericht in dieser Hinsicht?«

»Na schön«, stimmte Tuhorus widerwillig zu. »Sollen wir zur Präfektur gehen?«

Magister Inhetep hob einen Finger. »In einer Stunde oder so, Inspektor. Erlaßt die Haftbefehle, und wenn alle in der Präfektur versammelt sind, werden wir rechtzeitig zum Verhör dort eintreffen. Doch in der Zwischenzeit gibt es hier noch einiges zu tun, und danach können wir ins *Schilfrohr* zurückkehren und mit Xonaapi eine Kleinigkeit essen.«

»Dies ist nicht der rechte Augenblick für romantische Anzüglichkeiten, Magister«, sagte der Inspektor mit Schärfe.

»Stellt Euch doch einmal folgende Frage, Tuhorus: Was ist aus den drei dicken Büchern geworden, die aus dem Regal des Hohenpriesters verschwunden sind? Wenn Ihr mir darauf keine Antwort geben könnt, empfehle ich Euch, mir auch in bezug auf den Rest meinen Willen zu lassen.«

»Der Mörder hat sie mitgenommen.«

»Niemand wurde dabei gesehen, und hier findet sich auch nicht die geringste Spur irgendeiner magischen Reststrahlung. Noch einmal, mein guter Inspektor: Was ist aus jenen drei großen Büchern geworden?«

Nichts wies darauf hin, daß sie irgendwo in den Gemächern des Hohenpriesters vernichtet worden waren. Sie waren auch sonst nirgends im Tempelkomplex aufgetaucht. Tuhorus strich sich über das ergrauende Haar. Er wirkte plötzlich ziemlich unsicher. »Wißt Ihr denn, wo die Bücher sind, Inhetep?« fragte er herausfordernd.

»Gewiß. Und jetzt kommt! Das arme Kind wird schon auf uns warten und sich im Stich gelassen fühlen. Außerdem hoffe ich, Xonaapi hat noch etwas von dem Geld übrig, das ich ihr mitgegeben habe ... Was erzähle ich nur Rachelle?«

9

Alle Zeugen sind schuldig

Bevor sie zum Gasthaus zurückkehrten, überzeugte der Magister Tuhorus davon, daß das Mädchen sie zum Verhör der Mordzeugen in die Präfektur begleiten sollte. »Mindestens einer der Männer kennt Xonaapi und weiß, daß der Statthalter sie gefangengehalten hat.«

Dem Chefinspektor gefiel diese Vorstellung nicht sonderlich. Er wußte natürlich ebenfalls, welcher der Verdächtigen von dem entführten Mädchen wußte: »Der Zypriot, Pyronos — aber welchen Grund gibt es für ihre Anwesenheit, wenn wir mit den anderen reden?«

Inhetep sagte standhaft: »Das Mädchen mag völlig unwichtig oder auch von zentraler Bedeutung sein. Das ist der Grund, warum wir sie dort brauchen. Die Reaktion jedes einzelnen wird uns vermutlich viel verraten.«

»Also gut, ich tue, was Ihr wollt, Magister«, sagte der Inspektor mit offensichtlichem Widerwillen, als er und Inhetep im *Schilfrohr* ankamen. Tuhorus wußte nicht genau, was der Ur-Kheri-Heb auf diese Weise zu entdekken beabsichtigte. Schließlich schien es sich um eine sonnenklare Angelegenheit zu handeln. Motiv und Gelegenheit mußten noch geklärt und bewiesen werden, aber Mittel und Täter standen fest.

Xonaapi war unmöglich zu übersehen. Sie trug ein meergrünes Kleid aus Seide, das hochmodern war, und dazu passende goldene Sandalen, die nach der Mode des alten Ægypten gefertigt waren. Das Kleid war am Körper züchtiger als viele, die man auf den Straßen bewundern konnte, dafür an den Beinen wegen des langen, golden abgesetzten Schlitzes jedoch um so offenherziger. Mit ihrem Gesicht und ihrer Figur war Xonaapi bemerkenswert, und sie wurde auch bemerkt. Ein halbes Dutzend Männer schlich um sie herum, als Inhetep und Tuhorus den Salon des Gasthauses betraten, wo sie auf sie wartete und mittlerweile einen leichten Wein und aufmerksame Gesellschaft genoß.

»Wir bitten um Vergebung, daß wir Euch haben warten lassen, meine Dame«, murmelte der Zauberpriester, als er und Tuhorus sich an ihren Tisch setzten. »Ich stelle mit Entzücken fest, auf welch wunderbare Weise Ihr die Zeit Eures Einkaufsbummels genutzt habt.«

Die Gruppe der Salonlöwen zerstreute sich enttäuscht, doch das Mädchen schien es gar nicht zu bemerken. »Ich bin gerade erst gekommen, und hier waren reichlich Leute, mit denen ich mich unterhalten konnte, während ich wartete. Ihr braucht Euch nicht schuldig zu fühlen, Setne Inhetep. Ich bin froh, daß Ihr und Chefinspektor Tuhorus die nötige Zeit hattet, alle diese Dinge zu erledigen, die Polizisten tun müssen.« Sie schenkte beiden Männern ein entwaffnendes Lächeln. Ihre Worte vertrieben auch die letzten noch in der Nähe herumlungernden Schwerenöter, da eine Erwähnung der Polizei in dieser Hinsicht mehr als ausreichend war. »Gefällt Euch das Kleid wirklich, Setne?«

»Er könnte nicht begeisterter sein, das versichere ich Euch«, griff Tuhorus dem Magister vor. »Das ist ein sehr modisches Kleid, und Ihr werdet ihm gerecht, Xonaapi.«

»Wartet, bis Ihr die anderen Sachen seht, die ich mir gekauft habe.«

Inhetep schien in seinem Sitz zu schrumpfen. »Andere Sachen?«

»Selbstverständlich! Meine Güte, ich hatte absolut *nichts,* also mußte ich mir etwas für die nächsten paar Tage zulegen. Ich habe dieses Kleid gekauft, weil ich es sofort anziehen konnte — die meisten der Kleider, die ich mir gekauft habe, mußten noch zur Näherin. Sie werden morgen hierher geliefert, weil ich verlangt habe, daß die Änderungen möglichst rasch ausgeführt werden. Die Ladenbesitzer sind alle so freundlich hier! Als ich ihnen sagte, daß Magister Setne Inhetep und ich hier im *Schilfrohr* wohnen, gab es nicht einen, der gezögert hätte, die Rechnung anzuschreiben und sofort jemanden mit der Arbeit daran zu beauftragen!«

Tuhorus grinste zustimmend, während er Inhetep aus dem Augenwinkel beobachtete. »Eine Dame braucht angemessene Kleidung.« Dann sah er den Ur-Kheri-Heb offen an. »Aber ich wußte gar nicht, daß Ihr hier in On so bekannt seid, Magister ...«

»Ich auch nicht«, gab Inhetep mit einem Anflug von Niedergeschlagenheit zu. »Wieviel werde ich brauchen, um deine Ausgaben zu decken, Xonaapi?«

Als sie seine Miene sah, bedachte ihn das Mädchen mit einem beruhigenden Blick und tätschelte ihm den Arm. »Nicht mehr als ein paar tausend Dinare, Setne, und seht! Ich habe noch Geld von dem übrigbehalten, was Ihr mir für Kleinigkeiten mitgegeben habt.«

Er nahm die angebotene Börse und ließ den Inhalt auf seine Handfläche rollen. Als er die Handvoll Kupfer- und Silbermünzen sah, lächelte Inhetep matt. »Kleinigkeiten ... Ja. Nun, vermutlich ist es schon ziemlich lange her, daß ich mit jemandem einkaufen gegangen bin«, sagte er achselzuckend. »Die Preise müssen dramatisch gestiegen sein. Ich bin außerordentlich erfreut, daß du dir jetzt eine angemessene Garderobe zugelegt hast, Xonaapi«, fuhr er beinahe hoffnungsvoll fort. »Als dein Retter und Wohltäter war es meine Pflicht, dafür zu sorgen.«

»Oh, vielen Dank! Dann kann ich mich morgen daran machen, die restlichen Dinge zu kaufen, die ich noch brauche — ich habe kaum genug für den Alltag, und was ist, wenn Ihr mich mit zu einer Festlichkeit nehmt?«

»Eine schöne Frau wie Ihr, Lady Xonaapi, muß immer

am vorteilhaftesten aussehen«, ermunterte sie Tuhorus. »Es würde sich nicht schicken, wenn man Euch in unpassender Kleidung sähe, und was dächten die Leute erst vom Magister?«

»Wir wollen sehen, was es heute zum Abendessen gibt«, wechselte Inhetep mit fester Stimme das Thema. »Obwohl ich wenig Appetit zu haben scheine.«

»Ihr hättet mit mir einkaufen gehen sollen«, strahlte das Mädchen. »Ich habe einen Bärenhunger.«

Das Menü war aufwendig und teuer und dauerte fast zwei Stunden. Wegen der fortgeschrittenen Zeit nahmen die drei eine Kutsche vom Gasthaus zu Tuhorus' Büro in dem häßlichen Steinhaufen, in dem die Präfektur von On untergebracht war. Das Gebäude war eines von vieren, die um einen kleinen parkähnlichen Platz angeordnet waren und in denen die Büros und Ämter der städtischen Verwaltung, Gerichtsbarkeit und Dienstleistungen untergebracht waren. Zwar mußte sich die Stadt um über hunderttausend Einwohner kümmern, doch das Sepat selbst war für alles außerhalb der Grenzen von On und sogar einige Dinge innerhalb der Stadt verantwortlich, so daß die Stadtverwaltung nicht so groß war, wie das für einen derartigen Ort außerhalb Ægyptens erforderlich gewesen wäre. Daher war der Arm des Gesetzes, die Stadtpräfektur, kleiner, als man annehmen mochte. Alle Funktionen der Wasserpolizei lagen zum Beispiel in den Händen des Reichsmilitärs, während sich der Statthalter um Steuern, Zollkontrollen und so weiter kümmerte. Von den zweihundert Leuten in der Präfektur war Inspektor Tuhorus der dritte in der Rangabstufung. Er kam direkt nach dem Präfekt und dem Vizepräfekt.

»Ich hatte eigentlich mit größeren und moderner eingerichteten Arbeitsräumen für Euch gerechnet, Inspektor«, bemerkte der Zauberpriester, nachdem sie in Tuhorus' Büro standen. »Ihr seid doch stellvertretender Präfekt, oder nicht?«

»Diensttuender Stellvertreter«, korrigierte Tuhorus. »Der ranghöchste Inspektor trägt diesen Titel immer, Utchat-Neb. Anders als in Eurem Verein ist das der Posten, auf dem man sich um die neunzig Prozent der anfallenden Arbeit kümmern muß, die unpolitischer Natur ist. Bei der Utchatu ist es genau umgekehrt, nicht wahr?« fragte er mit einem ziemlich verbitterten Unterton.

Der Magister war nicht beleidigt. »Natürlich ist alles viel politischer, aber echte Fähigkeiten zählen eine ganze Menge.« Damit ließ es Inhetep bewenden. »Für Xonaapi ist das alles ganz sicher nicht von Interesse, denn Interna sind nie besonders verständlich für jemanden, der nicht direkt beteiligt ist. Sollen wir jetzt mit der Überprüfung der vierzehn beginnen?«

»Ich bin ja so aufgeregt, Inspektor Tuhorus«, sagte das Mädchen, fast als wolle es Inhetep widersprechen. »Einmal an einer so wichtigen Sache beteiligt zu sein wie dieser, hätte ich mir nie träumen lassen.«

»Ihr werdet die Polizeiarbeit außerordentlich langweilig und eintönig finden, fürchte ich«, erwiderte Tuhorus, aber nach den Worten des Mädchens kam er sich gleich etwas bedeutender vor. »Seid Ihr sicher, daß es Euch nichts ausmacht?«

»Aber ja! Es ist meine Pflicht, und ich will helfen, so gut ich kann. Und ich lege Wert darauf, daß alle diejenigen, welche für meine Gefangenschaft verantwortlich sind, ebenfalls ihre gerechte Strafe erhalten.«

»Es ist, glaube ich, ganz wichtig, daß wir uns für jede Gruppe einzeln ein paar Minuten Zeit nehmen«, sagte der Magister. »Aber anschließend will ich sie alle zusammenbringen, so daß wir den Mord exakt nachstellen können.«

»Das Feuer ...«

»Ist unwichtig. Ich werde Heka benutzen, und niemand wird bezweifeln, daß er sich wieder in der Ratskammer des toten Statthalters befindet.«

Tuhorus nickte. »Also gut. Ich werde zuerst die Parther hereinschicken.«

»Bei allem gebührenden Respekt, Tuhorus, aber dürfte ich vorschlagen, daß wir damit noch etwas warten? Ich weiß, Ihr seid davon überzeugt, daß sie die Schuldigen sind, aber ich glaube, wir sollten zuerst mit Lord Pyronos reden — zumal er wahrscheinlich derjenige war, welcher sich um den — sagen wir mal — Erwerb Xonaapis gekümmert hat. Wollt Ihr Euch mir nicht auch in dieser Hinsicht noch einmal anschließen, Inspektor?«

Als er die Miene des Mädchens sah, stimmte Tuhorus zu. »Na schön. Ich weiß nicht genau, wie sie ins Bild paßt, also folge ich Eurem Vorschlag, Magister.«

Ein paar Minuten später wurde der dunkelhaarige Zypriot in das Büro des Inspektors geführt. Als er Xonaapi dort sah, erschrak er und wurde ein wenig blaß, aber gleich darauf hatte er sich wieder völlig unter Kontrolle. »Inspektor Tuhorus, Magister Inhetep, ich hatte noch nicht das Vergnügen, die Bekanntschaft dieser Dame zu machen.«

Keiner der beiden Detektive brauchte auf diese Behauptung zu antworten, denn das Mädchen errötete und sagte: »Das ist eine Lüge, mein Herr! Ihr ... Ihr wart sehr direkt und habt gesagt, ich sei prachtvoll! Dann sagtet Ihr, niemand könne mich je vergessen! Ihr wißt sehr gut, wer ich bin: Xonaapi, und eine Adlige ...«

»Vielen Dank, meine Dame«, unterbrach der Zauberpriester. »Ihr seht also, Lord Pyronos, es hat keinen Sinn, daß Ihr Euch verstellt. Wir kennen Eure Rolle in dieser Angelegenheit vollauf.«

»Ich hatte nichts mit dem Mord an Fürst Ram-f-amsu zu tun!« rief der Zypriot wütend als Antwort auf Inheteps Worte.

Magister Inhetep lächelte wölfisch. »Habe ich irgend etwas von Mord erwähnt? Ich rede von etwas noch Schlimmerem — Landesverrat und Spionage.«

»Landesverrat kann auf mich überhaupt nicht zutreffen. Ich bin geachteter Bürger eines anderen Landes. Und was den Vorwurf der Spionage betrifft — seit wann ist es ein Verbrechen, dem edlen Statthalter einer Ægyptischen Provinz bei seinen Bemühungen zu helfen, oberster Minister zu werden?« Lord Pyronos ließ in seinen Worten sowohl Arroganz als auch unterdrückte Furcht durchklingen.

Tuhorus versuchte seine Verwirrung zu verbergen, während er sich die Antwort des Zyprioten durch den Kopf gehen ließ. Er sah Magister Inhetep an und sagte: »Eure Anklage ist nicht ganz ungefährlich, Magister. Der König von Zypern ist ein Verbündeter Ægyptens.«

Inhetep griff ein. »Genau, Chefinspektor. Es wird ihm, gelinde gesagt, mißfallen, daß einer seiner Adligen in Handlungen verwickelt ist, die diesen Status ganz erheblich gefährden. Kommt schon, Pyronos, Ihr wußtet ganz genau, daß Ram-f-amsus Pläne an Hochverrat grenzten!«

Der Zypriot wollte die Behauptung des Magisters schon hitzig bestreiten, doch irgend etwas in den Augen des Zauberpriesters bewirkte, daß er die Hände in die Luft warf und sagte: »Also gut. Ich gebe zu, daß der tote Statthalter meinem König bei der Inbesitznahme von Tyrus seine Unterstützung — und auch die Ægyptens — versprochen hat, und zwar als Gegenleistung für Konzessionen und Handelsverträge. Solch eine Vereinbarung hätte gewiß beiden Reichen geholfen, denn alle Vorteile der Vereinbarung wären von Zypern und Eurem Pharao geteilt worden.«

Der Polizeiinspektor wollte etwas sagen, doch Inhetep bedeutete ihm zu schweigen. »Euer Lehensherr, König Nikos, ist mit alledem einverstanden?«

»Nun ...«

»Wie ich schon sagte, Lord Pyronos: Landesverrat! Eure Unterstützung von Ram-f-amsus Herumpfuschereien in die Angelegenheiten souveräner Staaten und

Eure diesbezüglichen Vorstöße ohne die Erlaubnis Eures Königs sind gewiß verräterisch.«

Der Zypriot stand auf und marschierte erregt auf und ab. »Jetzt habt Ihr natürlich gut reden, Magister, aber wenn Tyrus an Zypern gefallen wäre, hätte König Nikos die ganze Angelegenheit niemals weiterverfolgt. Und auch Euer Pharao hätte den Geldsegen, der sich ihm aus unserem Handel erschlossen hätte, mit offenen Armen empfangen — alle Waren, die jetzt von Tyrus verschifft werden, wären nach Süden zu den Ægyptischen Häfen gewandert, On eingeschlossen.«

»Das behauptet Ihr jetzt, mein Herr, aber ich glaube, Ihr wißt es besser. Sogar ein Blinder hätte erkannt, daß der Fürst Pläne verfolgte, die über bloße Handelsabkommen mit Eurer Nation hinausgingen.«

»Was macht Euch in dieser Beziehung so sicher, Inhetep?« fragte der Zypriot.

»Euer Kauf der Lady Xonaapi ist ein ausreichender Beweis.«

Tuhorus war dem Wortwechsel aufmerksam gefolgt und griff nun ein. »Die schiere Anzahl der an diesem Unternehmen beteiligten Personen mußte Euch unweigerlich zu denken geben, Lord Pyronos. Von Tyrus einmal abgesehen funktioniert Handel immer in zwei Richtungen, und Ram-f-amsu wob ein großes Netz, um alle möglichen Fliegen wie Euch zu fangen. Den yarbischen Handel durch Ælana, zum Beispiel. Die Waren kommen entweder über das Meer oder über Land durch Phillistien, und weder Ihr noch Euer König kann davon profitieren. War Xonaapi ein Geschenk für die Yarber? Oder für andere, noch weiter entfernte Leute?«

Das Mädchen starrte Lord Pyronos zugleich erwartungsvoll und mißbilligend an. »Ja, für wen war ich bestimmt?«

»Das hat Ram-f-amsu niemals ausdrücklich gesagt«, gestand Lord Pyronos mit gewichtiger Stimme ein.

»Ihr habt vor einiger Zeit entdeckt, daß der Fürst Pläne hatte, die weit über die Information hinausgingen, die er Euch verraten hat, stimmt es nicht, Pyronos?« fragte der Zauberpriester.

»Ich bin kein Dummkopf!« schoß der Zypriot wütend zurück.

»Aber genau das seid Ihr. Ihr habt Euch mit Ram-f-amsu eingelassen«, konterte Inhetep. »Außerdem habt Ihr meiner Meinung nach jegliche Klugheit vermissen lassen, als Ihr die Verbindung zu Ram-f-amsu auch dann noch aufrechthieltet, nachdem Ihr herausgefunden hattet, daß seine Pläne viel weiter reichten als nur bis zu einem Ministersessel. Daß Ihr kein kompletter Idiot seid, geht aus Eurer Kehrtwendung hier und jetzt hervor.«

»Kehrtwendung?« Die Frage sprang geradezu von Inspektor Tuhorus' Lippen.

»Ja«, sagte der Magister, der bei seiner Antwort weiterhin den Zypriot ansah. »Lord Pyronos arbeitete nicht mehr mit Ram-f-amsu zusammen. Keines seiner Schiffe segelte mehr im Auftrag des Statthalters, und es standen auch keine Einkünfte mehr zu erwarten — stimmt das nicht, Pyronos?«

»Das ist richtig«, gab der Mann zu. »Ich versuchte, jegliche Beteiligung an der Geschichte zurückzunehmen — meine eigene und die meines Königreichs, denn mir mißfiel die Richtung, die Ram-f-amsu zu nehmen schien.«

»Ach, tatsächlich?« grollte der Polizist. »Warum seid Ihr dann nicht einfach nach Zypern zurückgesegelt?«

»Erpressung, mein lieber Tuhorus«, antwortete Inhetep für Pyronos. »König Nikos hätte Lord Pyronos bestimmt auf die eine oder andere Weise bestraft — wenigstens mit dem Entzug seiner Ländereien und seines Titels.«

Tuhorus stand auf und zeigte mit dem Finger auf den Zypriot. »So. Wenn das stimmt, hattet Ihr ein starkes Motiv, den Statthalter zu ermorden, nicht wahr?«

»Er war ein Schurke und hat den Tod verdient«, schoß Pyronos zurück, »aber in dieser Beziehung müßt Ihr Euch nach jemand anderem umsehen. Ich habe Ram-f-amsu nicht ermordet.«

»Euer Name ist ziemlich interessant«, warf der Magister ein. »Was bedeutet er?«

»Was er bedeutet? Nun, überhaupt nichts. Es ist nur ein Name.«

»Seltsam ... Irgendwie habe ich ihn mit dem Haus des griechischen Thaumaturgen Pyronostus in Verbindung gebracht, der angeblich die Geheimnisse der alten babylonischen Feuermagie erlernt hat. Hat er sich letztlich nicht auf Eurer Insel niedergelassen?«

»Inhetep, das liegt Jahrhunderte zurück. Vielleicht war er ein Vorfahr von mir — na und?«

Der Zauberpriester lächelte. »Der Palast des Statthalters wurde von einem Feuerelementar der bösartigsten Sorte vernichtet. Die Magier Babyloniens sind äußerst bewandert im Beschwören und in der Kontrolle solcher Wesen, nicht wahr?«

»Ich bin weder ein babylonischer Magus noch irgendein Zauberer!« schrie Pyronos.

Tuhorus fuhr ihm mit gleichermaßen erhobener Stimme ins Wort. »Jetzt hab ich Euch, Mann! Ihr kennt Euch mit Alchimie aus, und ich besitze Informationen, nach denen Ihr einen hohen Rang im magischen Konzil Eures Landes innehabt. Wollt Ihr das bestreiten?«

Lord Pyronos sackte förmlich auf einen Stuhl. Er machte einen müden und geschlagenen Eindruck. »Na schön. Ich stamme von der Linie des Magus Pyronostus ab, und ich verfüge über ein paar unbedeutende Fähigkeiten, was die geheimen Künste anlangt, und zwar insbesondere im Hinblick auf das Element des Feuers. Trotz alledem habe ich mit dem Mord an Fürst Ram-f-amsu nichts zu tun, und Ihr könnt niemals etwas anderes beweisen.«

»Ich verhafte Euch trotzdem deswegen, Pyronos«,

grollte der Chefinspektor. »Und um die Beweise werden wir uns schon rechtzeitig kümmern.«

»Nicht so hastig, Tuhorus«, warf Inhetep sanft ein. »Vielleicht wäre eine Anklage wegen eines nicht ganz so schweren Verbrechens angebrachter. Wie wäre es mit Brandstiftung? Wie klingt das in Euren Ohren, Lord Pyronos?«

»Ich hatte keine andere Wahl — ich mußte diesen Elementar beschwören und zulassen, daß er den Palast niederbrannte«, jammerte Pyronos verzweifelt.

Magister Inhetep trat zu dem Zyprioten, der jetzt völlig auf seinem Stuhl zusammengesunken war. »Ansonsten wären die hiesigen Behörden und die entsprechenden Behörden Eures Landes von Eurem Anteil an der Verschwörung, Ægypten zu schwächen und UnterÆgypten und Phillistien zu einem eigenständigen Königreich zusammenzufassen, unterrichtet worden, richtig?«

»Richtig, Inhetep«, gestand der Mann mit matter Stimme.

Dieses Geständnis übertraf alles, womit Inspektor Tuhorus gerechnet hatte, bei weitem. »Ein Fehlschlag hätte zum Krieg zwischen Zypern und Ægypten geführt, ein Erfolg zu einem unvorstellbaren Zustand, Lord Pyronos. Diese Angelegenheit ist um vieles finsterer, als man sich überhaupt vorstellen kann!«

»Ich weiß, Chefinspektor Tuhorus. Als ich von den wahren Absichten Ram-f-amsus erfuhr, tat ich mein Bestes, um sie ihm auszureden. Als mir das mißlang, gab ich mir die größte Mühe, seine Pläne zu durchkreuzen.«

Inhetep nickte heftig. »Ich glaube, an dieser Stelle sprecht Ihr die Wahrheit, Lord Pyronos. Aber sagt uns doch, wer Euch mit Bloßstellung gedroht hat, falls Ihr den Palast nicht mit Eurem Elementarmonster verbrennen wolltet.«

»Ich habe den Dämon in erster Linie deshalb beschworen, weil ich nicht wußte, wer mir mit Bloßstellung drohte. Der Erpresser ist mir unbekannt — das schwöre ich bei Poseidon! Wenn ich den Elementar auf ihn hätte ansetzen können ...«

»... wärt Ihr ungestraft davongekommen«, beendete der Magister den Satz für ihn. »Aber wie wurden Euch seine Anweisungen übermittelt, Pyronos?«

Der zypriotische Adelige zuckte die Achseln und breitete die Arme aus. »Es gab nur einen einzigen Kontakt. Ein Mann in den Gewändern eines Wüstennomaden traf sich mit mir. Er überreichte mir ein Blatt Papyrus, auf dem die wesentlichen Punkte dieser Affäre notiert waren. Mir wurde befohlen, den Anweisungen zu gehorchen, sonst würden Kopien des Papyrus' an die Behörden hier in On und nach Nikosia geschickt werden. Der Mann, der die Botschaft ablieferte, sagte nichts, und er war durch Magie gegen alle magischen Sondierungsversuche geschützt, die mir zu Gebote standen. Als ich alles durchgelesen hatte und daran dachte, ihn mündlich zu befragen, war er bereits verschwunden.«

Magister Inhetep wandte sich an den Polizisten. »Ich denke, das ist alles, was wir von ihm erfahren können, Inspektor Tuhorus. Ich schlage vor, daß Ihr Lord Pyronos einsperren laßt. Er wird sich Anklagen wegen Verschwörung und Brandstiftung stellen müssen, obwohl ich vermute, daß der Pharao einer Auslieferung zustimmen wird, da König Nikos ihn für seine Taten gewiß selbst vor Gericht stellen will.«

»Steht auf, Lord Pyronos«, sagte der Polizist, während er die Tür öffnete und nach zweien seiner Männer rief. »Bringt ihn in eine hekasichere Hochsicherheitszelle. Lord Pyronos steht unter Arrest.« Dann sah Tuhorus den Magister an. »Er ist vieler Verbrechen schuldig, Utchat-Neb, aber nicht des Mordes am Statthalter?«

»Pyronos hatte Motive zuhauf, Chefinspektor, aber weder die Gelegenheit noch die Mittel. Zum Kernpunkt dieser Angelegenheit werden wir noch früh genug vordringen. Der nächste Schritt ist erst einmal, Shaik Yasik hereinzubitten ...«

10

Noch mehr Verbrechen

Der yarbische Stammesfürst spuckte große Töne, als er in Tuhorus' Büro geführt wurde. »Das ist ein ungeheuerlicher Frevel, den die Al-Heshaz rächen werden!« fauchte er sie an. »Ich verlange, sofort freigelassen zu werden. Wenn ich heimkehre, wird noch eine Blutschuld offenstehen.«

»Wißt Ihr, wer diese Dame ist, Shaik Yasik ibn Okhdar?«

»Ich habe sie noch nie zuvor gesehen, Magister Inhetep.«

Der Ur-Kheri-Heb kicherte. »Natürlich nicht, mein Bester, aber danach habe ich auch gar nicht gefragt. Wißt Ihr irgend etwas über Lady Xonaapi aus Sarai — das ist das wunderschöne Mädchen hier bei uns im Zimmer?«

»Weder kenne ich sie, noch habe ich Euch irgend etwas über sie zu erzählen.«

»Ihr weicht meiner Frage schon wieder aus, Yarber! Wenn Ihr diese Taktik nicht augenblicklich einstellt, begebt Ihr Euch ernstlich in Gefahr, das versichere ich Euch«, sagte der Zauberpriester mit einiger Schärfe und blitzenden Augen. »Habt Ihr jemals von dieser Person, Lady Xonaapi, gehört, bevor ich gerade ihren Namen erwähnte?«

»Nein.«

Tuhorus stand auf und zeigte auf Yasik. »Selbst ich durchschaue seine Lüge, Magister. Das sind dreiste Ausflüchte.«

Der Yarber sah von Inhetep zum Polizeiinspektor. »Vielleicht habe ich einmal ihren Namen gehört —

möglicherweise war es Lord Pyronos, der ihn erwähnt hat.«

»Das stimmt, aber dahinter steckt noch mehr, nicht wahr, Shaik Yasik?« Der Magister lehnte sich zurück und schloß die Augen. »Laßt mich folgendes Szenario für Euch entwerfen: Nach Beendigung Eurer Gespräche mit Fürst Ram-f-amsu hattet Ihr vor, wieder nach Ælana zurückzukehren. Soweit ich weiß, habt Ihr Kabinen auf einer schnellen Galeere gebucht, die den Nylle-Goshen-Kanal nach Koizum entlangsegelt. Von diesem Hafen wolltet Ihr über Land in Euer Stammesgebiet zurückkehren.«

»Was soll das? Ich habe das Recht, On zu verlassen, wann immer ich will. Es ist nichts Finsteres daran, ein Schiff zu nehmen, das mich wieder in meine Heimat bringt.«

»Ja, aber Ihr hattet Vorsorge getroffen, eine weibliche Sklavin mitzunehmen, Shaik Yasik. Und diese Sklavin sollte keine andere als Xonaapi sein. Ihr seht, ich weiß, daß Ihr vorhattet, sie ebenso mitzunehmen wie eine beachtliche Anzahl Kisten, gefüllt mit kostbaren Metallen und Edelsteinen, und zwar als Bestechung.«

Der Mann schüttelte den Kopf. »Lächerlich! Ich nehme keine Bestechungen an.«

»Ihr nehmt sie nicht, Ihr gebt sie, Shaik Yasik. Ich vermute, das Mädchen und ein Großteil der Schätze waren dafür bestimmt, den König von Nejd sozusagen zu Eurer Denkweise zu bekehren.«

»Dann könnt Ihr mir gewiß auch sagen, o Allwissender, wie diese meine Denkweise aussieht«, spottete der Yarber.

Inhetep warf dem Inspektor einen wissenden Blick zu, bevor er antwortete: »Ihr hattet vor, den ganzen Westteil Yarbays gegen Ægypten aufzuhetzen — zumindest so weit, daß die dortigen Stämme in die mittleren und oberen Provinzen einfallen und sie verwüsten sollten. Eine unmögliche Situation für den Pharao: das

Flußdelta in der Hand von Rebellen und das Mare Rubine von Piraten abgeriegelt.«

»Eine ziemlich phantasievolle Spekulation, Magister. Aber die Feindschaft zwischen den Stämmen meines Landes ist zu bekannt, als daß sie hier noch weiterer Ausführungen bedürfte — abgesehen davon, festzustellen, daß sie niemals zusammenarbeiten würden, wie Ihr anklingen laßt, auch nicht um Ægypten in Verlegenheit zu bringen!«

Der Zauberpriester war unbeeindruckt. »Habe ich etwas von einer Zusammenarbeit gesagt? Nun, eine Zusammenarbeit ist kaum erforderlich, Shaik Yasik. Währen die Al-Heshaz Waren und Versorgungsgüter nach UnterÆgypten schicken, nehmen wir einfach nur an, daß Nejd und Ophir unabhängige Expeditionen gegen die Ægyptische Küste entlang des Mare Rubine auf die Beine stellen und den dortigen Handel angreifen — vielleicht sogar ein Bündnis mit, sagen wir mal, Axxum eingehen werden, um auch in Nubien einzufallen. Plünderungen und territoriale Gewinne setzen nicht unbedingt uneingeschränkte Zusammenarbeit voraus.«

»Das ist ein ziemlich grausiges Bild, das Ihr da entwerft«, murmelte Tuhorus, als wolle er die Worte des Yarber wiederholen. »Wie beweisen wir das?«

»Beschlagnahmt Shaik Yasiks Habe und sucht nach Gütern, die er in den Docks gelagert hat oder die sich bereits an Bord des Schiffes befinden. Ihr werdet ganz gewiß ein Vermögen an Gold und andere Reichtümer finden.«

»Ihr werdet es nicht wagen, mein Eigentum zu konfiszieren — ich bin ein ...«

»Da habt Ihr es, Chefinspektor. Er hat soeben bestätigt, was ich gesagt habe. Schickt sofort ein paar Leute los.« Tuhorus rief einen Beamten herein und gab diesem kurze und knappe Instruktionen, während Yasik angespannt dasaß und ein finsteres Gesicht schnitt. Hätten Blicke töten können, wären beide Ægypter tot umgefallen. »Ihr könnt alles vergessen, Shaik Yasik ibn Okhdar. Ihr habt nicht mehr die geringste Möglichkeit, mit der Beute zu entkommen. Doch sagt mir, wolltet Ihr Euch in Babylon niederlassen? Oder hattet Ihr Euer Augenmerk auf eine noch weiter im Osten liegende Stadt gerichtet?«

»Geschlechtskranker Ochse!« spie der Yarbanese. »Ihr habt mir nachspioniert.«

»Das ist bei einem Mann Eures Schlages kaum nötig, das versichere ich Euch«, lachte Inhetep. »Ihr seid so leicht zu durchschauen, Yasik. Am meisten überrascht mich eigentlich, daß der Statthalter Euch überhaupt an der Geschichte beteiligt hat.«

»Jeder weiß, daß Yarber und Verräter zwei Bezeichnungen für ein und dasselbe sind, habe ich recht, Inspektor?« höhnte Xonaapi, während sie Yasik abfällig musterte.

»Ihr lügt! Erst als die stinkenden Phönizier und Shemiten an der Sache beteiligt wurden, habe ich meinen Rückzug beschlossen.«

»Natürlich ohne Fürst Ram-f-amsu Einblick in Eure Überlegungen zu gewähren«, stichelte der Ur-Kheri-Heb. »Ist Euch Barogesh so zuwider?«

»Die Phönizier sind schlimmer als Schweine, und die Shemiten suchen sich an Gebieten zu bereichern, die historisch zu Yarbay gehören«, grollte Yasik. »Wäre die Allianz, wie ursprünglich versprochen, den Babyloniern angeboten worden, wäre die Freude bei meinen Leuten groß gewesen. Dann wäre ich zum Herrscher über das ganze Land gemacht worden, und mit Hilfe des Tributs von Ram-f-amsu hätten wir vielleicht unsere gesamte Halbinsel und die Westküste Asias von Phillistien bis Byzanz übernehmen können. Das wollte der Statthalter durch das Einbeziehen dieser Mischlingsvölker verhindern, aber ich habe diesen Schachzug durchschaut. Alles, was er mit seinen idiotischen Intrigen erreicht hat, war der Verlust der Freundschaft der Al-Heshaz.«

»Gebt Ihr zu, Ram-f-amsu ermordet zu haben?« fragte Tuhorus, der sich einfach nicht mit einer bloßen Zuschauerrolle abfinden konnte.

Yasik schüttelte energisch den Kopf. »Nein! Nicht, daß jeder wahre Wüstensohn Hemmungen gehabt hätte, beileibe nicht! Wie ich es genossen hätte, ihm seine verlogene Zunge herauszureißen und ihm den schlaffen Hals durchzuschneiden! Doch ich war nur ein hilfloser Zuschauer bei seinem wohlverdienten Tod, den ein anderer mit wahrer Meisterschaft herbeigeführt hat.«

Tuhorus war nicht überzeugt. »Die Al-Heshaz werden von Kriegerschamanen regiert. Ihr, Yasik, seid als ihr größter Shaik gewiß in der Lage, beachtliche Zauber zu wirken.«

»Ihr vergeßt, daß wir keine Spur von Heka am Tatort gefunden haben, weder im Palast des Statthalters noch in Matiseth Chemres' Gemächern, mein lieber Inspektor«, warf Inhetep ein. »Wir müssen nach einem anderen Mittel als Magie Ausschau halten. Ich glaube, wir müssen uns auch mit unbedeutenderen Anklagen gegen diesen Mann begnügen — nicht, daß sie ihm nicht genauso sicher die Verurteilung einbringen würden.«

Es dauerte nicht lange, Shaik Yasik in eine andere Spezialzelle abzuführen und den Yarber vorschriftsmäßig einer langen Liste von Verbrechen gegen Pharao und Staat anzuklagen.

Als das erledigt war, sah Tuhorus Inhetep an und fragte: »Shemiten? Gehört irgendein Shemit zu der Gruppe?«

»Laßt Barogesh und denjenigen hereinführen, der sich als Reisender und Forscher ausgegeben hat. Wie war noch gleich der Name dieses Burschen, Tuhorus?«

Der Inspektor machte einen erfreuten Eindruck. »Er nannte sich Vert. Wir haben sowohl ihn als auch den phönizischen Investor in Gewahrsam. Sie werden im Nu hier sein.«

»Ich bin schrecklich müde«, sagte Xonaapi in diesem Augenblick. »Wie lange wird das alles noch dauern?«

Inhetep und Tuhorus wechselten einen Blick. »Ich denke, es wird noch ein paar Stunden dauern, mein liebes Kind«, sagte Inhetep mit einem Lächeln. »Du hast dich prächtig geschlagen, und ich sehe keinen Grund, warum du noch hierbleiben solltest, nun, da die beiden einzigen, in deinen speziellen Aspekt der Affäre verwikkelten Verschwörer dingfest gemacht worden sind. Ihr etwa, Inspektor?«

»Nein«, stimmte Tuhorus zu. »Darf ich Euch einen meiner Männer mitgeben, der Euch zurück ins *Schilfrohr* bringt? Vielleicht bekommt Ihr dann genug Schlaf, um morgen richtig in Form zu sein — Ihr müßt Euch schließlich noch ein paar Dinge kaufen, wie ich mich erinnern kann.«

Bei diesen Worten fuhr der Zauberpriester zusammen, doch Xonaapi schien es nicht zu bemerken. »Das ist sehr nett von Euch, Chefinspektor Tuhorus. Ich brauche tatsächlich meinen Schönheitsschlaf. Seid Ihr einverstanden, wenn ich jetzt gehe, Setne? Ich bin dann in unseren Gemächern, wenn Ihr hier fertig seid ...«

»Unbedingt, Xonaapi, unbedingt. Aber warte nicht auf mich«, flehte der Magister fast. »Du brauchst deinen Schlaf. Wenn ich dich heute nacht nicht mehr sehe, frühstücke ich morgen früh mit dir.« Inhetep stand auf und verbeugte sich, und das Mädchen ging. »Und Ihr, Tuhorus, könnt den schlimmsten Bewohnern der Re-Stau das Wasser reichen«, sagte er mit Bezug auf jene abgründigen Regionen der Duat, der Ægyptischen Unterwelt, die von Schlangen, Dämonen und dergleichen bewohnt war.

Bei diesen Worten grinste der unscheinbare Polizist. »Ihr habt das Mädchen, jetzt bezahlt auch den Preis, Magister.«

»Aber ich versichere Euch, Tuhorus, ich habe Xonaapi nicht — jedenfalls nicht in dem Sinn, den Ihr meint! Nichts für ungut, Inspektor, aber ich sehe schon, daß es keinen Zweck hat, weiter über diese Sache zu diskutieren und mir Euren Spott und Eure Frotzeleien anzuhören. Wo bleiben die nächsten beiden aus diesem üblen Haufen?«

»Werden gerade geholt«, sagte der Inspektor. »Etwas Tee gefällig, während wir warten?«

»Das wäre höchst erfrischend«, sagte der Magister. »Wir haben noch eine sehr lange Nacht vor uns, fürchte ich.«

Es trat lediglich eine fünfminütige Pause ein, bevor Vert und der phönizische Finanzier in Tuhorus' Büro geführt wurden, doch selbst der schlecht gebraute Tee half den beiden Detektiven, den Dingen ins Gesicht zu sehen, die sie noch erwarteten.

Beide Männer grüßten höflich und nahmen dann ein gutes Stück voneinander entfernt Platz. Barogesh nahm das angebotene Glas Tee von Tuhorus entgegen, während der unscheinbare Vert ablehnte. Inhetep fragte, ob er sonst irgend etwas möge, doch der Bursche erwiderte steif, daß er nichts brauche. »Nun gut«, sagte der Magister, »dann wollen wir gleich zur Sache kommen.«

»Haltet Ihr es dann für richtig, wenn ich dabei bin?« fragte der Phönizier höflich.

»Das ist schon in Ordnung«, erwiderte der Zauberpriester. »Außerdem, seit wann hört sich der bedeutendste Spion Hasurs nicht mehr an, was die Shemiten zu enthüllen haben?«

Der Mann, der behauptete, Vert zu heißen, sprang auf und griff nach einem nichtexistenten Dolch. Barogesh reagierte ebenfalls, seine Hände flogen zu einem verzierten Medaillon, das er an einer Kette um den Hals trug. Einen Augenblick später hatte Chefinspektor Tuhorus ein kleines Schwert unter seinem Schreibtisch hervorgezogen und die dünne Spitze direkt auf die Kehle des sogenannten Forschers gerichtet. Das Ganze dauerte höchstens eine Sekunde. »Nehmt bitte wieder Platz«, sagte Tuhorus in kaltem, gemessenem Tonfall zu Vert. Gleichzeitig behielt er den Ur-Kheri-Heb im Hinblick auf die überraschende Aktion des Phöniziers im Auge, doch seine Sorge war unbegründet.

Während Barogesh versuchte, irgend etwas mit der sorgfältig gestalteten Scheibe an seinem Hals zu tun, holte Magister Inhetep ein Ankh sehr ungewöhnlicher Art aus den Falten seines Gewandes. Der Balken des Kreuzes war so geformt, daß es Kopf und Schnabel eines Ibis' ähnelte, dem Vogel des Thot. Das silbrige Metall sprühte Funken, als es Inhetep in Kontakt mit dem Medaillon brachte. »Oh! Ich nehme an, das war eine Reaktion, Barogesh. Glaubt Ihr, das könnte die Speicherung Eures Talismans verdorben haben?« fragte er mit besorgter Stimme.

Der Phönizier fixierte den Zauberpriester ebenso finster, wie dies zuvor der Yarber Yasik getan hatte. »Ich protestiere aufs schärfste gegen diese Verletzung meiner Rechte. Als Botschafter Hasurs genieße ich Immunität«, schnappte er. »Laßt mich augenblicklich frei!«

»Ich habe ebenfalls diplomatischen Status. Eben deswegen habe ich meinen wahren Namen nicht genannt, aber Ihr müßt wissen, daß ich Bal-Eloi Jossur aus Shem bin. Ihr habt also gar kein Recht, mich hier festzuhalten.«

Inspektor Tuhorus schien dieser doppelte Vorstoß der beiden zu verblüffen, doch Inhetep blieb fast stoisch gelassen, als er beiden antwortete: »Ich weiß schon länger von Eurer angeblichen Immunität, meine Herren. In keinem Fall erstreckt sie sich auf solch eine außergewöhnliche Situation wie die, mit der wir es hier zu tun haben.« Er hob die Hand, um etwaigen Protesten der beiden zuvorzukommen, um dann an seinen Fingern die Anklagepunkte abzuzählen. »Mord an einem Statthalter des Pharaos hebt diplomatische Immunität in Ægypten auf, dasselbe gilt für den Mord an einem religiösen Führer — und Matiseth Chemres war Hem-Neter-Tepi des Set im Sepat von On.« Dabei zählte Inhetep zwei seiner erhobenen Finger ab. »Verschwörung gegen den Pharao ist ein drittes Verbrechen, das jegliche Immunität aufhebt. Dasselbe gilt für die Bestechung eines Beamten der Krone, und es läßt sich beweisen, daß sowohl Ihr, Lord Barogesh, als auch Ihr, Bal-Eloi Jossur, Ram-f-amsu mit großen Geldsummen versorgt habt. Also gibt es bereits vier mögliche Punkte, für die wir Euch unter Anklage stellen können, und jeder einzelne Punkt gestattet die vollständige Aufhebung Eurer diplomatischen Privilegien. Schließlich ist da noch der Vorwurf der Brandstiftung — das vorsätzliche Abbrennen des Statthalterpalasts der Stadt On. Diese Tat gehört als Verbrechen in dieselbe Kategorie wie die anderen vier. Bei diesen fünf Anklagepunkten handelt es sich um eine ziemlich ernste Angelegenheit, meine Herren, denn jedes einzelne Euch zur Last gelegte Verbrechen wird im Falle einer Überführung mit der Hinrichtung des Übeltäters bestraft.«

»Vielleicht läßt sich diese Affäre doch aufklären, ohne gleich so weit zu gehen, Magister Inhetep, Inspektor Tuhorus«, sagte der Phönizier gelassen. »Ich denke, ich könnte durchaus im Besitz von Informationen sein, die sich als nützlich erweisen mögen, wenn als Gegenleistung meine diplomatische Immunität anerkannt wird ...«

»Ich bin ebenfalls bereit, vorbehaltlos mit Euch zusammenzuarbeiten, meine Herren«, sagte Jossur mit fester Stimme. »Möglicherweise verfüge ich über genauere Informationen als mein hasurischer Widerpart, denn wir Shemiten kommen bekanntermaßen an fast alle Informationen heran und führen außerdem noch genauestens Protokoll über alles, was wir erfahren.«

Tuhorus wurde angesichts dieser Feilscherei zunehmend zorniger. »Das Zurückhalten von Informationen ist ebenfalls ein Verbrechen«, sagte er drohend.

»Muß sich ein Verurteilter davor fürchten, zweimal zu sterben?« erwiderte der phönizische Agent mit einem dünnen Lächeln. »Und was die Behauptungen meines zweitklassigen Widerparts, Bal-Eloi Jossur, anbelangt, so versichere ich Euch, daß alles, was ich weiß, so ausführlich wie überhaupt möglich dokumentiert worden ist, da Hasur, wie alle anderen phönizischen Staaten auch, mit akribischer Sorgfalt Akten auch über seine Geheimoperationen anlegt.«

Beide angeklagten Spione sahen nicht Tuhorus, sondern den Zauberpriester an, da sie nur zu gut wußten, daß Inhetep in seiner Funktion als Utchatu-Agent anwesend und früher ein ziemlich hochrangiges Mitglied im Geheimdienst des Pharaos gewesen war. Der Magister neigte unmerklich den Kopf. »Ich weiß Eure freiwillige Unterstützung zu schätzen, meine Herren. Mir ist klar, daß Ihr beide erst sehr spät in die Verschwörung mit einbezogen worden seid, zu einem Zeitpunkt nämlich, als der Plan schon sehr weit fortgeschritten war. Erzählt Chefinspektor Tuhorus und mir bitte alles, was Ihr wißt. Wenn wir uns überzeugt haben, daß Ihr nur mit der Finanzierung der verräterischen Pläne des Statthalters zu tun und bei dem übrigen Eure Hände nicht im Spiel hattet, könnt Ihr meiner Ansicht nach auf freien Fuß gesetzt werden — selbstverständlich unter Beschlagnahme Eures gesamten Geldes und Eurer hiesigen Besitzungen, und natürlich wird man Euch auch verbieten, je wieder einen Fuß auf Ægyptischen Boden zu setzen.«

»Das ganze Geld, daß ich für ...«, begann der shemitische Agent wütend, hielt dann jedoch inne, als er an die Alternative dachte. Wenn Barogesh hatte Einwände erheben wollen — denn er hatte ebenfalls Millionen mitgebracht und besaß darüber hinaus angeblich Grund und Boden sowie Waren in Ægypten, Vermögen, das für ihn und Hasur verloren sein würde —, mußte ihn das plötzliche Schweigen seines Widerparts und Inspektor Tuhorus' Miene eines Besseren belehrt haben, denn er schwieg nach den ziemlich unterwürfigen Worten: »Ich füge mich.«

»Die beiden Morde?« preßte Tuhorus durch zusammengebissene Zähne.

Beide Männer behaupteten, durch die Tode des Statthalters Ram-f-amsu und des Hohepriesters vor ein Rätsel gestellt worden zu sein. Beide gaben ein oberflächliches magisches Wissen und die Fähigkeit zu, dieses im Rahmen ihrer beruflichen Tätigkeit in gewissen Grenzen einsetzen zu können. Doch keiner hatte auch nur die geringste Vorstellung, was Ram-f-amsu getötet hatte, und beide hatten sich in Gesellschaft und ganz woanders befunden, als Matiseth Chemres ermordet worden war. »Es war fast so, als würde der Anschlag von einer Antithese der Dweomer ausgeführt«, sagte Bal-Eloi Jossur. »Meine eigenen Schutzvorkehrungen zeigten nicht den geringsten Hekafluß an.« Dem pflichtete der phönizische Spion energisch bei, und sowohl Tuhorus als auch dem Magister war klar, daß die beiden die Wahrheit sprachen. Danach befragte Inhetep sie zu dem Feuer, und das Ergebnis war dasselbe: Weder der shemitische Agent noch Barogesh hatten eine Ahnung, wer es gelegt hatte und warum, obwohl beide den Verdacht hatten, daß dies geschehen war, um Beweismittel zu vernichten. »Der Setpriester war ein schwaches Glied in Ram-f-amsus Kette«, sagte der Phönizier, indem er seine und Jossurs Gedanken über Matiseth Chemres auf einen Nenner brachte.

»Was machte ihn dazu?« fragte der Polizist.

»Er war zwar verschlagen, aber nicht klug und noch dazu übermäßig ehrgeizig. Man konnte ihm ansehen, daß er wahrscheinlich versuchen würde, die Herrschaft an sich zu reißen, sobald der Fürst seinen neuen Staat proklamiert hätte«, mutmaßte Barogesh. »Chemres hätte die Ämter vereinigt, wie es in alten Zeiten üblich war, und zwar mit aller ihm zu Gebote stehenden Macht, denn er war intolerant und durch und durch schlecht.«

Nach sorgfältiger Befragung durch den Magister gaben die zwei Agenten zu, daß sie mehrere Millionen in

Gold beschafft hatten, um den Plan des Statthalters zu finanzieren, und daß dieses Geld entweder irgendwo in Ram-f-amsus Palast oder bereits ausgegeben war. Jeder hatte ihm zwei weitere Millionen versprochen, aber das Geld war noch irgendwo unterwegs. »Keine Sorge«, witzelte der Ur-Kheri-Heb, »irgendwann wird es ankommen, und vielleicht werdet Ihr gerade zu diesem Zeitpunkt freigelassen.« Inhetep hielt inne, um dann fortzufahren: »Nun bleibt nur noch eine Sache, so vermute ich. Schildert uns bitte, was Ihr von dem Plan wißt, das Reich zu spalten. Laßt nicht die kleinste Einzelheit aus — Namen, Daten und alles übrige. Euer Leben hängt jetzt am seidenen Faden, meine Herren, wie das einer Seele, wenn sie ihr Urteil in Osiris' Gerichtshalle in der Duat erwartet. Die Last einer noch so kleinen Unwahrheit, einer winzigen Auslassung, könnte den Faden zerreißen und so Euer Schicksal besiegeln.«

Männer wie Barogesh und Jossur fanden sich bereitwillig mit den Gefahren ihres Berufs ab. Keiner von beiden hatte besondere Angst davor, sein Leben zu verlieren, doch andererseits wußten beide auch, daß es noch keinen Grund gab zu sterben. Die Affäre, um die es ging, betraf ihr Land nicht mehr. Jeder entschied sich dafür, weiterzuleben und die Arbeit fortzusetzen, also erzählten sie, was vorgefallen war. Ihre Schilderungen waren sich in vielerlei Hinsicht sehr ähnlich.

Die rechte Hand des Statthalters, Aufseru, unterhielt offensichtlich ein Netz privater Agenten und Spione für Ram-f-amsu. Barogesh und Jossur waren von ihnen aufgestöbert worden, und dann hatte Aufseru mit jedem von ihnen persönlichen Kontakt aufgenommen. Nach vorsichtigen Verhandlungen war Aufseru schließlich mit der Geschichte von Ram-f-amsus ehrgeizigem Plan herausgerückt. Im wesentlichen hatte der Statthalter behauptet, die griechisch-Ægyptischen Bindungen, die schon seit langer Zeit existierten, seien ihm zuwider. Er hatte Hasur und Shem gleichermaßen angeboten, das Bündnis mit Grezien zu ihren Gunsten aufzukündigen, doch dies setzte natürlich einen Wechsel in der Regentschaft Ægyptens voraus. Asiatische Söldner und yarbische Piraten hatten letzteres gewährleisten sollen, und es gab auch Hinweise auf babylonische Hilfe. Ram-f-amsu hatte behauptet, daß er mit Hilfe des Hohenpriesters von Set das gesamte UnterÆgypten vom übrigen Reich loslösen und selbst Pharao werden könne. Mit der Zeit würden auch Mittel- und OberÆgypten zusammenbrechen, während das nubische Protektorat ihn mit Freuden anerkennen würde, sobald es sich traute; aber in der Zwischenzeit würden seine Anhänger dort zumindest alle Versuche vereiteln, das Militär und die Ressourcen des Protektorats einzusetzen, um den neu proklamierten Staat im Nylledelta anzugreifen. Angriffen von oben und unten ausgesetzt, konnte kaum Hoffnung für den rechtmäßigen Herrscher Ægyptens bestehen, und Ram-f-amsu würde schließlich über das ganze Land herrschen.

Die zypriotische Beteiligung hatte im Tausch gegen Handelskonzessionen erfolgen sollen. Die Insel war eng mit Libbos verbündet und würde demzufolge diese Drohung neutralisieren. Bal-Eloi Jossur gab zu, schließlich davon erfahren zu haben, daß dem zyprischen Herrscher, König Nikos, außerdem die shemitische Stadt Tyrus versprochen worden war. »Wir hatten vor, alle dahingehenden Versuche mit unserer Flotte zu zerschlagen«, berichtete er Tuhorus und dem Magister. »Trotzdem blieb natürlich die Möglichkeit bestehen, und dadurch wäre auch Handel zu uns umgeleitet worden. Als er mit seiner Doppelzüngigkeit konfrontiert wurde, erklärte sich Fürst Ram-f-amsu bereit, jegliche militärische Unterstützung in bezug auf diesen Teil des Plans zurückzuhalten. Nikos hätte sich in einer ziemlich unangenehmen Situation befunden …«

Skythischen Söldnertruppen hatte der Durchmarsch durch das nördliche Babylonien auf das yarbische Territorium der Stämme der Nabati und Al-Heshaz gestattet werden sollen. Das wäre ideal für Shem gewesen. Im ungünstigsten Falle hatte man geglaubt, den reizvollen Hafen von Ælana unter shemitische Herrschaft bringen zu können, selbst wenn die Rebellion Ram-f-amsus schließlich scheitern sollte. Kein Pharao würde etwas dagegen haben, wenn die yarbische Macht beschnitten wurde, selbst wenn dieser Machtverlust zu einem Machtzuwachs bei dem nominell verbündeten shemitischen Staat führte. Falls der Plan des Statthalters Erfolg gehabt hätte, wäre möglicherweise auch noch Phillistien an Shem gegangen, obwohl zwischen den beiden Ländern yarbisches Territorium lag und die Bevölkerung dieser Gegend zunächst hätte unterworfen werden müssen. Doch dem Rebellenfürst hatte keine echte militärische Hilfe zuteil werden sollen, da die Bewegungen der skythischen Söldner zum Zweck der Unterstützung der Rebellion viel zu gefährlich gewesen wären, so daß alle Truppen nach Osten geschickt worden wären, um zu verhindern, daß die wilden Kavalleriehorden auf ihrem Weg shemitisches Land verwüsteten. »Wir waren mit einer Zusammenarbeit mit Hasur einverstanden«, schloß Bal-Eloi, »da wir recht gut miteinander auskamen. Doch mit Skythien, Hasur, Zypern und Yarbay in einem Kessel, den Babylon rührte, betrachteten wir die ganze Affäre eigentlich als wenig vielversprechendes Unternehmen.«

»Und doch habt Ihr Geld geschickt«, bemerkte der Zauberpriester.

»Natürlich! Ein wenig Gold und Silber bedeutet nichts in den Fragen der Diplomatie und Staatskunst.«

Der Magister wechselte einen Blick mit Chefinspektor Tuhorus, der besagte, daß keiner von beiden in diese Art von Arena gehörte. Zwar mußten sie sich von Zeit zu Zeit mit Überlegungen ähnlicher Natur befassen, doch keiner der beiden würde sich mit solchen Partnern jemals wirklich wohl fühlen. »Und Ihr, Barogesh? Was hat man in Hasur von Fürst Ram-f-amsus Plan gehalten?«

»Wie Lord Jossur schon bemerkt hat, Magister Inhetep. Wir hielten den ganzen Plan für ein einziges Durcheinander, zum Fehlschlagen verurteilt. Außerdem sind Babylon und seine Lakaien notorisch unzuverlässige Verbündete.« Er hielt einen Augenblick inne, um seinen Tee zu schlürfen, wobei er den haßerfüllten Blick übersah, den ihm sein shemitischer Widerpart zuwarf. »Ein Alternativplan, um dem rechtmäßigen Pharao zu Hilfe zu kommen, wurde schon vor einiger Zeit erstellt, und wären die richtigen Kanäle geöffnet worden, hätte mein Land gewiß zugunsten des rechtmäßigen Herrschers von Ægypten eingegriffen.«

»Man hält sich beide Möglichkeiten offen ... höchst diplomatisch«, murmelte der Ur-Kheri-Heb.

»Shem war bereit, die Grenze zu schließen, um ein weiteres Vordringen der skythischen Söldnerhorden zu verhindern, beeile ich mich hinzuzufügen«, warf Jossur ein. »Das beweist die aufrichtige Natur unserer Freundschaft mit Ægypten.«

»Das tut es«, kommentierte Inhetep. »Aber wir wissen immer noch nicht im einzelnen, wer alles in diese Verschwörung verwickelt war.«

Beide Männer waren einverstanden, eine Liste aller Personen zu erstellen, die ihres Wissens an der Affäre beteiligt waren. Beide behaupteten jedoch mit Nachdruck, daß alle diese Personen von niedrigem Rang und geringer Bedeutung waren. »Ihr, Magister Inhetep, seid selbst in die Ratskammer gekommen, in der die Hauptverbündeten Fürst Ram-f-amsus versammelt waren, und dort habt Ihr mich ebenfalls nur als Beobachter angetroffen«, sagte der Phönizier selbstgerecht.

»Und ich war ebenfalls dort — ebensosehr, um zu kontrollieren, was Hasur im Schilde führte, wie als ... Bote, könnte man sagen«, versicherte Bal-Eloi am Ende des Verhörs.

»Dann standen also der Statthalter und der Hohepriester an der Spitze der Verschwörung, und zwar ganz allein?« fragte der Zauberpriester.

»Da war noch Lord Aufseru«, erinnerte der Phönizier.

Mit überlegenem Lächeln sagte Jossur: »Und sein Widerpart, Uab Absobek-khaibet. Den habt Ihr doch wohl nicht übersehen, Barogesh.«

Bevor die zwei Spione das Thema weiter vertiefen konnten, intervenierte Inhetep.

»Genug! Chefinspektor Tuhorus, das ist der Name des Mannes, der augenblicklich verhaftet und hergebracht werden sollte. Aber seid vorsichtig, denn obwohl sein Titel auf lediglich durchschnittliche Fähigkeiten hinweist, habe ich den Verdacht, daß seine Kräfte weit über das für einen Uab normale Maß hinausgehen — ansonsten hätte ihn Chemres niemals zu seiner rechten Hand gemacht.«

»Ich schicke zwei von denjenigen meiner Männer, die Priesterkræft am besten kontern können, Magister. Warum habt Ihr nicht ...?«

»Sprecht es ruhig aus, verehrter Kollege. Ich habe ihn nicht erwähnt, weil ich nirgendwo auch nur die Spur einer Beteiligung dieses Absobek-khaibet gefunden habe — was auch für Eure ganze Abteilung zutrifft. Aber das ist jetzt völlig gleichgültig, obwohl ich glaube, daß er möglicherweise tiefer in die Sache verwickelt und auch viel mächtiger ist, als wir vorderhand annehmen können. Wir werden es bald genug erfahren. Und was Euch beide betrifft«, sagte der Ur-Kheri-Heb mit sowohl in seinem Tonfall als auch seinem Gehabe deutlicher Mißbilligung, »so hat diese letzte Information Euch wahrscheinlich die diplomatische Immunität beschert, nach der Ihr Euch so sehnt. Dies zu entscheiden, steht jedoch anderen zu, da höchstwahrscheinlich noch Staatsangelegenheiten ins Spiel kommen werden. Für die Übergangszeit bin ich zuversichtlich, daß der Chefinspektor geeignete Unterkünfte für Eure Lordschaften finden wird — Schutzhaft, wollen wir es so nennen?«

Trotz der lautstark vorgetragenen Proteste der beiden Männer war Chefinspektor Tuhorus mit Inheteps Vorschlag mehr als einverstanden. Er ließ sie in Quartiere sperren, die zwar sicher waren, doch vom Qualitätsstandard her eher einem Gasthaus als einem Gefängnis entsprachen. »Werden sie diese Geschichte tatsächlich überleben?« fragte der Polizist, nachdem sie verschwunden waren.

»Die Minister des Pharaos werden hohe Forderungen an Hasur und Shem stellen, aber am Ende werden die beiden Skorpione ausgetauscht werden, so daß sie auch weiterhin ihr Unheil stiften können — glücklicherweise woanders. Aber ich müßte mich schon sehr irren, wenn sie ihr nächster Auftrag nicht in eine ziemlich entlegene Gegend wie Großslovien, Berberien oder gar die Tartarei führt«, fügte er mit einem bedeutungsvollen Kichern hinzu.

»Ich habe schon viel über die Gastfreundschaft Kitais und den Charme der Nomadenvölker Tindoufs gehört«, pflichtete Tuhorus mit Genuß bei.

»Was auch aus ihnen wird, mein Freund, das Schlimmste ist noch zu gut. Und jetzt müssen wir uns beeilen, die Affäre mit den übrigen Verschwörern zu beenden. Wir haben immer noch zwei Morde und die Geschichte mit dem Uab-Priester aufzuklären.«

»Wer kommt als nächstes?«

»Als nächste nehmen wir uns den Bankier Nerhat-ab und die vier Kaufleute vor. Jämmerliche Gestalten, die wenig hinzuzufügen haben werden, aber wir müssen trotzdem mit ihnen reden, da ihr Verhör noch mehr ans Licht bringen könnte.«

Tuhorus trat zur Tür und sprach leise mit seinen Leuten. »Sie werden sofort hergebracht, Magister, wie auch noch etwas Tee für uns.«

11

Rad im Rad

Irgendwie mußten die fünf Ægypter vor ihrer Ankunft in Tuhorus' Büro erfahren haben, daß die ganze schändliche Affäre ans Tageslicht gekommen war. Als sie eintraten, plapperten alle durcheinander und verlangten, angehört und begnadigt zu werden. »Ruhe! Ihr Verräter schweigt jetzt alle«, sagte der Magister energisch. »Weder Chefinspektor Tuhorus noch ich sind der Pharao und können Euch begnadigen. Wir sind nur Polizisten, und Ihr seid hier, um zu gestehen. Gebt korrekte Informationen, macht vollständige, genaue Aussagen, dann werden die Dinge für Eure Familien vielleicht nicht so hart.«

Für sie persönlich bestand wenig Hoffnung. Sie hatten sich verschworen, ein neues Königreich zu gründen und den Möchtegern-Usurpator Ram-f-amsu zum Pharao zu machen. Unter solchen Umständen wurden gewöhnlich alle Mitglieder des Haushalts hingerichtet oder zumindest versklavt, ihr Besitz konfisziert und dem Besitz der Krone hinzugefügt. Abgesehen von einer direkt gegen das Leben des Pharaos gerichteten Verschwörung war kein schwereres Verbrechen als das möglich, welches die fünf vermögenden Ægypter begangen — oder zu begehen versucht — hatten. Sie setzten sich, leichenblaß und ängstlich. Inhetep zeigte auf einen der fünf. »Ihr, Nerhat-ab, werdet den Anfang machen.«

Napata, Elephantine, Theben, Memphis und Tanis waren die finanziellen Zentren des Landes. Der Bankier berichtete, daß er mit den Geldern, die er von Ram-f-amsu und anderen Mitgliedern des Kreises erhielt, Ons Ruf ausreichend verbessert hatte, um einen Fluß von

Geldern aus dem Süden in Gang zu setzen. »Meine Gesellschaft kontrolliert jetzt ein Vermögen, das ebenso groß ist wie das aller Bankiers von Napata und der Drillingsstadt Theben-Luxor-Karnak«, prahlte Nerhat-ab fast, als er seine Geschichte erzählte. Memphis und Tanis hätten ohnehin zum neuen Reich des Verräterfürsten gehört, so daß er sich nicht übermäßig angestrengt hatte, Geschäftsanteile aus diesen Städten zu gewinnen.

»Ihr habt sowohl hier in On als auch in Innu Niederlassungen, nicht wahr?« fragte der Magister.

»Ja, außerdem noch in Rosetta«, ergänzte der Bankier. Das Geld aus Hasur, Shem und Zypern war durch seine Einrichtungen geleitet worden, wo die Münzen ›gewaschen‹ und in jede beliebige Währung — Ægyptische oder andere — umgewandelt worden waren. Dann waren je nach Bedarf Kreditbriefe ausgestellt worden. »Ich werde eine vollständige Aufstellung anfertigen, meine Herren«, schloß Nerhat-ab. »Ich brauche nur entsprechende Anweisungen zu geben, und es wird geschehen.«

»Das werdet Ihr auch sehr bald tun, und zwar per Brief und per Bote«, sagte Tuhorus. »Also, warum habt Ihr Euch dieser Verschwörung angeschlossen, und wer hat Ram-f-amsu ermordet?«

»Er hat von Anfang an starke finanzielle Anreize geboten und die wahre Natur seines Plans erst enthüllt, als ich bis zum Hals mit in der Sache gesteckt habe. Zuerst war ich überzeugt, er wolle das Sepat so reich und vermögend machen, daß er zum Vizekönig Unter-Ægyptens und oberstem Minister ganz Ægyptens aufsteigen würde. Dann, nachdem ich mich bereits einiger Unregelmäßigkeiten, illegaler Transaktionen und des Zinswuchers schuldig gemacht hatte, erzählte mir Ram-f-amsu die ganze Wahrheit und verlangte meine uneingeschränkte Beteiligung. Selbst unter diesem Druck ... sprach ich mit anderen und bereitete ein Geständnis vor, um die ganze Verschwörung aufdecken zu können. Wir alle waren daran beteiligt«, sagte der Bankier mit einer weitausholenden Armbewegung, welche die vier Kaufleute einschloß, »was diese werten Herren bezeugen werden. Jeder von uns besitzt eine Kopie des Berichts.«

»Mit wem habt Ihr über diese Angelegenheit gesprochen?« wollte Inhetep wissen.

»Mit einem alten Bekannten von mir, Pabar Ankh-ra, dem Präfekt von Innu.« An Nerhat-abs Miene ließ sich ablesen, daß er überzeugt war, der Beamte werde dies bestätigen.

»Ihr habt ihm Einzelheiten genannt?« fragte Chefinspektor Tuhorus ungläubig.

»Nein, nein. Ich habe nur in Allgemeinplätzen geredet und vorgegeben, ein Bekannter von mir sei in eine illegale Affäre ernsterer Art verwickelt. Ankh-ra riet mir daraufhin zu einem schriftlichen Geständnis. Ich wollte meines zum Pharao senden, doch ich fürchtete um mein Leben ...«

»Wie es auch nur recht und billig ist!« schnauzte Tuhorus. »Und wer hat also den Fürst getötet?«

»Ich habe nicht die geringste Ahnung«, erklärte der Bankier hilflos.

Danach wurden Emptah-hiash, Hatsotef, Thununmaat und Nenef-Kheru von Inhetep und Tuhorus vernommen. Keiner der vier Kaufleute wußte mehr darüber, wer was für den Statthalter getan hatte, als der Bankier Nerhat-ab. Bevor sie sich der Verschwörung anschlossen, hatten sie geschäftlich mit dem Bankier zu tun gehabt und waren wegen ihrer Habgier, ihres Ehrgeizes und ihrer Skrupellosigkeit ausgewählt worden. Angefangen beim Verkauf verdorbener Waren und der Benutzung falscher Gewichte spielten die vier auf der gesamten Tonleiter von Schwarzmarkt- und Schmuggelgeschäften über den Verkauf illegaler Waren und die Ausschaltung des Wettbewerbs bis zu Diebstahl, Raub,

Brandstiftung und Sabotage. »Wir unterscheiden uns nicht von anderen Vertretern unseres Gewerbes«, sagte Thun-un-maat zu seiner Verteidigung, als Tuhorus einen sarkastischen Kommentar zu ihrer Ehrlichkeit abgab. »Wir vier sind nur zufällig fähiger, erfolgreich geworden und dann in der Lage gewesen, diese Dinge im größeren Stil zu betreiben als jene, die uns verdrängen wollten. Sie haben es mit ähnlichen Methoden versucht, waren aber nicht so geschickt.«

»Venetier!« spie Tuhorus verächtlich.

»Ich wollte, wir wären so reich und mächtig!« schoß Hatsotef zurück. »Aber diese gerissenen Geschäftsleute waren so schlau, eine Regierung zu bilden, die sie selbst kontrollieren!«

»Das führt doch zu nichts«, rügte Magister Inhetep schließlich. »Ich nehme an, Ihr vier befindet Euch im wesentlichen in Übereinstimmung mit Nerhat-ab.«

Die vier bejahten, und jeder gab rasch seine eigene Schilderung, wie er versucht hatte, sich aus der tatsächlichen Verschwörung herauszuhalten, und versicherte, daß es tatsächlich einen Bericht gab. »Wir haben alle nur auf Bankier Nerhat-abs Signal gewartet, zu den Behörden zu gehen und die ganze Verschwörung auffliegen zu lassen«, behauptete Nenef-Kheru. »Aber er wollte uns einfach die Erlaubnis nicht erteilen«, endete der Kaufmann anklagend.

»Aber ich habe doch ebenfalls auf Anweisungen gewartet«, jammerte der Bankier als Antwort. »Präfekt Ankh-ra versuchte einen mitfühlenden Kanal zu finden, wenn Ihr wißt, was ich damit sagen will.«

»Ihr wollt damit andeuten, daß der Präfekt von Innu in diese schreckliche Geschichte verwickelt ist?« hakte Tuhorus nach.

»Nein, keinesfalls! Aber wahrscheinlich hat er sich am Ende gedacht, daß ich in irgend etwas Illegales verwickelt bin«, gestand Nerhat-ab ein. »Pabar — Präfekt Ankh-ra — hat Freunde in der Umgebung des Pharaos, mit denen er regelmäßig spricht. Er sagte, vorzutreten und alle kriminellen Aktivitäten zu enthüllen, werde wohlwollend aufgenommen und sich strafmildernd auf alle Verbrechen auswirken, welche die Gruppe begangen hat ...«

»Also habt Ihr Euch zunächst einmal nicht übermäßig beeilt, um den Anschein zu erwecken, so wenig wie möglich in die Geschichte verwickelt zu sein und die Schuld auf alle abzuwälzen, die gerade griffbereit waren«, beschuldigte ihn der Magister.

Der Bankier konnte das nicht abstreiten. Er blickte schuldbewußt zu Boden, während ihn die vier Kaufleute anfunkelten. Es war offensichtlich, daß er vorgehabt hatte, sie den Löwen zum Fraß vorzuwerfen, um dadurch die eigene Haut zu retten. Außerdem brachte sie seine Hinhaltetaktik jetzt alle in Todesgefahr. »Aber der Plan schien so weithergeholt, daß er unter seiner eigenen Last zusammenbrechen mußte!« rief er seinen vier Genossen und dem Polizisten zu. »Wäre Ram-f-amsu auf andere Weise zu Tode gekommen, sagen wir, wenn er gerade allein gewesen wäre, oder vielleicht sogar während der Besprechung, nur ohne die Anwesenheit Magister Inheteps, wäre diese ganze Affäre so schnell verpufft wie Regen in der Wüste. Zuerst hieß ich den Anschlag gut«, gestand Nerhat-ab trotzig, »und auch den Tod dieses unerträglichen Hohenpriesters. Doch jetzt verfluche ich den Mörder, denn wer es auch sein mag, er hat auch über mich Tod und Zerstörung gebracht.«

Inspektor Tuhorus ließ alle fünf Männer abführen, um offizielle Geständnisse protokollieren zu lassen. Inhetep lehnte sich zurück und trank seinen kalten Tee aus, während er versuchte, sich auf das bisher Gehörte einen Reim zu machen. Das Bild, das vor seinem geistigen Auge entstand, war in seiner Verworrenheit und Dummheit zugleich absolut unglaublich. Natürlich galt es noch weitere Fakten aufzudecken, aber ...

»Was haltet Ihr von alledem?« fragte Tuhorus, als er zurückgekehrt war.

»Ich denke gerade darüber nach, Inspektor«, erwiderte Inhetep gedehnt. »Wir scheinen es mit einem äußerst seltsamen Sammelsurium von Verbrechen und Verrat zu tun zu haben, das eher in eine Fabel oder ein Theaterstück paßt als ins wirkliche Leben.«

»Genau meine Meinung. Hätte mir das alles eine einzige Person erzählt, hätte ich sie ausgelacht.« Tuhorus hielt inne, wischte sich die Hände an seiner Tunika ab, als wolle er sie vom Kontakt mit den Verschwörern reinigen, und fragte dann: »Wen nehmen wir uns als nächstes vor, Lasuti oder Aufseru? Ich meine, die Parther sollten wir uns für zuletzt aufheben.«

»Ich bin ganz Eurer Ansicht. Lassen wir den Alchimist ruhig noch etwas warten und verhören zunächst Fürst Ram-f-amsus rechte Hand. Nun, da dieser ganze stinkende Schlamassel aufgeflogen ist, wird er uns zweifellos mit einigen besonders auserlesenen Fakten versorgen können.«

Chefinspektor Tuhorus' Augen verengten sich. »Wenn doch nur die ganze Affäre so klar wäre, Magister. Ich glaube, Ihr haltet Informationen zurück, durch die Ihr Euch einer besseren Perspektive bedienen könnt, als mir zugänglich ist.«

»Kein Grund, Euch deswegen noch länger Gedanken zu machen, mein Freund. Ich werde Euch diese Information geben, sobald alle Männer verhört wurden und wir bereit sind, der Fährte zu folgen.«

»Welcher Fährte, Magister? Es kommt mir eher so vor, als stünden wir an einer Kreuzung zwischen den Oasen!«

Inhetep nickte. »Es gibt zu viele Spuren, da bin ich Eurer Ansicht. Aber ich denke, daß es Absobek-khaibets Fährte ist, der wir folgen werden, wenn wir hier fertig sind — und diese Fährte wird uns zu demjenigen führen, der hinter diesen falschen Fährten steckt.«

»Meine Männer sind bereits hinter Absobek her«, sagte Tuhorus. »Glaubt Ihr, der Uab-Priester wird so bereitwillig reden?«

»Ganz und gar nicht, Inspektor. Ich wette sogar, daß er sich der Verhaftung entziehen wird.«

Bevor sie noch mehr sagen konnten, wurden sie jedoch durch die Ankunft Aufserus unterbrochen, der angeblichen rechten Hand des toten Statthalters. Er kam mit zusammengepreßten Lippen und ausdrucksloser Miene herein und blieb auch dann noch steif stehen, als ihn Tuhorus aufforderte, Platz zu nehmen. »Kommt schon, Aufseru«, fuhr der Inspektor ihn an. »Dieses Verhalten bringt Euch überhaupt nichts. Macht es Euch einfach so leicht wie möglich, und vielleicht …«

»Psst! Was habt Ihr gerade gesagt, Aufseru?« fragte der Magister, während Tuhorus schwieg. Irgend etwas im Verhalten des Gefangenen hatte Tuhorus innehalten lassen, und dann hatte Aufseru etwas gesagt. Inhetep wiederholte seine Frage. »Was habt Ihr gesagt?«

»Ich bin ein toter Mann …«, flüsterte Aufseru monoton vor sich hin.

»Höchstwahrscheinlich«, sagte Tuhorus barsch, »doch vielleicht gibt es noch …«

»Halt!« unterbrach der Magister. »Hört ihm zu!«

»… die Samarkand-Lösung«, kam es krächzend aus Aufserus Kehle. »Nur die Götter können Euch vor demselben Schicksal bewahren, wenn Ihr Euch jetzt nicht abwendet und den Fall zu den Akten legt.«

»Ihr Götter! Was murmelt Ihr da? Steht Ihr unter Drogen? Erzählt uns von der ›Lösung von Samarkand‹ und vergeßt Eure Drohungen!« befahl der Inspektor entschlossen.

Magister Inhetep trat ein paar Schritte vor, um Aufseru besser betrachten zu können, und der Anblick traf ihn wie ein Schlag. Aufseru sah unnatürlich und wie ein Zombie aus. Er war nicht nur völlig steif und ausdruckslos, sondern irgend etwas in seinen Augen kündete auch von Geistlosigkeit, und seine Haut wirkte blaß und hatte einen fauligen Glanz. Tuhorus war zu erpicht darauf, die Wahrheit zu erfahren, um sich an solchen Dingen zu stören. Eine einzige flüchtige Musterung unter Zuhilfenahme von Heka zeigte Inhetep jedoch, daß es noch mehr zu berücksichtigen gab.

»Vorsichtig, Inspektor! Er *ist* ein toter Mann — im wahrsten Sinne des Wortes!«

Der Polizist wich zurück, und seine Blicke flogen unsicher zwischen Aufseru und Inhetep hin und her. »Tot! Was lenkt ihn dann?«

Der Ur-Kheri-Heb setzte seine magische Erkundung unterdessen fort, wobei er sowohl die Künste des Zauberers als auch des Priesters benutzte, um diesen seltsamen Gefangenen nach Hinweisen und daraufhin abzutasten, welche Gefahren in dem Mann lauern mochten. Der phosphoreszierende Glanz von Aufserus Haut verstärkte sich, doch der innere Energiekern, der im gleichen Augenblick wuchs und heller wurde, war für Inhetep ein auffälligeres Indiz. »Paßt auf! Weicht ihm unbedingt aus, Tuhorus!« rief der Magister in dem Augenblick, als sich der Aufseru-Zombie in eine leuchtende Gestalt fast weißglühender Helligkeit verwandelte und mit dem einen Arm in Inheteps und mit dem anderen in Tuhorus' Richtung zeigte. Kleckse von irgend etwas flogen los, aber da war der Ur-Kheri-Heb schon außer Reichweite und Inspektor Tuhorus hinter die Deckung seines Schreibtisches gehechtet.

So plötzlich, wie das Ding aufgeflammt war, wurde die aufbrausende Energie von einer wesenlosen Schwärze verdrängt. Aufserus Körper schien eine lichtlose Leere zu sein, dann löste er sich schlicht in nichts auf, während blaßgraue Asche davonwirbelte und den Fußboden an der Stelle bedeckte, wo zuvor noch Aufseru gestanden hatte. »Da sind Fußabdrücke in den Sandstein eingebrannt!« rief Tuhorus aus.

»Soviel zu Ram-f-amsus rechter Hand«, sagte Inhetep mit einem Anflug von Resignation. »Wir sollten die Asche einsammeln, Inspektor. Die Analyse verrät uns vielleicht etwas.«

»Aber beim Sonnenhellen Ra, Mann! Ich bin fast getötet worden von diesem ... diesem ... Ding!«

»Das seid Ihr, Tuhorus. Außerdem hat es mich ebenfalls zu töten versucht — scheint so, als hätte derjenige, welcher die Leiche befehligte, nicht ernsthaft damit gerechnet, daß wir der Aufforderung lammfromm folgen und den Fall zu den Akten legen. Also war er darauf vorbereitet, uns auszulöschen.«

»Das hätte aber nur dazu geführt, daß der Fall von noch mehr Männern untersucht wird — eine hoffnungslose Taktik.«

»Ganz und gar nicht, mein lieber Inspektor. Daraus hätte alles mögliche resultieren können, zum Beispiel auch die Annahme, Aufseru sei der Schuldige und wir alle bei seiner Verhaftung gestorben. Aber egal, denn wir werden nicht erfahren, welche Hebel in Bewegung gesetzt worden wären, um alles zu vertuschen, wären wir bei dem Anschlag ums Leben gekommen. Der Plan ist gescheitert, also werden wir uns bemühen, dem Schuldigen hinter diesem kleinen Akt in dem Drama auf die Schliche zu kommen, Tuhorus. Ich denke, wenn die Überreste dieses Burschen zusammengefegt sind, nehmen wir uns Jobo Lasuti vor. Der nubische Alchimist hat meiner Ansicht nach ein paar interessante Informationen für uns.«

»Ihr seid ziemlich abgebrüht, Utchat-Neb. Ich glaube, ich verstehe langsam, wie Ihr zu Eurem Ruf gekommen seid. Aber wie ist das nun mit der ›Samarkand-Lösung‹? Sie begegnet uns immer wieder.«

Magister Inhetep schüttelte den Kopf. »Samarkand ist seit langem als Festung bekannt, die sich standhaft weigert, sich Angreifern zu ergeben. Dreimal ist dies bis jetzt vorgekommen, woraufhin die Stadt belagert und schließlich gefallen ist. Die Sieger haben die Stadt jedesmal bis auf die Grundmauern niedergebrannt, aber schließlich hat sich immer wieder eine neue Stadt gleichen Namens aus den Trümmern der alten erhoben wie der Phönix aus der Asche des Feuers, das ihn verzehrt hat.«

»Der letzte Fall der Stadt liegt Jahrhunderte zurück«, erwiderte Tuhorus, »und Samarkand ist jetzt reich und ein bedeutendes Handelszentrum, ein wichtiger Stadtstaat in Zentralasia, aber ... wie hängt das mit der Verschwörung des Statthalters und diesen Morden zusammen?«

»Vielleicht gibt es eine Verbindung zur Zerstörung — ich bin noch nicht sicher«, gab der Magister zu. »Jenen, welche der Kraft, die hier am Werk ist, zu widerstehen versuchen, scheint die Auslöschung gewiß zu sein, aber ...«

»Ja, und zwar ein sehr starkes ›Aber‹. Das Bindeglied ist ziemlich dünn.« Der Inspektor hielt inne und überlegte einen Augenblick lang. »Dennoch, es sind Leute aus dem Osten in die Geschichte verwickelt, denn wir haben immer noch die Parther, ihren Schamanen, der sich Tengri Ataman nennt, und die buchstäbliche Vernichtung aller jener, die vielleicht in der Lage gewesen wären, Licht in das Dunkel dieser Affäre zu bringen.«

Diesmal schüttelte Inhetep den Kopf. »Das bringt uns nicht weiter, weil es die Frage nicht beantwortet, warum der Statthalter letztendlich ermordet worden ist, Tuhorus. Wir müssen hinter diesen Schirm aus Ereignissen blicken, der uns umgibt wie Darfurs Dschungelmauern, damit wir einen Blick auf die finstere Gestalt erhaschen können, die hinter allem steht.«

»Jobo Lasuti?«

»Ist weder das eine noch das andere. Ihr werdet meine Gründe für diese Einschätzung in ein paar Minuten hören, Inspektor.«

Als sei dies das Stichwort gewesen, wurde der nubische Alchimist in das Gemach geführt. Als er die Spuren von Aufserus kürzlichem Ableben erblickte, fragte Lasuti: »Führt Ihr Eurem Kollegen gerade ein paar magische Kunststückchen vor, Inhetep?«

Die Antwort des Magisters überraschte Tuhorus außerordentlich. »Rede mich gefälligst mit ›Lord‹ an, du minderwertiger schwarzer Stümper. Vergiß nicht, ich bin ein Ur-Kheri-Heb-Tepi«, höhnte Setne. »Wir sind jetzt nicht auf einer offiziellen Versammlung irgendwelcher Dweomerkræftler, wo ich höflich sein muß. Du bist ein nubischer Wilder, dessen Leben auf dem Spiel steht. Ich glaube, es wird sich herausstellen, daß du der Herausforderung nicht gewachsen bist.«

»Ihr blutigen Ægypter habt alle so verschrobene Ansichten«, schoß der Alchimist zurück, wobei die Bezeichnung Inheteps als ›blutig‹ in einem doppelten Sinn zu verstehen war, denn der Begriff wurde von Separatisten benutzt, um einmal die Hautfarbe der Ægypter und zum anderen die von ihnen in der Vergangenheit angewandten Methoden zu bezeichnen. »Ich habe Entdeckungen gemacht, wie Ihr unfähigen Magierpriester, Kheri-Hebu und alle übrigen, die das Heka zu kennen meinen, sich nicht träumen lassen, und meine Arbeit wird selbst dann nicht vergeblich sein, wenn Ihr persönlich meinem Leben hier und jetzt ein Ende bereitet. Nubien wird frei sein!«

Inhetep winkte arrogant ab. »Pah! Du schnatterst wie ein frisch eingefangener Pavian. Das Protektorat hat bereits viel zuviel Autonomie, seine Bewohner werden stillschweigend als gleichwertig betrachtet. Ich glaube, es ist an der Zeit, unangemessene Privilegien zurückzunehmen — und anzuerkennen, daß ihr prahlerische Wilde und nicht fähiger seid, Entdeckungen zu machen, als der Affe, mit dem ich dich verglichen habe«, fügte der Magister abfällig hinzu.

»Dann erklärt, wie Euer Aristokratengenosse gestorben ist«, höhnte Lasuti, dessen Züge sich zu einer Maske des Zorns verzerrt hatten. »Ein *großer* Ur-Kheri-Heb-

Tepi, ein *Utchat-Neb*, wird doch wohl etwas so Einfaches schaffen!«

»Du hast ihn vergiftet, du nubischer Affe, und dafür wirst du sterben«, erwiderte Magister Inhetep kalt.

Lasuti lachte ihm ins Gesicht. »Ihr könntet Euch nicht mehr irren. Ich habe Ram-f-amsu lediglich mit einem Mittel versorgt, das alle Spuren der Magie beseitigt, eine Entdeckung ...« Der Alchimist verstummte jäh, als ihm klar wurde, was er soeben gesagt hatte.

»Ich danke Euch für dieses Geständnis, Imprimus. Ich habe zwar etwas in dieser Art vermutet, hatte aber selbstverständlich keine Möglichkeit, es zu beweisen. Eure Arbeit war zu gut. Aber mit diesem Geständnis kommen wir voran.«

»Möget Ihr in den düstersten und verfluchtesten Regionen der Duat verrotten, Inhetep!« fauchte der Nubier.

»Ich glaube nicht — noch werdet Ihr dieses Schicksal erleiden, Jobo Lasuti, denn Ihr seid ein Mann mit Prinzipien und Überzeugungen, wenn auch ein irregeleiteter. Habt Ihr gehofft, wenn Ihr Fürst Ram-f-amsus Plan unterstütztet, würde das Protektorat seine Unabhängigkeit erlangen?«

»Nicht würde — wird! Wenn nicht jetzt, so doch bald. Ihr seid Unterdrücker und Tyrannen, die eines Tages aus Nubien verjagt werden.«

Dem mußte sogar der Polizist widersprechen. »Nun macht aber einen Punkt, Lasuti«, sagte der Chefinspektor. »Nubien ist ebensosehr ein Teil des Reichs wie die drei Ægyptischen Reiche und Phillistien. Es hat schon nubische Pharaonen gegeben! In der Umgebung des Pharaos gibt es viele, die nubisches Blut in den Adern haben, Fürsten und Beamte, die reinrassige Angehörige Eures Volkes sind. Kein Mensch im Protektorat hat mehr oder weniger Rechte als die Menschen im übrigen Ægypten. Wie könnt Ihr da von Unterdrückung reden?«

»Er ist verrückt«, sagte Inhetep schlicht. »Trotz seines fehlgeleiteten nationalistischen Gefühls und seines irrationalen Hasses auf alle Nichtnubier hat Imprimus Lasuti einen großartigen Beitrag zur Kunst der Dweomerkræft und der Profession der Alchimie geleistet. Ich glaube, seine jüngsten Entdeckungen werden ihm eine Begnadigung einbringen, Tuhorus. Abgeschiedenheit und eine angemessene Behandlung mögen dazu beitragen, ihn schließlich von seiner Störung zu heilen.«

»Seid Ihr Richter, Geschworene und Pharao in einer Person, Inhetep?« fauchte der Alchimist.

Der Magister schüttelte den Kopf. »Nein, aber ich glaube, in Eurem Fall kann ich für den Pharao sprechen, Jobo Lasuti. Außerdem gibt es unglücklicherweise andere Eures Schlages, und Ægypten braucht keinen Märtyrer, jedenfalls keinen für die Sache, die Ihr vertretet. Am Ende werdet Ihr Eure Ansicht ändern.«

Daraufhin schäumte der Alchimist vor Wut. »Eure Kheri-Hebu-Kollegen sollen wohl Drogen und Gedankenkontrolle anwenden, um mich in eine willenlose Marionette zu verwandeln, wie? Vorher töte ich mich selbst, und mein Tod wird Euch alle als das entlarven, was Ihr seid!«

»Ich glaube, er meint das ernst, Tuhorus«, sagte Magister Inhetep zu dem Inspektor. »Sorgt dafür, daß er sorgfältig durchsucht und in eine Sonderzelle gebracht wird, wo er unter ständiger Beobachtung steht.« Tuhorus nickte, und der Zauberpriester wandte sich wieder an Lasuti. »Erzählt uns von dem Zeug, das Ihr Fürst Ram-f-amsu zur Verfügung gestellt habt.«

Der Alchimist preßte die Lippen aufeinander. Als Inhetep und der Polizeiinspektor versuchten, mehr aus ihm herauszubekommen, blieb Lasuti selbst dann stumm, als der Magister erklärte, man könne Haus und Arbeitsplatz des Alchimisten durchsuchen lassen und auf diese Weise die geheime Substanz finden. Nach ein paar Minuten gaben sie auf, lasen Lasuti die gesamte

Liste der ihm zur Last gelegten Verbrechen vor und ließen ihn dann abführen.

»Warum hat er nicht einmal eine Schlußbemerkung gemacht?« fragte Tuhorus, nachdem der Alchimist in seine Zelle getragen werden mußte, da er sich sogar zu gehen weigerte.

»Er ist wütend — sowohl auf sich selbst als auch auf uns —, weil er sich von uns hat verleiten lassen, seine alchimistische Entdeckung zu erwähnen. Diese Information ist genau das, was wir noch brauchen, um diesen Fall zu lösen, glaube ich.«

»Zumindest die Morde«, stichelte Inspektor Tuhorus.

»Sehr scharfsinnig, mein lieber Chefinspektor«, erwiderte Inhetep mit schwachem Lächeln. »Aber wenn wir erst einmal demonstrieren können, wie die Morde begangen worden sind, wird es uns ein leichtes sein, die treibende Kraft dahinter zu entlarven.«

Tuhorus hob eine Augenbraue. »Tatsächlich? Nun, wie dem auch sei, Magister Inhetep, ich verlasse mich in dieser Hinsicht auf Euer Wort. Wollt Ihr mir jetzt verraten, was Ihr mir die ganze Zeit vorenthalten habt, so daß ich ebenfalls so sicher sein kann?«

»Gleich nachdem wir diese Geschichte mit den Verschwörern beendet haben, Tuhorus, wie ich versprochen habe. Dann müssen wir uns auch um diesen Uab kümmern, um diesen Absobek-khaibet — ein höchst praktischer Name das, nicht wahr?«

Rhetorisch oder nicht, jedenfalls antwortete der Chefinspektor auf die Frage des Zauberpriesters. »Ich hatte noch nicht daran gedacht, aber ›Schatten von Sobeks Herz‹ ist in der Tat ein ominöser Name und für einen Setpriester doch recht ungewöhnlich, wenngleich der Rote mit dem Krokodilköpfigen Sobek verbündet ist. Was haltet Ihr davon?«

»Das werden wir sehen, wenn wir zum Tempel des Set zurückkehren, Chefinspektor. Ich denke, wir sollten uns jetzt mit den drei Parthern unterhalten.«

»Sehr gut, ich lasse sie sofort vorführen.«

Als die Parther die Anklagepunkte hörten, grinste General Sacaxes. »Das sind in der Tat ernste Vorwürfe, über die sich die anderen Gedanken machen müssen, doch für mich und meine Männer sind sie ohne Belang. Es läßt sich leicht beweisen, daß wir nur bei einer Besprechung mit dem toten Statthalter zugegen waren und daß weder mein Land noch wir drei mit irgendeiner Verschwörung zu tun haben. Es ist kein Verbrechen, über die Beschaffung von Söldnertruppen zu reden.«

»Euer Gefährte Tengri Ataman kann des Mordes angeklagt werden. Er ist ein Schamane, und Fürst Ram-famsus Worte lassen vermuten, daß er für diese Verbrechen verantwortlich ist.«

»Was? Was sagt Ihr da?«

Tuhorus zeigte auf den Parther. »Was ich gesagt habe, ist wohl begründet, wie Utchat-Neb Inhetep vom Geheimdienst des Pharao bezeugen kann. Fürst Ram-famsu hat vor seinem Tod davon gesprochen.«

»Inspektor Tuhorus spricht die Wahrheit, General Sacaxes«, bestätigte der Magister. »Es bedarf nicht eigens der Erwähnung, daß der Schamane zu Euch gehört, so daß Ihr ebenfalls schuldig seid.«

»Als parthischer ...«

»Bei einer gegen den Pharao gerichteten Verschwörung sind alle besonderen Bestimmungen für Ausländer aufgehoben, General. Gewisse andere Mitglieder Eurer Kabale wollten ebenfalls diplomatische Immunität für sich in Anspruch nehmen.«

Es hatte den Anschein, als wollten alle drei auf einmal reden, doch der Schamane brachte sie zum Schweigen, indem er den General und den Vardin genannten Krieger einfach niederstarrte. »Ich versichere Euch unserer uneingeschränkten Zusammenarbeit, meine Herren«, verkündete Tengri Ataman. »Im Austausch dafür werden wir daran anschließend die Präfektur als freie Männer verlassen.«

»Was wißt Ihr, damit solch ein Handel lohnenswert werden könnte?« fragte der Inspektor, während seine Blicke unsicher zwischen General Sacaxes und dem Schamanen hin und her wanderten. »Es scheint offensichtlich zu sein, daß sich Eure Beteiligung strikt auf die Lieferung von Söldnertruppen beschränkt hat.«

»Andererseits«, wandte Tengri Ataman ein, »war der Fürst nicht einfach nur darauf aus, sich der Dienste irgendwelcher umherziehender Kompanien zu versichern, von denen es in unserem Heimatland und in Skythien, Kleinasia und den Staaten um Grezien herum unzählige gibt. Noch hat er sich uns auf eine entsprechende Weise genähert. Ram-f-amsu hat tatsächlich einen seiner Vertrauten zu unserem eigenen König gesandt, um diesem eine Allianz zwischen Parthien und seinem noch zu gründenden Reich anzubieten. Diese Allianz sah eine territoriale Aufteilung dergestalt vor, daß unser Land nach Westen bis zum Mittelmeer und nach Süden bis Baktro-Kush und Farz einschließlich vordringen würde.«

»So? Welchen Unterschied sollte das machen?« fragte Tuhorus verwundert. »Es betont doch nur ...«

»Er weist auf einen für Ægypten äußerst peinlichen Punkt hin, Inspektor«, warf Inhetep ein. »Selbst wenn Ram-f-amsu ein Rebell war und dies auch bewiesen werden kann, wird in den Köpfen der Anführer der betroffenen Nationen großes Mißtrauen entstehen. Wie die Dinge liegen, wäre es besser, wenn diese Dinge unerwähnt blieben.« Daraufhin wandte sich der Ur-Kheri-Heb direkt an Tengri Ataman. »Läuft Eure Überlegung nicht darauf hinaus, Schamane?«

»Mein in aller Offenheit abgegebenes Bekenntnis« erwiderte der Parther in unnachgiebigem Tonfall.

»Aber was ist mit den Morden, werter magischer Herr? Welchen Anteil hatten Eure Zauber an den Tötungen? Den Behauptungen irgendwelcher Mörder schenkt kein Herrscher sonderlich viel Beachtung ...«

Dieses Argument des Magisters konnte der Schamane nicht so einfach abtun. Mit einem der beiden Morde in Verbindung gebracht zu werden, würde für alle drei das Todesurteil bedeuten, und niemanden würde es interessieren, was sie sonst noch zu sagen hatten. »Natürlich könntet Ihr Indizien fälschen«, räumte Tengri Ataman ein. »Doch wir sind erst seit ein paar Tagen in On. Das ist allgemein bekannt und leicht zu beweisen, also wäre unsere von Euch behauptete Verbindung zu dieser Angelegenheit von vornherein ziemlich dürftig. Dasselbe gilt auch für jede handgreifliche oder magische Beteiligung unsererseits an den Morden, da keiner von uns weiß, wie sie bewerkstelligt worden sind.«

»Der Wirbelsturm — und zwar sowohl in den Äußerungen des Fürsten als auch von Magister Inhetep miterlebt —, das ist doch etwas!« entgegnete Tuhorus.

»Reiner Zufall — und für mich ebenso ein Rätsel wie für Euch.« Der Schamane zuckte die Achseln. »Welche Zaubersprüche oder andere Mächte auch an Ram-f-amsus Tod beteiligt waren, sie stammen jedenfalls aus einer Quelle, die mir und jedem anderen Magier meines Heimatlandes nicht zugänglich sind. Für andere, die diesen Fall untersuchen, dürfte das alles ebenso rätselhaft sein. General Sacaxes und ich sind keineswegs schuldlos hinsichtlich gewisser anderer Aspekte dieser unseligen Affäre, aber ...«

»Aber Ihr seid erwiesenermaßen nicht die wahren Schuldigen, ich weiß«, beendete der Zauberpriester den Satz. »Sagt mir eines: Was wißt Ihr von der ›Samarkand-Lösung‹?« fragte Inhetep, während er auf ein verräterisches Zeichen in der Antwort lauerte.

»Nichts«, sagte Tengri Ataman einfach. »Ich war im letzten Jahr in Samarkand, und dort habe ich diesen Ausdruck ebenfalls nicht gehört. General? Vardin?« Die beiden anderen Parther schüttelten den Kopf und murmelten ähnliche verneinende Antworten.

So war es, und die beiden Polizisten wußten es. Inhetep fragte: »Was ist mit einem einfachen Uab-Priester namens Absobek-khaibet, der ein Assistent des Hem-Neter-Tepi Matiseth Chemres war? Weiß jemand von Euch etwas über ihn?«

»Wir haben den Hohenpriester des Set nur ganz kurz kennengelernt. Das war zwei Tage vor der Besprechung im Palast, in deren Verlauf der Fürst getötet wurde«, sagte der parthische General. »Wir hatten keinen Grund, Sets Tempel zu besuchen.«

Vardin sprach zum erstenmal. »Ich erinnere mich an einen Begleiter des Priesters, der Chemres genannt wurde — Kleidung und Zierat nach zu urteilen ein weiterer Diener des Set. War sein Name nicht Kibbet-irgendwas?«

»Absobek-khaibet«, korrigierte Tuhorus.

Der General erinnerte sich nicht an ihn, aber Tengri Ataman schnippte mit den Fingern. »Ja, Vardin, ich glaube, Ihr habt recht. Es war in der Nacht, meine Herren. Er trug irgendeine Kopfbedeckung und sagte wenig, aber ich erinnere mich, daß der Hohepriester etwas zu ihm gesagt und ihn Absobek-irgendwas genannt hat.«

»Könnt Ihr ihn beschreiben?« hakte Inhetep nach.

»Nein — nur als einen großen, schlanken und wahrscheinlich dunkelhäutigeren Mann als Matiseth Chemres. Es war Nacht ...«

Der Magister und Tuhorus wechselten einen Blick. »Nun«, sagte Inhetep zu den Parthern, »ich glaube, wir können Euch jetzt gestatten, in Eure Heimat zurückzukehren, wenngleich ...«

»Wenngleich?« wiederholte der Schamane.

»Ja, es gibt eine Bedingung. Ihr müßt alles Geld zurückgeben, das Ram-f-amsu oder seine Bevollmächtigten an Euch gezahlt haben, bevor ich mein Einverständnis zu Eurer Freilassung gebe.« Natürlich erhoben die Parther dagegen Einwände, doch schließlich schrieb Sacaxes zähneknirschend eine Mitteilung für einen shemitischen Bankier in der Stadt, in der er ihn anwies, alle unter seinem Namen dort verwahrten Summen auf Anforderung an die hiesige Präfektur auszuzahlen. »Gut«, sagte der Magister lächelnd. »Hier, Inspektor Tuhorus, bringt dies zu den für diese Dinge Verantwortlichen und laßt das Geld abholen, damit es gezählt werden kann. Wenn das erledigt ist, werde ich Pässe für diese drei bereit haben, so daß sie Ægypten augenblicklich verlassen und sich auf ihre lange Heimreise begeben können.«

Die Parther verließen murrend das Büro, und kurze Zeit später kam Tuhorus wieder zurück. Er grinste zwar, war aber immer noch ganz erpicht auf eine Sache.

»Also, Magister, wir machen uns jetzt auf die Jagd nach diesem Uab, Absobek-khaibet. Aber Ihr habt mir noch etwas zu sagen, *bevor* wir gehen, glaube ich.«

»Ich auch, Tuhorus, ich auch. Es hat ganz den Anschein, als sei dieser Uab der Mann, den ich hier in On verfolgt habe.«

»Und wer ist er?«

»Ich bin nicht absolut sicher, aber ich glaube, bei dem ›Priester‹ handelt es sich um niemand anderen als einen Dhalikil namens Yakeem, einen Attentäter, dem ich von Innu hierher gefolgt bin, wodurch ich überhaupt erst in diese bizarre Affäre verwickelt worden bin.«

12

Xonaapi

Da es den Anschein hatte, als sei die Zeit auf den Kopf gestellt worden, kamen die beiden Männer überein, tagsüber zu ruhen und den dringend benötigten Schlaf nachzuholen. Alle Dinge würden auf jeden Fall ihren Gang nehmen, da die Präfektur mittlerweile ein Dutzend Männer auf den Fall angesetzt hatte und auch die Utchatuagenten bald eintreffen würden. Inhetep und der Inspektor würden ihre Untersuchung bis zum Abend unterbrechen. »Ich komme mir langsam wie ein Vampir vor«, witzelte Tuhorus, als sich die Wege der beiden trennten, da der Inspektor sein Haus außerhalb der Stadt und der Magister das *Schilfrohr* ansteuerte, wo Xonaapi auf seine Rückkehr wartete. »Höchstwahrscheinlich nicht anders als Ihr — besonders, da noch so ein appetitlicher Happen darauf wartet, von Euch vernascht zu werden«, fügte er hinzu.

»Langsam habe ich von Eurem Unsinn die Nase voll, Tuhorus«, erwiderte der Magister hitzig. »Ihr wißt sehr wohl über die Umstände Bescheid ...« Inhetep verkniff sich den Rest, da Tuhorus bereits außer Hörweite war. »Sehr witzig«, murmelte der Magister, während er sich umdrehte und die Richtung zum Gasthaus einschlug, wobei sich seine langen Beine noch rascher bewegten als sonst, weil er sich über die Stichelei des Inspektors maßlos ärgerte.

Tatsächlich bestand keinerlei Notwendigkeit für sie, an diesem Tag tagsüber zu arbeiten. Das für die Morde und den Anschlag verantwortliche Pack würde höchstwahrscheinlich wieder zuschlagen, während er schlief, also machte sich der Zauberpriester mehr Gedanken um seinen Schutz als darum, die Verbrecher in den nächsten Stunden zu fangen. Nachdem er sich ausgeruht und seine Macht wiedererlangt hatte, würden der Chefinspektor und er dem Tempel des Set einen weiteren Besuch abstatten. Doch was nun? Alle Eingänge zu seinen Räumen sorgfältig versiegeln, Alarm- und magische Schutzvorrichtungen und ... und die verführerische Lady Xonaapi! »Was fange ich nur mit ihr an?« rief der Magister just in dem Augenblick laut aus, als er das Gasthaus betrat.

Zufällig war der Besitzer gerade nicht weit, und er nahm an, Inheteps rhetorische Frage habe ihm gegolten. »Mein Herr? Wenn Ihr Euch auf die äh ... junge Dame bezieht, mit der Ihr Euer Gemach teilt, so glaube ich, daß sie sich recht gut amüsiert, während Ihr fort seid und Euch um Eure geschäftlichen Angelegenheiten kümmert. Mehrere Träger waren nötig, um die Einkäufe dieses Tages abzuliefern, und sie hat gerade einen Tee im Lotus-Salon getrunken. Ich glaube, sie hat sich in Eure Gemächer zurückge ...«

»Einkäufe? Tee? Meine Güte, wir haben nicht einmal Mittag!«

»Ihr wißt, wie die Ladenbesitzer sind, Herr. Sie öffnen beim ersten Strahl der goldenen Scheibe des Aten, damit ihnen auch nicht der kleinste Goldkrümel entgeht.«

Inhetep funkelte den armen Kerl an, der sich daraufhin eiligst davonmachte.

Welch eine scheußliche Stadt, dieses On! Ein Ort, der eigentlich der arme Vetter des prächtigen Innu sein sollte, wo es nur das Nötigste und praktische Kleidung für das arbeitende Volk geben sollte. Die Enklave der Wohlhabenden und die Besucher des Statthalterpalasts, die aus der ganzen Provinz kamen, rechtfertigten die teuren Modegeschäfte in dieser Arbeiterstadt. Er hätte die Möglichkeit, nein, Wahrscheinlichkeit dieser Situation bereits berücksichtigen müssen, als er des *Schilfrohrs* ansichtig geworden war, denn das Gasthaus war ausgesprochen feudal und viel zu teuer! Aber wie hätte er andererseits die Rettung des Mädchens und ihre unvermeidliche Verbindung vorhersehen sollen? Oder ihren Bedarf an neuer Garderobe? Der Magister schüttelte voller Bestürzung den Kopf, während er zu seinem Gemach marschierte. Er hatte zuwenig Erfahrung mit jungen Frauen dieser Art.

»Oh! Stehen die Dinge so schlecht, Magister Setne Inhetep?« fragte das Mädchen besorgt, als der finster blikkende Ur-Kheri-Heb ins Zimmer trat. Xonaapi ließ den golddurchwirkten Umhang fallen, den sie gerade bewundert hatte, und eilte zu ihm. »Hier, ich helfe Euch«, sagte sie, während sie Inheteps Arm nahm und ihn zu einem Diwan führte.

»Was ist los mit dir, Xonaapi?« grollte der hochgewachsene Mann ohne wirklichen Zorn. »Ich bin kein Invalide!«

»Aber Ihr seht so müde aus, Setne, mein Lieber«, flötete sie, wobei sie sein mürrisches Gehabe nicht beachtete und ihn sanft, aber bestimmt auf den Diwan drückte. »Da, ist es so nicht besser?« Xonaapi zog ihm die Sandalen aus. Die Proteste des Zauberpriesters waren nur schwach. Dann stand sie auf, trat hinter ihn und begann damit, ihm Schultern, Nacken und Schläfen zu massieren. »Ihr arbeitet zu hart — Ihr seid ja völlig erschöpft! Sobald wir Euch vernünftig entspannt haben, werde ich für eine leichte Mahlzeit und noch einige andere Dinge sorgen, um Eure Lebensgeister wieder zu wecken.« Inhetep protestierte, da er schlafen wollte, aber das Mädchen mochte nichts davon hören.

»Und jetzt, Setne Inhetep, Magister oder nicht, werdet Ihr schweigen. Ihr habt einfach Glück, daß ich mit meinen Einkäufen so früh fertig geworden bin und nun meine gesamte Aufmerksamkeit auf Eure Bedürfnisse richten kann.« Xonaapi setzte ihr Werk fort, ihre Finger drückten und streichelten, während sich die Hände bewegten, um Inheteps steife Muskeln und Sehnen zu entspannen. Das Mädchen war eine sehr gute Masseurin, und ein paar Minuten später ruhte das kahle Haupt des Ægypters bequem auf dem Kissen, das ihm Xonaapi untergeschoben hatte.

Während er vor sich hin döste, glitt das Mädchen hinaus, um kurz darauf mit den Dingen zurückzukehren, die sie versprochen hatte. Außer einem leichten Frühstück und Inheteps üblichem Tee hatte Xonaapi es irgendwie geschafft, duftende Kräuter und Essenzen aufzutreiben. »Kommt, Setne Inhetep, jetzt nehmt ein wenig Nahrung und Tee zu Euch«, drängte ihn das Mädchen mit lieblicher Stimme, »denn Ihr müßt Eure Kräfte bewahren.«

»Nun gut«, erwiderte er, da er sich sehr entspannt und viel zu matt fühlte, um auch nur ansatzweise zu protestieren. Der Duft des Essens weckte in ihm überdies ein Hungergefühl, so daß er an einem Milchbrötchen knabberte und an dem gesüßten Pfefferminztee nippte. »Was ist mit dir?« fragte er höflich nach einem weiteren Bissen.

»Ich habe gerade erst gefrühstückt«, sagte Xonaapi, die sich mittlerweile in dem Gemach zu schaffen machte. »Aber Ihr dürft nicht zuviel essen«, ermahnte sie den Ur-Kheri-Heb. »Ihr wollt doch gewiß nicht mit vollem Bauch zu Bett gehen, und wenn Ihr zuviel Tee trinkt, werdet Ihr niemals einschlafen.«

»Ihr habt soviel heraufbringen lassen«, protestierte Inhetep schwach, doch er legte das Gersteplätzchen beiseite, in das er soeben gebissen hatte und das mit Honig und gestoßenen Mandeln überzogen war. »Noch einen Schluck Tee, um das Essen hinunterzuspülen«, fügte der Magister fast entschuldigend hinzu.

»Wie bitte? Ich kann Euch nicht verstehen.« Xonaapis Stimme übertönte das Geräusch fließenden Wassers, da sie die schwimmbeckenartige Wanne im nächsten Raum füllte. »Sehr gut«, seufzte das Mädchen zufrieden, als sie dorthin zurückkehrte, wo sich der Magister vor dem halb verspeisten Frühstück zusammengerollt hatte. »Wie ich sehe, wart Ihr ein guter Junge und habt auf mich gehört.« Sie lächelte, während sie die Szenerie begutachtete.

»Junge? Ha!« rief der Zauberpriester mit gespielter Ernsthaftigkeit. »Ich habe nur zu essen aufgehört, weil mein Appetit gestillt war.«

»Ist das nicht prächtig?« erwiderte Xonaapi beifällig, während sie die Überreste des Frühstücks zusammenräumte und beiseite stellte. »Wißt Ihr, daß Ihr für jemand, der so alt ist, ein bemerkenswert attraktiver Mann seid?«

»Unsinn! Ich sehe ziemlich durchschnittlich aus, Mädchen, und nähere mich gerade erst der Mitte meiner Jahre«, widersprach Inhetep unaufrichtig.

Xonaapi stieß ein musikalisches, glockenhelles Lachen aus, und ihre lohfarbenen Augen funkelten. Sie nahm seine Hand und sagte: »Kommt jetzt, Großvater Setne. Ihr müßt baden und Euch fürs Zubettgehen fertigmachen.«

»Mit vollem Magen soll man nicht baden«, schalt Inhetep, wobei er den Rest jedoch durchgehen ließ. »Ich denke, ich werde mich einfach hier auf dem Sofa ausstrecken und ein wenig dösen.«

Xonaapi wollte davon nichts wissen. »Ich habe eigens dafür gesorgt, daß die Mahlzeit leicht war, und Ihr braucht warmes Wasser, um nicht nur den Schmutz, sondern auch Eure Sorgen fortzuspülen. Dann werdet Ihr besser schlafen — und zwar in Eurem Bett, wie es sich gehört, Magister Setne Inhetep! Hier, Ihr folgt mir einfach, dann werde ich mich um die ganze Angelegenheit kümmern.«

Inhetep entzog ihr sanft die Hand. »Schon gut, Xonaapi«, sagte er resigniert. Sie war genauso unmöglich wie Rachelle, möglicherweise sogar noch schlimmer. »Ich werde mir Mühe geben zu tun, was du verlangst«, sagte er, während er ins Badezimmer ging und die Tür mit Nachdruck hinter sich schloß. Die Wanne war voll, und das Mädchen hatte ein Räucherpfännchen entzündet. Harzige Klümpchen wohlriechender Substanzen und merkwürdige Blätter und Stengel erfüllten die Luft mit einer Mischung verschiedener Düfte, die sich mit jenen Dämpfen mischten, welche aus dem parfümierten Wasser aufstiegen. Der Zauberpriester streifte Kilt und Tunika ab und schnüffelte heftig, um die Bestandteile der Duftmischung zu identifizieren. Er konnte mühelos drei verschiedene Aromen unterscheiden, und einer davon war auf jeden Fall Kampfer, aber der Rest war ihm unbekannt — zumindest bei der Verbrennung in dieser Mischung. Er warf seine Kleidung über einen Stuhl und stieg vorsichtig in die Wanne mit dampfendem Wasser, wobei er die schmalen Stufen an der einen Seite der Wanne benutzte, um langsam in das Wasser einzutauchen. »Ich hasse heiße Bäder«, murrte er laut, »aber die Öle, die sie dem Wasser beigemischt hat, scheinen in meine Haut einzuziehen, also werde ich zumindest nicht ausgetrocknet und runzlig sein, wenn ich diese Tortur überstanden habe.«

Es war überhaupt keine Tortur, und eine halbe Stunde später zog sich der Magister ziemlich widerwillig aus dem Wasser, weil er nun doch runzelig wurde und die Wassertemperatur mittlerweile zu niedrig war. Das Räucherpfännchen hatte seinen Betrieb mittlerweile ebenfalls eingestellt, so daß es in der Kammer nur noch schwach nach den Rückständen der exotischen Parfüms duftete. Inhetep trocknete sich ab, rasierte sich und sah sich nach einem frischen Gewand um, doch es waren nur seine durchnäßten Kleider und das Handtuch greifbar. Er hätte fast nach Rachelle gerufen, beherrschte sich aber gerade noch rechtzeitig. Statt dessen öffnete er die Tür zum Wohnzimmer und rief: »Xonaapi? Weißt du, wo mein Schlafgewand ist?«

Als er keine Antwort bekam, rief er noch einmal, lauter diesmal, doch das Resultat war dasselbe. »Hoffentlich nicht schon wieder einkaufen«, sagte er laut, während er die Tür vollends aufstieß und in das große Zimmer dahinter schritt, um sein Schlafgewand zu suchen.

»Später vielleicht«, sagte Xonaapi. »Aber Ihr hattet noch gar keine Möglichkeit, Euch alle die Sachen anzusehen, die ich mir bisher gekauft habe. Was sagt Ihr zu dem hier?«

Sie sprach ihm fast ins Ohr, und beim ersten Laut wäre Inhetep fast an die Decke gefahren, sosehr erschreckte er sich. Dann stand er starr vor Schock. Der immer korrekte Magister hatte es unterlassen, sich das Handtuch um die Hüften zu wickeln, und war sich seiner Nacktheit jetzt heftig bewußt. Außerdem war Xonaapi in ein hauchdünnes Nichts aus einem Stoff gehüllt, der besser in einen Harem gepaßt hätte als sonstwohin. Sie hätte auch genausogut gar nichts anhaben können — tatsächlich wäre das sogar besser gewesen, da die Fetzchen aus transparentem Stoff wesentlich aufreizender wirkten als schlichte Nacktheit. »Schamlos«, brachte er heraus, während er sich abzuwenden oder wenigstens ins Badezimmer zurückzukehren versuchte. »Angemessen nur für ...«

»Meine Güte, Magister! Was ist das?« kicherte das Mädchen, indem sie an ihm zog, so daß er sich nicht so einfach zurückziehen konnte. »Ich dachte, das Gewand gefällt Euch nicht.«

»Genau das meinte ich«, sagte er, während er versuchte, sich ihr zu entziehen. »Und jetzt laß mich los, Xonaapi! Ich muß mir etwas anziehen.«

»Ihr redet immer nur von Kleidung, Setne Inhetep«, erwiderte das Mädchen, ohne ihn aus ihrem Griff zu entlassen. »Ihr habt mich völlig nackt gesehen, und wir haben danach sogar zusammen in einem Bett geschlafen, warum verhaltet Ihr Euch jetzt also so ... so ... prüde?«

Das kurze Ringen und der Wortwechsel hatten ihn

glücklicherweise beruhigt. »Nun gut«, sagte der Zauberpriester mit all der Würde, die er noch aufbringen konnte, »ich werde mein Nachtgewand selbst suchen und mich zurückziehen.« Daraufhin marschierte er steifbeinig durch das Zimmer und durchwühlte den Koffer, der seine wenigen Kleidungsstücke enthielt. »Wo ist denn jetzt das verdammte Ding?« fauchte Inhetep, während er die letzten Sachen erzürnt zur Seite fegte.

»Ihr braucht es nicht«, sagte Xonaapi mit einem Schmollmund.

»Wo ist es?« schrie Inhetep fast.

»Ich habe es versteckt«, sagte das Mädchen, das jetzt auf ihn zuging wie eine Katze, die sich an eine Maus anschlich. »Wir haben jetzt an andere Dinge zu denken, Setne, also könntet Ihr Euer altes Gewand ruhig vergessen.«

Inhetep beschloß, es mit einer anderen Taktik zu versuchen. Er drehte sich um, sah sie lange und durchdringend an und lächelte dann lasziv. »Du hast recht, Xonaapi. Warum nicht die Feste feiern, wie sie fallen? Du bist jung und schön, und ich kann dir tausend Dinge beibringen. Ich mache aus dir eine richtige Liebessklavin, und du wirst nur existieren, um mir Vergnügen zu bereiten.« Mit diesen Worten und einem erwartungsvollen Funkeln in den Augen ging der Zauberpriester auf sie zu.

»Nun also, Magister, nicht so hastig«, sagte Xonaapi, während sie langsam zurückwich und die Arme hob, um ihn abzuwehren.

»Hastig? Niemals! Ich lasse mir Zeit, keine Angst, mein kleiner Wonnespender.« Das Mädchen drehte sich um, und er war sicher, daß sie jeden Augenblick loskreischen und fliehen würde. »Bleib stehen, Xonaapi!« sagte er mit heiserer Stimme. »Du kannst mir nicht entkommen.«

In diesem Augenblick fuhr das Mädchen herum und

stieß ihn vor die Brust. Inhetep wurde durch das Manöver völlig überrascht und fiel rückwärts auf das Bett, das sich direkt hinter seinen langen Beinen befand. »Entkommen? Ihr seid es doch, der davonlaufen will«, lachte sie, während sie sich auf ihn warf. »Ihr seid auch nicht annähernd so gerissen, wie Ihr annehmt, Setne Inhetep.«

»Oder ist es vielleicht so, daß ich in Wirklichkeit ziemlich durchtrieben bin?« brachte er noch heraus, bevor sich ihre weichen Lippen über seinen schlossen. Sie tauschten eine Zeitlang Küsse und Zärtlichkeiten aus, und dann mußte er sie einfach fragen: »Was hast du eigentlich in dem Räucherpfännchen verbrannt, Mädchen?«

»Das ist mein Geheimnis, allwissender Magister.« Sie kicherte. »Aber ich kann immerhin soviel sagen, daß es gewisse Dinge mit Männern anstellt — sogar mit solchen, die sich für zu würdevoll und bedeutend für eine junge Frau halten, nur weil sie Reife und Erfahrung besitzen.«

»Mit Drogen gefügig gemacht«, lamentierte er. »Du wirst mich den ganzen Tag nicht schlafen lassen, und das jetzt, da ich doch …«

»Schsch!« machte sie ernsthaft. »Jetzt ist nicht die Zeit dafür. Außerdem kannst du in einer Stunde oder so schlafen gehen, und dann wirst du auch die nötige Bettschwere haben. In den nächsten Stunden wirst du alle Sorgen und Kümmernisse im Zusammenhang mit deiner Arbeit vergessen.« Sie küßte ihn wieder, und als ihre Umarmungen leidenschaftlicher wurden, machte sich Xonaapi plötzlich frei und sah ihm in die grünen Augen. »Kennst du dich wirklich mit diesen Dingen aus, wie du behauptet hast, Setne?«

»Dinge?« echote er verwirrt. »Was für Dinge?«

»Du hast gesagt, du könntest mir tausend Dinge beibringen«, schalt ihn das Mädchen, während ihre Fingernägel ihm sanfte Linien über Brust und Bauch zogen.

»Ich hoffe, du hast mir da nichts vorgespielt«, sagte Xonaapi. »Ich würde so gern etwas lernen ...«

Einige Zeit später hörte er eine entfernte Glocke, deren helles Läuten in der Luft schwebte wie kleine Wolken am Frühlingshimmel. Ihr langsames Spiel wurde von einer engelsgleichen, fast unhörbaren, doch irgendwie beharrlichen Stimme begleitet:

»S ... e ... t ... n ... e I ... n ... h ... e ... t ... e ... p!« rief sie lieblich und von so weit her, wie die Glocke klang. Er ruhte auf einem weichen Kissen in der schläfrigen Idylle an Bord eines kleinen Bootes, das sich auf den sanften Wellen des Nylle wiegte, während er von der Sonne gewärmt wurde. Wo entlang des Ufers gab es so eine Glocke? Egal. Er würde sie bald ohnehin nicht mehr hören, da er langsam weiter flußabwärts trieb. Doch die Stimme blieb. »Setne Inhetep«, kam sie, und jetzt war sie plötzlich näher und lauter und wirkte bedrohlich. Er fragte sich, wie ein engelsgleiches Wesen ein Gefühl der Bedrohung hervorrufen konnte, und während sein Verstand diesen Gedanken langsam hin und her wendete, verwandelten sich die lieblichen Töne der Glocke in ein metallisches Klappern, als würde ein Messinggong wiederholt und mit beängstigendem Nachdruck geschlagen. Der Zauberpriester schoß aus seiner entspannten Pose hoch, bereit, jede wie auch immer geartete Bedrohung abzuwehren.

»Setne Inhetep!« sagte Xonaapi, diesmal ein wenig verdrießlich. »Was tust du denn? Zuerst willst du nicht aufwachen, und jetzt springst du im Bett herum wie ein kleines Kind. Hör mit diesem Herumgehopse auf und sperr die Augen auf!«

Der Befehl weckte ihn vollends, und dem Magister wurde klar, so fest geträumt zu haben, daß die Versuche des Mädchens, ihn zu wecken, mit den Bildern seines schlummernden Verstandes verschmolzen waren. Er hörte ein Klingeln und sah, daß Xonaapi ein Armband aus Silberglöckchen trug und mit einem sehr hübschen Rock und jenem goldenen Umhang bekleidet war, den er schon zuvor gesehen hatte. Diese Kleidungsstücke wurden durch Kragen, Sandalen und Schärpe betont, die ebenfalls mit Perlen und Goldfäden durchwirkt war. »Ah ja — sehr hübsch«, murmelte er. Dann setzte er sich mit gekreuzten Beinen auf das Bett und versuchte sich zu orientieren. »Darf ich fragen, wie spät es ist?«

»Es ist beinahe schon dunkel, mein fauler Magister Setne!« schalt sie ihn. »Ich mache mich zum Ausgehen fertig. Gefällt dir dieser Aufzug?«

»Gewiß, Mädchen. Er ist großartig... Zum Ausgehen?«

»Nein wirklich! Sag mir bitte, ob die Damen von On so etwas am Abend tragen, oder bin ich damit vollkommen falsch gekleidet? Ich will dich heute abend nicht beschämen.«

Was trugen modebewußte Frauen zum Abendessen? Inhetep kratzte sich am Kinn, als trüge er noch einen Bart. »Eine ausgezeichnete Frage, Xonaapi. Ich bin nicht hundertprozentig sicher, was diese Dinge betrifft, aber...«

»Ach, es gefällt dir nicht!« rief sie voller Enttäuschung.

»Das habe ich doch gar nicht gesagt«, bellte er fast. Dann schlug er in freundlicherem Tonfall vor, sie möge ihm ihre gesamte neue Garderobe zeigen, in der Hoffnung, daß ihm schon einfallen würde, was wohlhabende Leute zum Ausgehen trugen, wenn er alles sah, was sie erstanden hatte. Xonaapi zeigte ihm ein Kleidungsstück nach dem anderen, bis dem Magister der Kopf schwirrte. Schließlich sagte er: »Du trägst genau das Richtige, meine Liebe, aber ich denke, statt des Armbands mit den silbernen Glöckchen solltest du ein paar goldene Armreifen tragen — und du solltest deine Haut mit einem exotischen Wohlgeruch wie Jasmin parfümieren.«

»Vielen Dank, Setne. Glaubst du nicht, du solltest ebenfalls etwas anziehen? Schließlich hast du gesagt, du würdest gegen Abend einen Freund erwarten, den Chefinspektor nämlich.«

Inhetep stöhnte. Er hatte Tuhorus und die Morde vollkommen vergessen. Schlimmer noch, was sollte er mit Xonaapi anfangen, während der Inspektor und er ihren Geschäften nachgingen? Und was das betraf, wie würde sich dieser Teufel Tuhorus über ihn lustig machen, wenn er erst einmal einen Blick auf das Mädchen geworfen hatte? Ihre Erscheinung hatte sich unterschwellig verändert, und Xonaapi strahlte jetzt etwas Besitzergreifendes aus. Dem Inspektor würde das nicht entgehen. »Gut. Ich brauche nicht mehr als ein paar Minuten, um mich anzuziehen und herzurichten. Vielleicht solltest du währenddessen schon hinuntergehen und nachsehen, ob Chefinspektor Tuhorus uns bereits erwartet, hm?«

Natürlich war das Mädchen einverstanden, da sie sich jetzt als Inheteps Betreuerin, Tischdame und mehr betrachtete. Der Zauberpriester stöhnte noch einmal und schlurfte dann fast ins Bad, um sich zu rasieren und für das Kommende bereit zu machen. Wo hatte er sich da hineingeritten? Nachdem es ihm gelungen war, die letzten Überbleibsel seiner allzu kurzen Nachtruhe abzuschütteln und frische Kleidung für den Abend anzulegen, suchte Inhetep die wenigen Hilfsmittel zusammen, die ihm für die Ausübung von Magie zur Verfügung standen, wobei er lautstark das Fehlen magischer Materialien beklagte. Das ließ ihn an zu Hause und damit natürlich an Rachelle denken. Die Amazone hätte normalerweise dafür gesorgt, daß er solche Dinge bei sich hatte, wie er sie jetzt brauchte, aber sie war zusehr mit ihren eigenen Angelegenheiten beschäftigt gewesen, um sich darum zu kümmern. Nun, das geschieht ihr ganz recht, dachte der Magister selbstgefällig. Rachelles Nachlässigkeit, ihr Interesse an diesem affigen

Adligen hatten dies alles erst bewirkt. Doch Xonaapi war nur ein Grund zur Sorge. Vielleicht würde ihm wegen des Mangels an vernünftigen Präparaten und Gerätschaften für die Arbeit mit Heka etwas Schreckliches zustoßen. Dann hatte Rachelle tatsächlich Grund zum Bedauern. »Bei Bennus Schnabel!« rief er laut aus. »Ich habe Gedanken wie ein Schuljunge, den man gerade zur Strafe fortgejagt hat.«

Inhetep straffte sich, reckte die Schultern und marschierte nach draußen. Heute nacht würde er alles klären, angefangen von den Morden bis zu dem Problem des Mädchens, und Rachelle würde niemals erfahren, in welcher Klemme er gesteckt hatte.

13

Wer war beim Hohenpriester?

»Ah, Inhetep! Wie schön, Euch heute abend zu sehen«, strahlte Tuhorus, als sich der Ur-Kheri-Heb-Tepi zu ihm und Xonaapi in den Salon gesellte. »Ihr seht überraschend ausgeruht und erholt aus, Magister. Eines Eurer magischen Elixiere? Oder irgendein anderes Stärkungsmittel?«

»Ähem«, räusperte sich der Zauberpriester tief unten in der Kehle. »Wie ich sehe, ist Eure Zunge so spitz wie eh und je. Warum gönnt Ihr ihr nicht einmal eine Ruhepause?«

»Ja, warum eigentlich nicht, obwohl Lady Xonaapi Einwände haben könnte, da ich ihr gerade von einem Haarkünstler in der Nähe erzählte? Außerdem gibt es da noch eine hervorragende Parfümerie und einen Juwelier, der ...«

»Ich glaube, Magister Setne Inhetep hat im Augenblick schwerwiegendere Dinge im Kopf, verehrter Chefinspektor«, widersprach das Mädchen mit einem Schnurren. »Vielleicht sollten wir auf seine Kümmernisse Rücksicht nehmen.«

Diese Wendung des Gesprächs verblüffte Tuhorus völlig. »Nun, wenn ich nicht ...«

»Nicht beachte, was diese gescheite junge Dame gesagt hat«, beendete Inhetep den Satz. »Da sind tatsächlich gewisse Dinge, um die wir uns kümmern müssen, Chefinspektor.«

»Und Lady Xonaapi?«

»Wir werden hier alle gemeinsam zu Abend essen, und dann schlage ich einen Besuch im Palast des Statthalters vor. Dort gibt es einen wirklich vielversprechenden jungen Offizier, meine Liebe«, sagte der Magister mit einem Lächeln der wärmsten Sorte, »der sich als Begleitung für einen vergnüglichen Abend eignen könnte, während wir unseren leidigen Untersuchungen nachgehen. Wie gefällt dir das?«

»In bezug auf das Abendessen habe ich keine Einwände, Setne Inhetep. Was den Rest anbelangt, habe ich gewisse Bedenken, aber ich weiß, daß ich Euch nicht vollkommen in Beschlag nehmen kann. Wenn es Euer Wunsch ist, werde ich mich damit begnügen, bis Ihr wieder Zeit für mich habt.«

Tuhorus feixte — kicherte sogar fast, schaffte es jedoch, die Bemerkung hinunterzuschlucken, die ihm auf der Zunge zu liegen schien. Der Zauberpriester ignorierte ihn vergnügt, neigte das Haupt in Xonaapis Richtung und sagte:

»Vielen Dank, meine Liebe.« Daraufhin ließ er verschiedene Mitglieder des Gasthauspersonals kommen, um dafür zu sorgen, daß man sich um ihre Wünsche kümmerte.

Nach dem Menü verließen die drei das *Schilfrohr* und fuhren mit einer Kutsche zum nahegelegenen Palast, wobei Inhetep darauf bestand, noch für eine Anstandsdame zu sorgen. Tatsächlich bezahlte er den Kutscher, damit dieser Xonaapi und dem jungen Bekin-Tettu — hoffentlich — für die ganze Nacht zur Verfügung stand. »Diese Kutsche bleibt zumindest noch eine Weile hier, nur für den Fall, daß ihr noch woanders hinfahren wollt, Xonaapi. Sie steht natürlich zu eurer Verfügung.« Die Silbermünzen, die danach in die Hand des Kutschers wanderten, waren mehr als ausreichend, um den Mann und seine Kutsche für den Rest der Nacht und auch noch einen Teil des folgenden Tages zu mieten.

Inhetep verfolgte einen doppelten Zweck mit diesem Besuch. Wenn der Unteroffizier dazu bewegt werden konnte, ihm bei Xonaapi zu helfen, um so besser, aber dem Magister kam es in erster Linie darauf an, noch einmal die unterirdischen Bereiche des Palasts zu untersuchen.

Glücklicherweise war Bekin-Tettu weder im Dienst noch außerhalb der Soldatenquartiere, und bald unterhielten sich Xonaapi und er, als seien sie alte Freunde. Inhetep hatte augenblicklich nach dem Soldaten schikken lassen und ihn gefragt, ob er sich als Beschützer und Begleiter für Xonaapi zur Verfügung stellte, einer Zeugin in diesem Mordfall, die möglicherweise in Gefahr war. Das war eine etwas großzügige Auslegung der Fakten, doch ein Blick auf die verblüffende Schönheit des Mädchens überzeugte den Unteroffizier davon, daß er einen wertvollen Dienst leistete. »Das erspart es uns, sie mitnehmen zu müssen«, raunte der Zauberpriester dem Inspektor zu, obwohl sich die beiden jungen Leute so angeregt unterhielten und miteinander scherzten, daß sie auch in normaler Lautstärke nichts gehört hätten.

»Sie scheint ziemlich eingenommen von diesem jungen Soldaten zu sein, Inhetep«, stellte der Inspektor fest. »Seid Ihr nicht ...?«

»Tuhorus, Ihr verkennt mich. Begeht so einen Irrtum nicht noch einmal! Und jetzt sollten wir es dabei belassen. Mir liegt nur ihr Wohlergehen am Herzen. Ich bedaure nur, daß mir das nicht schon früher eingefallen ist.«

»Warum?«

»Nun hört schon auf«, sagte der Magister barsch. »Wir müssen uns ein wenig unter diesem Palast umsehen, Bekin-Tettu und Lady Xonaapi werden uns nicht vermissen, und ich habe dem Kommandant der Wache klargemacht, daß der Unteroffizier jetzt einen Sonderauftrag für die Utchatu ausführt, so daß er sich zwischendurch nicht zu melden braucht.«

»Dann scheint Ihr wohl zu glauben, daß wir länger unterwegs sein werden, Magister. Kann es hier überhaupt noch etwas geben, das noch nicht entdeckt worden ist?«

»Nein, hier nicht. Aber ich glaube, wir werden woanders einiges zu erledigen haben. Ich hoffe, Ihr habt gut und lange geschlafen, Tuhorus, denn heute nacht wird sozusagen ein sehr langer Tag werden.«

Magister Inhetep gab sich keine Mühe, nach geheimen Eingängen zum Kellergewölbe zu suchen, sondern bat statt dessen darum, zu der Treppe geführt zu werden, die in den Palastkeller führte. Dort angekommen, begannen Tuhorus und er mit einer raschen Durchsuchung der Räume und Gänge. Natürlich war das Kellergewölbe ziemlich weitläufig, da es für Lagerzwecke angelegt worden war. Es dauerte trotzdem nicht lange, bis sie den Abschnitt gefunden hatten, der abgetrennt und geschlossen worden war, da Tuhorus im Besitz eines alten Plans aus der Zeit vor Ram-f-amsu war.

»Die Leute des Statthalters haben die Pläne vom Palastkomplex ›auf den neuesten Stand gebracht‹, Inhetep«, witzelte der Inspektor, »aber diesen hier, der in den Akten der Präfektur vergraben war, haben sie übersehen. Wonach suchen wir überhaupt?«

»Der Fluchttunnel hat mir zu denken gegeben«, erwiderte Inhetep. »So eine Passage muß nicht einzigartig sein, und unter der Stadt gibt es viele Tunnel, Gänge, Stollen und so weiter.«

»Natürlich. Aquädukte, Abwasserkanäle und — aber wozu soll das gut sein?«

»Hier. Helft mir, die Wände dieser Kammer abzusuchen, die Ram-f-amsu als Arsenal benutzt hat. Alle diese Waffen müssen irgendwie hergekommen sein, und sie sind gewiß nicht durch die Vordertür gebracht worden.«

Die beiden geübten Männer benötigten nicht länger als eine Stunde, um eine gut verborgene Falltür zu entdecken, die sie noch eine Etage tiefer brachte, unter das Kellergewölbe des Palasts. Dort unten eröffneten sich ihnen mehrere schmale Wege. Es hatte den Anschein, als würden diese wiederum zu einem Irrgarten anderer unterirdischer Gänge führen. »Wir könnten wochenlang in diesem dreckigen Labyrinth herumlaufen«, murmelte Tuhorus, während sie unter Zuhilfenahme eines Hexenlichts, das der Magister entzündet hatte, von einem langen Tunnel in einen anderen starrten.

»Das brauchen wir nicht, mein Freund«, sagte der Ur-Kheri-Heb. »Wir zwei müssen uns jetzt um wichtigere Dinge kümmern. Ich bin sicher, ein paar Männer der Präfektur werden diesen Irrgarten schließlich zu Eurer Zufriedenheit ausforschen.« Inhetep hielt inne und sah den Inspektor fragend an, der zustimmend nickte. »Aber ich möchte Euch jetzt eine Wette anbieten, Tuhorus, wenn Ihr gestattet.«

»Und die wäre?«

»Daß einer dieser Gänge zum Tempel des Set und ein anderer zu irgendeiner verborgenen Stelle an einem der hiesigen Docks am Ufer des Nylle führt.«

»Eure Zuversicht reicht mir, Magister. Keine Wette.« Tuhorus sah dem Zauberpriester immer noch in dessen grüne Augen. »Aber trotz alledem bin ich verblüfft. Was beweist das alles? Ich will mich in die flammenden Seen der Re-Stau rollen lassen, wenn ich erkennen kann, wie das alles mit den Morden an Ram-f-amsu, Matiseth Chemres und Aufseru zusammenhängt!«

»Habt nur ein wenig Geduld, Inspektor Tuhorus. Das wird Euch, wie ich glaube, schon sehr bald klar werden. Aber laßt uns diesen düsteren, beklemmenden Ort jetzt verlassen. Etwas frische Luft und ein kleiner Spaziergang sollten Wunder wirken.«

»Ich habe das Gefühl, das alles ist nur ein leichtes Vorgeplänkel für das, was Ihr heute nacht noch für uns auf Lager habt, Utchat-Neb.«

Inhetep ging voran, und bevor sie das teilweise zerstörte Palastgebäude verließen, machten sie einen kleinen Umweg durch den ausgebrannten Flügel, in dem sich Fürst Ram-f-amsus persönliche Gemächer befunden hatten. »Vielleicht habt Ihr recht mit Eurer Einschätzung für heute nacht, Inspektor, aber das bleibt abzuwarten. Ich hoffe, Euer Gefühl ist ein Omen. Helft mir bitte, die Wände hier abzusuchen«, forderte der Magister den Inspektor auf, als sie sich durch die Trümmer in die Überreste jenes Raums vorgearbeitet hatten, in dem sich einmal das private Arbeitszimmer des Statthalters befunden hatte. »Die Flammen könnten uns geholfen haben, da sie alle Tarnvorrichtungen zerstört haben dürften.«

Tuhorus freute sich, helfen zu können. »Hier ist irgendein magisches Portal, Magister«, sagte er, während er auf den geschwärzten, doch ansonsten unbeschädigten Abschnitt einer Wand zeigte, vor der Regale gestanden hatten. »Ist es das, wonach Ihr sucht?«

»Nein. Ich habe das Gegenstück unten gesehen, Tuhorus. Was wir finden müssen, ist eine ganz normale Geheimtür, Tuhorus — und ich bin ganz sicher, daß es eine gibt.« Und damit machte sich der hakennasige Detektiv ans Werk und drückte und zog an den Steinen in der Mauer.

Tuhorus schloß sich ihm an. Es dauerte nicht lange, bis Inheteps Mühen belohnt wurden. Ein solide wirkender Mauerabschnitt schwang plötzlich nach innen, und dahinter befand sich eine schmale Stiege aus Stein, die sich spiralförmig nach unten wand. »Was habe ich Euch gesagt?«

Tuhorus pfiff durch die Zähne. »Und wer würde auf die Idee kommen, direkt neben einem magischen Portal nach solch einem Weg zu suchen? Aber wozu brauchte er einen derart konventionellen Fluchtweg, wenn Ramf-amsu leicht durch das magische Portal hätte treten können ... wohin eigentlich?«

»Dieser Geheimgang war für andere Arten des Kommens und Gehens gedacht. Seht Ihr das hier? Es hat hier ebenfalls ziemlich viel Verkehr gegeben. Die Spuren von Sandalen und nackten Füßen sind im Staub und Dreck auf den Stufen gar nicht zu übersehen.«

»So viele sind es gar nicht, Magister. Ich kann drei oder vier verschiedene Sandalenspuren erkennen — und natürlich die barfüßigen Abdrücke«, sagte der Inspektor, nachdem er vorgetreten war und sich die Stufen angesehen hatte. »In der jüngsten Vergangenheit haben nicht mehr als fünf verschiedene Personen diesen Weg beschritten.«

»Eine Spur wird auf jeden Fall Ram-f-amsu gehören, und wahrscheinlich sind auch Abdrücke von Chemres' Sandalen vorhanden. Nehmen wir an, daß seine rechte Hand, Aufseru, der dritte ist und der Uab Absobekkhaibet das vierte Paar Abdrücke hinterlassen hat. Ihr könnt Euch natürlich Sandalen von allen beschaffen, um diese Annahmen zu beweisen.«

»Auch die des Uabs?«

»Das wollen wir hoffen. Wir gehen jetzt zum Tempel und versuchen dort unser Glück.«

»Und die barfüßigen Abdrücke? Wem gehören die, Inhetep?«

Der Zauberpriester lächelte. »Das, mein lieber Chefinspektor Tuhorus, ist die Preisfrage, denn die Person, welche diese Abdrücke hinterließ, hat den Fürst und auch die anderen beiden ermordet.«

Die Tageshitze war mit der untergegangenen Sonne verschwunden, so daß der zwanzigminütige Fußmarsch zum Tempel des Set ganz angenehm war. Palmen rauschten in der Brise der Nacht, und der leichte Wind sandte ihnen die verlockenden Düfte nachtblühender Blumen aus den kleinen Parks und ummauerten Gärten, an denen sie unterwegs vorbeikamen. In den meisten Stadtteilen wären sie weitaus weniger angenehmen Gerüchen begegnet, aber das Dreieck zwischen dem Statthalterpalast, dem *Schilfrohr* und dem Tempel des Set gehörte sicher zum besten Stadtviertel. Hohe Bürogebäude, Paläste und Anwesen von Adligen und reichen Bürgern sowie ummauerte Villen mit ausgedehnten, durch Steinwälle abgeschirmten Gärten waren zu fein säuberlichen Blocks zusammengefaßt. Breite Straßen und schmale Vegetationsstreifen gehörten hier zum normalen Erscheinungsbild. Nicht weit entfernt waren jedoch die schmalen Straßen und gewundenen Gäßchen der weniger wohlhabenden Sektoren und das Durcheinander des Hafenviertels, das an jenes wohlbehütete Viertel grenzte, welches Inhetep und Tuhorus jetzt durchquerten.

»Zu schade, daß es nicht in ganz On so sein kann wie hier.« Der Inspektor seufzte, als sie sich dem Tempel näherten. »Ich habe Theben und Luxor und Karnak gesehen — wunderbar. Memphis blüht und gedeiht ebenfalls jetzt, da Saqara nur noch ein Bezirk innerhalb dieser Stadt ist.«

»Innu und On bewegen sich auf die Vereinigung zu, Tuhorus, aber ich fürchte, letztere Stadt wird immer die schäbige Verwandte der ersteren bleiben — zumindest so lange, wie Eure Stadt der aktivste Nyllehafen in UnterÆgypten bleibt. Wir zwei werden vielleicht noch die Vereinigung der beiden Städte und auch die Vereinigung der beiden Sepats erleben, aber wir werden schon lange in der Duat sein, bevor On zu einem blühenden Garten wird.«

»Ich bin ein Anhänger des Lichts, Magister«, sagte Tuhorus. »Ich hoffe, daß mein Geist einmal in Pet wohnt und nicht in der Düsternis der Duat.«

»Nun, das mag sein, wie es will, ob in einer himmlischen Sphäre oder in der einer düsteren Unterwelt, Tuhorus. Ihr und ich werden jedenfalls, wollen wir sagen, woanders sein?«

»Einverstanden.«

»Aber nicht im Woanders von Set und seinesgleichen«, murmelte Inhetep, als sie den Säuleneingang des Tempelkomplexes erreichten. »Das wünsche ich keinem anständigen Menschen. Fragt Ihr Euch nicht oft, warum so viele Menschen Göttern mit bösartiger, schlechter Grundhaltung dienen?«

»Aus Dummheit, Gier, Boshaftigkeit ... Soll ich fortfahren?«

»Nein, die Tempelpriester nähmen daran Anstoß«, grinste der Ur-Kheri-Heb. »Im allgemeinen mag die Wahrheit relativ sein, aber in einigen besonderen Fällen ist sie absolut.« Mittlerweile standen sie vor der Tempelpforte, also verstummte Inhetep und betätigte den Klingelzug. Fast augenblicklich kam ein Novize, um die schweren Türen zu öffnen, und als er sah, wer die beiden Besucher waren, beeilte er sich, sie hineinzuführen.

Die normalen Dienste waren ausgesetzt, bis diese Pflichten von einem neuen Hohenpriester übernommen werden konnten. In der Zwischenzeit unterstand der Tempel dem ranghöchsten ›Prophet‹. In einem Tempel wie diesem gab es mehrere solcher Priester, welche über den Uabs standen, in der ekklesiastischen Hierarchie jedoch noch nicht weit genug vorgerückt waren, um Hauptpriester zu sein. Der hier berufene Interimshohepriester war ein blaßhäutiger SüdÆgypter, aber sein rotes Haar garantierte ihm wahrscheinlich einen zügigen und unaufhaltsamen Aufstieg in den Reihen der Setpriesterschaft.

»Ich bin Prophet Eketi«, verkündete er feierlich, während er sich im Vorzimmer zum Priesterflügel zu den beiden Detektiven gesellte. »Ich vermute, dies ist ein offizieller Besuch.«

»Ihr vermutet richtig«, schnauzte Magister Inhetep fast. »Ich kann mir keinen anderen Grund für unsere Anwesenheit hier vorstellen, Ihr etwa?«

Der Mann war nicht schlagfertig genug, eine rasche Antwort darauf zu geben, und starrte nur verdutzt, während ihm die Röte ins Gesicht stieg, so daß Tuhorus fragte: »Ist im Augenblick noch jemand von der Präfektur anwesend, Prophet Eketi?«

»Nein, Chefinspektor. Die Räume des ... ehemaligen Hem-Neter-Tepi sind geschlossen — versiegelt —, und man hat uns allen verboten, sie zu betreten. Natürlich haben wir uns an diese Anordnung gehalten. Nach der Absperrung dieses Bereichs sind die Beamten der Stadtpolizei gegangen.«

»Sollen wir jetzt dorthin gehen, Magister?«

»Nein, Tuhorus. Da gibt es noch etwas, das wir zuerst herausfinden sollten, und dabei kann uns der ›Prophet‹ hier helfen, glaube ich, nicht wahr, Eketi?«

»Ich bitte um Verzeihung Magister, aber ich weiß nicht ...«

»Ihr seid hier jetzt wie lange der ranghöchste Priester?«

Eketi plusterte sich auf und wirkte zugleich stolz und verärgert. »Es sind jetzt fast fünf Jahre — tatsächlich war ich es schon, bevor Matiseth Chemres als Hem-Neter-Tepi hierherkam.«

Das war eine ungewöhnlich lange Zeit, um in einem Tempel die zweite Geige zu spielen. Typischerweise führte solch eine Stellung dazu, daß der Betreffende anderswo die führende Position übernahm, zum Beispiel in einem kleineren Tempel oder bedeutenden Schrein. Daß der Prophet so lange hier war, ließ entweder auf Unfähigkeit oder einen politischen Feind innerhalb der Tempelorganisation schließen. Selbst ein Priester, war sich Inhetep dieser Tatsache sehr wohl bewußt. »Man hat Euch ungerechterweise übergangen, nicht wahr, Eketi?«

»Tatsächlich hat man ...« Der Mann fixierte den Ur-Kheri-Heb durchdringend und unterbrach seine Worte, um den Magister zunächst einzuschätzen. »Man hat mich übergangen«, sagte er schließlich mit einem gewissen Stolz, »da ich jede Einmischung in politische — das heißt, staatspolitische — Angelegenheiten ablehne.«

»Wie ich gedacht habe. Kommt, Prophet Eketi, Ihr habt Euch diese Behandlung doch nicht gefallen lassen, ohne ein paar Gegenmaßnahmen zu treffen, oder?«

»Keineswegs, Magister, keineswegs. Ich habe absolut vollständige Aufzeichnungen von allem angefertigt.«

»Dann zeigt bitte Inspektor Tuhorus und mir Eure Aufzeichnungen — insbesondere jene, die sich mit der Auswahl des Tempelpersonals befassen. Ich bin sicher, Ihr habt Euch Notizen zum Personal gemacht — und zwar private und nicht die, welche der Hohepriester zu Gesicht bekam.«

Eketi lächelte verschmitzt und führte sie in sein beengtes Büro. Dort förderte er mehrere kleine Notizbücher zu Tage: seine sorgfältig aufgeschriebenen Notizen über das, was über den Zeitraum von annähernd fünf Jahren im Tempel geschehen war. Eines mit einem matten roten Einband enthielt eine Liste aller ekklesiastischen und säkularen Personen, die in dieser Zeit angestellt worden waren. »Sucht Ihr nach Informationen über Sklaven? Arbeiter? Priesterinnen? Oder Priester?«

»Unzweifelhaft detailliert«, murmelte Tuhorus, während er einen Blick über die Schulter des Priesters auf das Buch warf.

»Über Priester — vom Range eines Uab, um genau zu sein. Habt Ihr einen Absobek-khaibet in Eurer Liste?«

»Ja«, sagte Prophet Eketi selbstgefällig, »natürlich habe ich ihn. Hier. Uab Absobek-khaibet hat sich uns vor sechs Monaten angeschlossen. Er ist auf Empfehlung des Innu-Tempels aus dem Süden gekommen ... Also das ist seltsam!«

»Was denn?« hakte der Magister nach.

»Es sieht mir überhaupt nicht ähnlich, daß ich mir gar keine Notizen im Hinblick auf die Leistungen dieses Burschen gemacht habe — über seine Angewohnheiten, Vorlieben, Schwächen und ... Nun, Ihr versteht.« Der Kleriker war damit jedoch nicht zufrieden. Er vertiefte sich wieder in seine Materialsammlung und fand einen anderen Band, eine Liste aller Hilfspriester, die zu Uabs befördert worden waren. Nach mehreren Minuten des

Herumblätterns und Murmelns rief Eketi plötzlich: »Hier!« Er reichte das Notizbuch an den Magister weiter, während ein gelblicher langer Fingernagel auf einen Eintrag zeigte. »Das ist der Bursche.«

Tuhorus trat neben den Zauberpriester, um sich den Eintrag ebenfalls anzusehen. An der Stelle, auf die der Priester des Set zeigte, war ein Eintrag, der besagte, daß ein Hilfspriester, Absobek-khaibet aus Abydos, den Status eines Uab erreicht hatte, nachdem er neun Jahre lang auf niedrigerer Stufe gedient hatte. »Ich lese, daß er zu jener Zeit nach Suakin versetzt wurde«, kommentierte der Chefinspektor.

»Ja«, sagte der Prophet, ohne einen der beiden anzusehen. »Ich frage mich, warum ich das nicht vermerkt habe, als er hierhergeschickt worden war. Von solch einem Ort! Wie er es geschafft hat, sich mit einer Versetzung von dort nach Innu abzufinden, ist mir vollkommen schleierhaft.«

»Wir haben genug gesehen, vielen Dank, Prophet Eketi. Chefinspektor Tuhorus und ich werden jetzt Matiseth Chemres' Gemächer untersuchen — Ihr werdet gewiß eine Notiz über diesen Vorgang machen wollen, nicht wahr?«

Tuhorus sah den Zauberpriester zwinkern, als dieser sich umdrehte und den derart mit Aufzeichnungen vollgestopften, zellenähnlichen Raum verließ. Er konnte nicht anders, als zurückzuzwinkern, denn Eketi war so unbedeutend und habgierig. Dem Prophet entging dieser Austausch der beiden jedoch, da er bereits emsig in einem anderen seiner zahlreichen Bücher schrieb. »Natürlich, Ur-Kheri-Heb-Tepi des Thot. Das muß ich notieren, ebenso wie den potentiellen Konflikt zwischen Eurer Stellung in der Utchatu und Eurer Ergebenheit für ...«

Sie ließen ihn murmelnd zurück und machten sich auf den Weg zu Chemres' Gemächern. Für den Hohenpriester des Tempels waren insgesamt fünf Zimmer und ein privater Garten vorgesehen. Letzterer war nicht von Interesse, ebensowenig wie der Versammlungsraum. Die anderen vier Zimmer, das Bad eingeschlossen, mußten durchsucht werden. »Wonach suchen wir überhaupt, Magister?« fragte der Inspektor.

»Schsch!« machte Inhetep, während er mit einem Dolch das Bleisiegel auf der Tür durchbrach. »Dazu kommen wir gleich, Tuhorus«, flüsterte er. »Aber im Augenblick wollen wir uns lieber so leise und verstohlen wie Einbrecher benehmen.«

»Warum, um alles in der Welt?« fragte der Chefinspektor, doch mit gedämpfter Stimme. »Diese Räume sind — waren — versiegelt. Wollen wir Insekten und Nager überraschen?«

Der Magister sah dem Inspektor in die Augen und nickte. »In der Tat, Tuhorus, in der Tat. Wir könnten vielleicht auf eine Ratte stoßen, eine äußerst gefährlichen noch dazu. Wenn Ihr nicht hochgradig erfahren in der Anwendung von Heka zur Selbstverteidigung seid, empfehle ich Euch, eine Waffe bereitzuhalten, Chefinspektor. Kein Schwert?« Inhetep öffnete vorsichtig die massive Tür und glitt in die Dunkelheit dahinter.

Tuhorus nahm ihn beim Wort, zog seinen Dolch und zeigte Inhetep die Klinge, nachdem er dem Zauberpriester durch die Tür gefolgt war. Inhetep schloß die Tür, und der Chefinspektor blieb reglos stehen und gestattete seinen Augen, sich an die Dunkelheit zu gewöhnen, denn die einzige Beleuchtung kam von einigen matt schimmernden Motten unter der Decke. In diesem Raum befand sich die persönliche Kapelle des Hem-Neter-Tepi mit einem abgeschirmten Schrein für Set und zwei andere Gottheiten. Abgesehen von dem für einen solchen Ort typischen Mobiliar — Weihrauchfäßchen auf hochbeinigen Hockern, Truhen für Geschirr und ähnliches — war der Raum leer und aufgeräumt. Auf der gegenüberliegenden Seite in der linken Ecke war ein Wandbehang, der den Durchgang zum nächsten Zimmer verdeckte. Durch diesen Vorhang drang weder ein Laut noch Licht, nicht das geringste deutete auf die Anwesenheit einer anderen Person in den Gemächern des toten Hohepriesters hin. »Sollen wir mit der Suche beginnen?« flüsterte Tuhorus.

»Nein, noch nicht«, zischte Inhetep als Erwiderung. »Das Glück könnte wahrhaftig mit uns sein. Kommt! Laßt uns einen Blick ins Schlafzimmer werfen und dann im Arbeitszimmer nachsehen.« Auf Zehenspitzen schlichen sich die beiden Männer zur Türöffnung und spähten in Chemres' Schlafgemach. Es war ebenfalls völlig still und verlassen, also schoben sie den Vorhang beiseite und traten ein. »Da!« hauchte der Ur-Kheri-Heb, während er Tuhorus am Arm zupfte und auf einen Spalt goldenen Lichts deutete, der unter der Tür zum nächsten Raum, dem Arbeitszimmer, hindurchfiel.

Natürlich bestand die Möglichkeit, daß einer der Polizeibeamten schlicht und einfach eine Lampe angelassen hatte, doch Tuhorus bezweifelte das. Er hielt seine Waffe bereit, ließ sich jedoch etwas zurückfallen, um in das Arbeitszimmer stürzen zu können, wenn der Magister die Tür aufriß. Doch zunächst wartete Inhetep damit noch. Mit der Hand auf der Türklinke hielt der Zauberpriester inne und preßte ein Ohr gegen die Türfüllung. Dann zog er den Kopf zurück, gab seinem Begleiter ein Zeichen und riß die Tür mit aller Kraft auf. Das Licht, das sich plötzlich in ihr Zimmer ergoß, blendete den Inspektor fast, doch er blinzelte und schoß dennoch in geduckter Haltung in das angrenzende Gemach, wobei er sich nach rechts und links umsah, um nicht von einem Angriff aus dieser Richtung überrascht zu werden.

Jedes Buch, jedes Manuskript und jede Schriftrolle im Zimmer waren aus den Regalen gezogen worden. Sie stapelten sich auf Boden, Schreibtisch und jeder anderen ebenen Fläche. Jemand stand über einen kleinen Stapel Bücher gebeugt, die letzten Bände aus dem letzten Regal, und blätterte die Seiten des obersten Werks um, als der Chefinspektor ins Zimmer sprang. »Keine Bewegung!« rief Tuhorus.

Inhetep stürzte gleich hinter Tuhorus ins Zimmer. Bevor er die Tür aufriß, hatte er eine Sekunde lang die Augen in der Hoffnung geschlossen, daß sie sich danach rasch genug an die Helligkeit gewöhnen würden, so daß er den Zauber anwenden konnte, den er für den Eindringling bereithielt und der Muskelstarre bewirkte. Die Magie gehörte zur schnell beschworenen Sorte, und daher hielt ihre Wirkung nur ein paar Sekunden an. Das Zielwesen — nicht notwendigerweise ein Mensch — wurde in dieser Zeitspanne durch Nervenenergie bewegungslos gehalten, welche dafür sorgte, daß sich die Muskeln verkrampften. Um den Zauber zu aktivieren, war nur ein wenig Heka erforderlich, aber um ihn richtig anzuwenden, mußte der Zauberpriester zur Bewegungslosigkeit erstarren, seinen ganzen Körper bewußt anspannen und dann diese Haltung auf das andere Lebewesen übertragen. Inhetep heftete den Blick auf die Gestalt neben der brennenden Öllampe.

Wer dort auch hockte, hatte sich so in einen Umhang gehüllt, daß zunächst keine Gesichtszüge, sondern nur dunkle funkelnde Augen zu erkennen waren, die dem Blick des Ur-Kheri-Heb für einen Sekundenbruchteil begegneten. Setne hob einen Arm und begann mit der Litanei der wenigen Silben, welche die magische Energie von seinem Körper auf den des Eindringlings übertragen würden. Doch bevor die letzte Silbe heraus war, bewegte sich die vermummte Gestalt mit blitzartiger Geschwindigkeit, und eine dunkle Hand zuckte auf die Öllampe zu, als wolle sie die Flamme löschen. Inhetep unterbrach sein Dweomer und rief statt dessen: »Zurück, Tuhorus!«

Dieselbe Art von Dweomer, die den Feuerdämon beschworen und den Zombie Aufseru verzehrt hatte, bewirkte jetzt, daß die Lampe ihren öligen Inhalt in einem Geyser versprühte. Der Ölstrahl war mengenmäßig vergrößert, irgendwie mit Luft vermischt und gleichzeitig durch eine andere Substanz in der Brennwirkung verstärkt, so daß das spritzende Öl unter Entwicklung einer höllischen Helligkeit und Hitze verbrannte. Der Chefinspektor befolgte instinktiv Inheteps Warnruf. Der Magister warf sich nach hinten, und Tuhorus hechtete zur Seite und rollte sich ab. Ein lautes Prasseln war zu hören, als die verdreifachte Ölmenge der Lampe in einem einzigen Augenblick verbrannt wurde. Das Messingbehältnis selbst verwandelte sich in einen geschmolzenen Klumpen, und dann herrschte abgesehen von dem rötlichen Glühen des Metalls und dem schwachen Schimmer irgendwelcher Leuchtkäfer an der Dekke nur noch tote Schwärze.

»Geht es Euch gut, Tuhorus?«

Der Mann stöhnte vor Schmerzen, sagte jedoch: »Ja, bestens. Ich habe mir nur das Knie angeschlagen, das ist alles, aber ich kann stehen. Was ist mit dem Eindringling?«

»Verschwunden. Geflohen, aber ich glaube, wir sind jetzt bereit für den letzten Akt dieses niederträchtigen Dramas, mein Freund. Schirmt Eure Augen ab. Ich werde ein Hexenlicht entzünden, so daß wir uns nach allem umsehen können, was unser pyromanischer Eindringling in seiner Hast zurückgelassen haben mag. Dort«, sagte Inhetep, als das Zimmer von der Helligkeit des Dweomers erfüllt war, das er in die Zimmerdecke versenkt hatte. »Jetzt haben wir anständiges Licht.« Anstelle der schwach glimmenden ›Sterne‹ über ihnen entstanden jetzt scheinbar aus dem Nichts grelle Lichtstrahlen, so hell wie das Sonnenlicht. »Ist bereits sehr empfänglich, wie Ihr seht«, sagte er zu dem Inspektor. »Keine große Sache, solche Orte zu angenehmer Helligkeit zu energetisieren.«

»Wer war dieser Schurke, der uns zu rösten versucht hat?« fragte Tuhorus, sich das linke Knie reibend. »Er war flinker als eine Kobra.«

»In der Tat, das war er. Habt Ihr seine Füße gesehen?«

»Nein. Was war mit ihnen?«

»Nackt und schwarz, mein Freund. Der Bursche war kein anderer als Yakeem, der Dahlikil-Attentäter — vielleicht der tüchtigste Mörder aller Zeiten. Ich glaube, ich habe jetzt alles beisammen. Was haltet Ihr von seiner Anwesenheit hier, Tuhorus?«

»Er hat nach etwas gesucht. Jede geschriebene Zeile in diesem Zimmer ist gelesen worden — das heißt, mit Ausnahme der paar Bücher, mit denen er beschäftigt war, als wir ihn überrascht haben.«

»Ja. Laßt uns einen Blick in diese Bücher werfen und nachsehen, ob sich irgend etwas darin befindet, dann können wir weitermachen.«

»Aber was ist mit diesem Attentäter — Yakeem? Ihr dürft ihn nicht entkommen lassen!«

»Darf ich nicht? Er ist bereits weg, Tuhorus. Nichts, was wir in den nächsten fünf Minuten tun können, wird daran etwas ändern. Keine Sorge, Chefinspektor. Er hat sich nicht in Luft aufgelöst. Wir können ihn auch noch ein wenig später aufspüren — und zwar in aller Gemütlichkeit«, erklärte der Zauberpriester, während er sich das Material vornahm, das der Dahlikil durchgegangen war. »Hier, nehmt dieses Buch und seht nach, ob es irgend etwas Ungewöhnliches enthält, das nicht dort hineingehört — irgendwelche Papierschnipsel, handschriftliche Notizen am Rand, irgend etwas, und vergeßt Rükken und Einband nicht.«

Nach einigen Minuten beendeten sie die Suche. »Nicht das geringste«, sagte der Inspektor verblüfft. »Was nun?«

»Daß wir nichts gefunden haben, bedeutet, daß Yakeem unsicher in bezug auf den Ort ist, an dem er das von ihm Gesuchte finden kann, aber wir wissen ganz genau, wo es ist.«

»Wovon redet Ihr, Inhetep?«

»Natürlich von Absobek-khaibet. Er hat irgend etwas versteckt, um seine Sicherheit zu gewährleisten — zumindest glaubt er, daß er das hat. Jetzt brauchen wir nur noch den Eingang zu den Gängen zu finden, die sich unter diesen Räumen befinden, und wir sind so weit, den Fall zum Abschluß bringen zu können.«

14

Ein verborgener Schrein des Todes

Der Fluchtweg war hinter einer Wandverkleidung in einem kleinen Alkoven verborgen, und zwar nur ein, zwei Meter von der Stelle entfernt, wo der vermummte Eindringling gestanden hatte. Aufgrund des plötzlichen Aufflammens des weißglühenden Lichts und des Prasselns hatte keiner der beiden Detektive den Dahlikil verschwinden sehen. Der Magister entdeckte ohne Schwierigkeiten, daß die Lampe vorderhand für eben diese Wirkung vorbereitet worden war. Der Mörder brauchte nur noch eine chemische Komponente in die Flamme zu werfen, und die scheinbar völlig normale Flammenzunge verwandelte sich augenblicklich in einen vulkanartigen Hitze- und Lichtausbruch, der alles verbrannte, was ihm zu nahe kam und — schlimmer noch — darüber hinaus Yakeems Rückzug deckte.

»Dann ist er also nicht nur ein käuflicher Mörder, sondern auch ein Magier?« fragte Tuhorus.

»Ich bezweifle nicht, daß er ein beträchtliches Talent hat, was tödliche Dweomer anbelangt, Inspektor, aber ich bezweifle, daß er tatsächlich so fähig und ein Vollanwender der Künste ist. Was er hier vollbracht hat, war sorgfältig vorbereitet, und ich vermute, daß Jobo Lasutis Hand ihm direkt oder indirekt geholfen hat.«

»Und was ist mit dem Uab? Eine Zeitlang hatte ich den Verdacht, Euer Attentäter und Absobek-khaibet seien ein und dieselbe Person.«

»Der Gedanke ist mir auch gekommen, Tuhorus, aber ich habe ihn verworfen. Yakeem ist nicht so gut in Priesterkræft, um sich als Uab Sets ausgeben zu können.

Nein, wir müssen uns anderswo umsehen, um die Identität dieses Priesters aufzudecken.«

»Die kennen wir doch bereits.«

»Unwahrscheinlich. Ganz zweifellos liegt schon seit längerer Zeit irgendwo die Leiche des echten Absobek. Meine Vermutung ist, daß ein anderer seine Identität angenommen hat, als es für ihn an der Zeit war, nach Norden zu gehen.«

»Wie kommt Ihr darauf?«

Inhetep zuckte die Achseln. »Vielleicht ist alles nur Spekulation, aber die Anhänger Sets sind keineswegs grundsätzlich in derartige Angelegenheiten verwickelt — jedenfalls nicht auf eine derart offenkundige Art und Weise. Nicht einer der Priester hier im Tempel steckte in dieser Affäre mit Chemres unter einer Decke, oder?«

»Nein«, gab der Inspektor nach einem Augenblick des Nachdenkens zu. »Aber ich kann keine Verbindung erkennen zwischen dieser Tatsache und der Ermordung des echten Uab sowie Euren Behauptungen, seine Identität sei Euch bekannt.«

»Welcher von den Sieben Bösen ist noch größer als Set, Inspektor?«

»Der Rote ist der größte, abgesehen von ... Aapep!«

Mit einem fast unbewußt ausgeführten Schutzzeichen, um der Aufmerksamkeit jener gefürchteten Schlange zu entgehen, stimmte Setne zu. »Richtig, der Herr der Schlangen ist der größte Böse von allen, was die schiere Macht anbelangt. Die einzigen, die diesen Uab gesehen haben, beschreiben ihn als dunkelhäutig, aber wir wissen, daß es nicht der Dahlikil ist. Wir müssen außerdem davon ausgehen, daß er relativ mächtiges Heka eingesetzt hat, um zu erreichen, daß sich kein Zeuge an sein tatsächliches Aussehen erinnern kann. Daher können wir Absobek-khaibet oder vielmehr den Hochstapler, der sich für ihn ausgibt, folgendermaßen beschreiben: Er ist dunkelhäutig und groß, in ekklesiastischen Dingen hinsichtlich Sets bewandert genug, um

Zeremonien und Rituale korrekt ausführen zu können, in der Lage, Magie auch außerhalb der für Priester üblichen Sphäre anzuwenden, und hat sich schließlich vollkommen dem Bösen verschrieben.«

Tuhorus verstand. »Selbst Set würde zögern, Einwände zu erheben, wenn sich ein Diener des Aapep den Mantel eines seiner Uab-Priester überstreifte.«

»Ganz genau. Und wo wird die Schlange am meisten verehrt? An welchem einzigen Ort?«

»In Darfur!«

»Ihr kennt Euch wirklich hervorragend aus. Ihr habt recht, und daher, Chefinspektor Tuhorus, suchen wir einen begabten Kheri-Heb des Aapep — einen boshaften Widerpart meiner selbst, wenn Ihr so wollt —, der in Darfur geboren und irgendwo in der Nähe ist.«

»Dort unten irgendwo?«

»Das ist völlig unwahrscheinlich! Nein, ich glaube, wir werden ihn woanders finden, obwohl wir auch nach unten müssen, um uns dort umzusehen.«

Der Chefinspektor versuchte immer noch, die Einzelteile zu einem Ganzen zusammenzufügen. »Also gibt es eine Verschwörung, die von Darfur, nubischen Dissidenten und ein paar abtrünnigen Einheimischen inszeniert wird? Ein Krieg der Rassen, bei dem Schwarz und Rot aufeinandergehetzt werden?«

»Das wäre verdammt schlimm, Tuhorus, aber es ist noch viel schlimmer. Diese ganze dreckige Affäre ist von einem Ægypter ersonnen worden, fürchte ich. Von einem, dem absolut jedes Mittel recht ist — Rassismus, Gier, sogar Mord. In der Vorstellung dieses Mannes sind Set, sogar Aapep nur Werkzeuge, die eingesetzt werden, um den gewünschten Zweck zu erreichen. Seid Ihr jemals auf die *Verfluchten* gestoßen?«

Der Inspektor dachte einen Augenblick lang nach und schüttelte dann den Kopf. »Was soll das sein?«

»Ein locker organisiertes Netz der verruchtesten Art, die man sich vorstellen kann. Diese ganze Affäre liegt ganz auf ihrer Linie, trägt aber nicht ihre übliche Handschrift. Egal. Wir werden es auf jeden Fall erfahren, wenn wir unseren Mann erwischen.«

»Wer ist denn nun dieser Erzschurke?« wollte Tuhorus wissen.

»Jemand, dessen Schuld nicht leicht bewiesen, der möglicherweise aber überrascht werden kann — wenn wir sorgfältig und rasch genug vorgehen.« Setne ging zu dem Geheimausgang aus Chemres' Privatgemächern und forderte Chefinspektor Tuhorus auf, ihm zu folgen. »Wir müssen noch mehr unterirdische Wühlarbeit leisten, mein Freund. Und dann geht es zum gefährlichsten Teil weiter.«

Während des Abstiegs untersuchten sie die Stufen. Auswärts gespreizte nackte Füße waren hier entlanggegangen. Es waren dieselben Fußabdrücke wie die auf der Treppe im verbrannten Flügel des Statthalterpalasts. »Ihr wußtet die ganze Zeit davon?«

»Ich habe es vermutet«, korrigierte Inhetep.

»Deshalb konntet Ihr auch sagen, Ihr wüßtet, wo sich Chemres' fehlende drei Bücher mit seinen Aufzeichnungen befinden«, sagte der Inspektor.

»Sie konnten nur versteckt oder durch einen Geheimgang fortgebracht worden sein. Die Priester haben niemanden mit den Büchern gesehen, und magische Hilfsmittel wurden auch nicht benutzt, um sie hinauszuschmuggeln — das hätte Alarm ausgelöst. Die Bücher mußten von Hand weggetragen worden sein, und offenbar ist dies der Weg, auf dem das geschehen ist.«

Inheteps Geste schloß den verborgenen Eingang, durch den sie soeben gegangen waren, die Stufen, auf denen sie standen, und die Gänge, die unter ihnen lagen, mit ein. »Entweder der falsche Uab oder Yakeem oder beide gemeinsam sind hergekommen und haben die Beweise entfernt. Es gab keinen anderen Weg.«

»Und auf diese Weise wurde auch der Mord an Statthalter Ram-f-amsu bewerkstelligt?«

»Äh ... Nun, ich glaube, daß dieser Geheimgang eine Rolle dabei spielt, doch bis jetzt gibt es in dieser Hinsicht noch nichts Endgültiges. Sollen wir unsere Untersuchung weiter unten fortsetzen? Vielleicht finden wir etwas, um einen weiteren Knoten dieses Wirrwarrs zu lösen.«

Sie stiegen weiter die Treppe hinunter, eine scheinbar endlose Aneinanderreihung hoher unebener Stufen, die direkt in den Sandstein gehauen waren. »Der Sandstein ist weich, Magister, aber diese Stufen sind nicht besonders abgenutzt. Was meint Ihr?«

»Ein höchst privater Weg, Tuhorus. Ich würde sagen, daß nur der Hem-Neter-Tepi des Tempels diese Treppe benutzt hat.«

»Sie *ist* benutzt wurden, was mag uns also unten erwarten?«

»Da ist der Absatz, der zu den Tempelkellern führt«, stellte Inhetep fest. »Laßt uns noch einen Blick auf die Treppen weiter unten werfen.« Nach ein paar Stufen blieben beide stehen und begutachteten den dortigen Abrieb des Sandsteins. »Viel weniger hier, aber immer noch ...«

Der Inspektor war derselben Ansicht. »Anscheinend gibt es hier unten etwas, das viele von den Hohenpriestern Sets hergeführt hat, Magister. Mir gefällt das nicht!«

Schließlich erreichten sie den Fuß der Treppe, mindestens dreißig Meter unter der Erde. Der kleine Raum am Boden war ebenfalls aus dem Gestein gemeißelt, und in seiner Mitte befand sich ein Schacht, der noch tiefer nach unten führte. »Riecht Ihr es? Das ist ein Brunnen, Tuhorus.«

»Das kann nicht der Hauptgrund für soviel Geheimniskrämerei sein, oder?«

»Nein, das glaube ich auch nicht.« Inhetep sah sich in der ovalen Kammer um, die mit Götzenbildern dekoriert war. Jede Statue stand in einer eigenen Nische in der Wölbung der Wand. »Sechs Statuen, Inspektor, und nicht eine einzige von Set oder seinen Gefährten. Und hier! Seht Euch das an«, drängte der Zauberpriester seinen Begleiter. »Der Stein von Hapys Kopf ist abgegriffen«, sagte er, indem er auf die Statue der Nyllegottheit in der nächsten Nische zeigte. »Sehen wir uns den Rest an.«

Jede dieser Steinfiguren zeigte dieselbe Art der Abnutzung. Tuhorus wollte schon das Offensichtliche tun und eine Statue ausprobieren, um festzustellen, was sie bewegten, denn die Götzenbilder waren ganz offenbar das Mittel, um aus der Kammer herauszukommen, doch der Magister hielt ihn davon ab. »Wartet, Chefinspektor. Seht Euch vor! Irgend etwas stimmt nicht. Das ist alles viel zu offensichtlich, und die Anzahl stimmt ebenfalls nicht. Es sollten sieben Statuen hier sein, für die Sieben Bösen, und von den sechs hier anwesenden ist keine einzige richtig. Habt Ihr die Fähigkeit, Auren und Heka zu lesen?«

»Bis zu einem gewissen Grad, Inhetep. Ich habe bereits eine starke preternatürliche Strahlung bemerkt, welche die ganze Kammer hier durchdringt.«

»Ja, und in der Umgebung der Statuen ist sie besonders stark, aber ich betrachte sie als Schirm. Dort drüben von jener Stelle an der Wand, wo sich weder Nische noch Statue befindet, kommt gar nichts.«

»Ich kann hier überhaupt keine Magie spüren, Inhetep. Meint Ihr …?«

»Dort werden wir nach dem Ausgang suchen, Tuhorus. Helft mir, die Wand dort drüben zu untersuchen.«

Winzige Flecken auf dem Boden deuteten darauf hin, daß sich auch schon andere dorthin bewegt hatten. Ihr Tastsinn enthüllte schließlich, daß in die scheinbar glatten Wände Schriftzeichen gemeißelt waren, die Sieben Bösen, gekrönt von drei Inkarnationen des Set: Okapi-, Esels- und Warzenschweinkopf. »Ich glaube, wir haben drei Ausgänge«, sagte der Ur-Kheri-Heb. »Wollen wir sie öffnen und sehen, was geschieht.«

»Wie kommt es, daß wir nichts gespürt haben, als wir unseren Händen bei der Arbeit zusahen, Magister, die Markierungen mit abgewandtem Blick jedoch ertasten konnten?«

»Das liegt an dem Zauber, der hier zur Anwendung gelangt. Das Heka macht die Augen blind und gleichzeitig zum Herrscher über alle anderen Sinne.«

»Aber es gibt keine Aura!«

»Keine, die wir lesen können, Inspektor, aber hier ist ganz zweifellos Macht am Werk. Das sollte Euch nach allem, was bislang geschehen ist, nicht weiter überraschen.« Inhetep preßte die Finger gegen die Schriftzeichen, und der Druck aktivierte zuerst die rechte und dann die linke Steinfliese, hinter denen sich die Ausgänge aus der Kammer verbargen. Schließlich öffnete sich die mittlere und entzog die Zeichen damit der Berührung des Zauberpriesters. »Das sind die richtigen Mittel und Wege, um diese Kammer zu verlassen, Tuhorus, aber welcher der drei Gänge ist der richtige für uns?«

»Yakeem hat einen dieser drei gewählt?«

»Ich bin mir dessen sicher. Gibt es irgendein Anzeichen dafür, daß er durch einen bestimmten Gang verschwunden ist?«

»Das nicht, aber der Mittelgang ist kürzlich benutzt worden. Der Gang rechts ist schon lange nicht mehr begangen worden, und bei dem linken liegt der Fall ähnlich — beachtet den Boden und die Spinnweben!«

Inhetep schwieg und dachte nach. Einer der Gänge mußte zu dem allgemeinen Komplex unterirdischer Tunnel, mit denen das Gestein unterhalb Ons durchsetzt war, und schließlich zu dem Ausgang am Flußufer führen, der seiner Meinung nach existierte. Was war mit den anderen beiden? Irgendwo in diesen stygischen Tiefen befand sich wahrscheinlich ein verbotener Altar, der

Menschenopfern und schrecklichen Riten geweiht war. Sets Hoherpriester mußte derartigen Diensten beiwohnen, aber für welche Gemeinde? Selbst ihm schauderte bei diesem Gedanken, insbesondere wenn man die den Gottesdienst leitende Wesenheit berücksichtigte. Solch ein Ort mußte sich so weit links wie möglich befinden. Das paßte. Der mittlere der drei Wege sah benutzt aus, aber kein Ort wie dieser wäre schutzlos. Die sechs offensichtlichen Portale stellten die erste Verteidigungslinie dar. Sie führten gewiß in Sackgassen oder Schlimmeres. Schon der Versuch, ein Portal zu aktivieren, konnte sich als tödlich erweisen. Trotz der sorgfältigen Tarnung des tatsächlichen Weges hatten sich die Architekten der Anlage damit sicherlich nicht zufriedengegeben. Der linke Weg würde Lebensgefahr und Tod durch die Bewohner herbeiführen, die dort hausten. Der Magister schnippte mit den Fingern, als ihm eine Methode einfiel, sich Gewißheit zu verschaffen. »Paßt genau auf, Tuhorus, während ich den rechten Gang betrete.« Der Magister schob die herabhängenden Spinnweben zur Seite und betrat den Gang.

»Der Gang sieht aus, als wärt Ihr nie hineingegangen, Inhetep!« rief ihm der Inspektor nach. »Der Staub ist wieder da, und die Spinnweben sehen so unberührt aus wie eh und je.«

»Dann ist dies der Gang, Chefinspektor. Laßt die anderen, wie sie sind, und folgt mir.« Nach wenigen Herzschlägen hatte Tuhorus Setne eingeholt, und die beiden drangen tiefer ins Unbekannte vor. Es dauerte nicht lange, bis sich die Natur des Weges änderte. Der Zauberpriester erkannte rasch, daß sie jetzt die Hauptarterie des Labyrinths erreicht hatten. »Die Kreuzung sieht irgendwie vertraut aus, nicht wahr? Dieselbe Kunstfertigkeit wie unter dem Palast des Statthalters. Und es geht langsam bergauf — das muß der Ausgang am Nylleufer sein, wie ich es mir gedacht habe. Da Yakeem bereits eine Stunde Vorsprung hat, ist es völlig sinnlos, diesen

Weg jetzt weiterzuverfolgen. Laßt uns umkehren und sehen, ob wir nicht Absobek-khaibet aufstöbern können.«

»Aber dadurch gestatten wir dem Attentäter, seine Spur vollständig zu verwischen und sich seiner Verhaftung endgültig zu entziehen.«

»Ich weiß, wo er hingeht, und dort wird er sein, wenn wir ihn dort haben wollen«, versicherte der Ur-Kheri-Heb dem Chefinspektor. »Da sich der angebliche Uab offensichtlich mit seinen Herren entzweit hat, glaube ich, daß er derjenige ist, den es jetzt zu schnappen gilt.«

»Ihr glaubt, er ist irgendwo hier unten?«

»Wo sonst würdet Ihr Euch verstecken, wenn Euch der Dahlikil auf den Fersen wäre?«

»Kennt Yakeem dieses Labyrinth nicht ebensogut wie der Hochstapler-Priester?«

»Ja und nein. Vergeßt nicht, daß die Person, die sich als Absobek-khaibet ausgibt, nur in dem Sinn ein Hochstapler ist, daß sie kein Uab des Set ist — der Mann ist ein Kheri-Heb, dessen Erfahrung in der Priesterkræft ihm wahrscheinlich ermöglicht hat, sich diese Gänge einzuprägen wie eine Ratte die Tunnel ihres Baus, Tuhorus. Selbst Yakeem würde sich nur äußerst ungern an einen Ort wagen, der solchen Dingen gewidmet ist, wie dem übelsten aller unserer unterirdischen Gefilde und den Niederwesen, welche in den scheußlichsten Regionen der Duat hausen.«

»Ja, ich verstehe. Also gibt es einen aktiven Bluttempel in der Stadt«, sagte der Inspektor leise. Aus seinem Tonfall sprach äußerster Abscheu. »Das erklärt die hohe Anzahl spurlos Verschwundener in diesem Jahr und auch im letzten ...«

Normalerweise wurden Sklaven und Vagabunden für die verbotenen Opferungen benutzt. Bei besonderen Gelegenheiten entführten die Anhänger der schändlichsten Herren des Bösen jedoch auch andere Personen. Jetzt brachte der Chefinspektor diese Vorfälle mit den in seiner Präfektur Verschwundenen oder Vermißten in Verbindung.

»Tuhorus, ich hielte mich auch an religiöse und politische Feinde, nicht nur an ... äh ... solche, die üblicherweise als mögliche Menschenopfer betrachtet werden.«

»Der andere unbenutzte Weg, der linke. Das ist der Weg zu dem verbotenen Tempel, nicht wahr?«

Der Ur-Kheri-Heb des Thot nickte. »Wir werden uns persönlich davon überzeugen. Wegen der vollständigen Ächtung des Aapep in Ægypten vermute ich, daß der Bluttempel ihm gewidmet ist — natürlich mit kleineren Schreinen für Set, Seker, Sobek und die anderen.«

Nachdem sie in die ovale Kammer zurückgekehrt waren, betraten die beiden Detektive den anderen scheinbar unbenutzten Gang. Er brachte sie bald weiter nach unten und in einen gewölbten Tunnel, der mit *Bas*reliefs und Wandgemälden der übelsten Sorte verziert war, auf denen unaussprechliche Dinge dargestellt wurden. Der breite Gang führte weiter nach unten, wobei in unregelmäßigen Abständen Zugänge abzweigten. Welche Zerrbilder von Menschen beschritten diesen Weg, um die Gemeinde für diese scheußlichen Opferzeremonien zu bilden? An solch einem Ort traf man sehr wahrscheinlich auf alle möglichen Arten ghulischer Wesen: lichthassende Vampire, Humanoide, die schon so lange unter der Erde hausten, daß sie keine Menschen mehr waren, und natürlich auch dämonische Kreaturen. Hier trafen sich die schlimmsten Kreaturen der unterirdischen Ærde zu ihren schauerlichen Ritualen. Inhetep benutzte sein goldenes Ankh, um sie beide in ein silbriges Licht zu hüllen, das heller leuchtete als der Vollmond und dessen Strahlen ihre Haut in einer knisternden Energie badeten, die sie erfrischte und kräftigte.

»Bewirkt dieses Leuchten noch mehr als das, was ich spüre?« fragte Tuhorus.

»Nicht für uns«, erwiderte der Magister, »aber auf alle jene mit unnatürlichem Leben — Zombies, Untote und sogar die Nichtlebenden, also alle, die ihre Kraft durch schwarzes Heka, durch das Negative, erhalten — hat es eine schädliche Wirkung. Ihre Augen werden durch das Licht geblendet, und ihre Substanz wird durch die Flut positiver Kraft zerstört, wie Säure uns zerfressen würde. So wie unseren Körpern geholfen wird, haben alle ihrem Wesen nach bösen Kreaturen unter der Wirkung dieses Heka zu leiden.«

»Mächtige Magie«, kommentierte Tuhorus voller Bewunderung. »Nicht viele können solche Zauber wirken.«

»Wir wollen hoffen, daß es der Diener des Aapep, den wir suchen, nicht kann, denn andernfalls könnte der falsche Absobek-khaibet mein eigenes Dweomer mit seinem Gegenteil, einer Antisphäre, kontern.«

Die Geräusche verstohlener Bewegungen und die Blicke funkensprühender, boshafter Augen, die im Stockdunkel der Seitengänge funkelten, veranlaßten Tuhorus, diesen Wunsch seines Gefährten inbrünstig zu unterstützen. »Zumindest habe ich das hier«, sagte er und umklammerte das Heft seines Dolches.

»Ein Schwert wäre besser, Inspektor. Mit dem kleinen Messer könnt ...«

»Besser?«

»Ja, bes ...« Inhetep unterbrach sich mitten im Wort, als ihm klar wurde, daß sein Begleiter eine Frage bezüglich der Waffe stellte, die er hielt, und nicht die Bemerkung des Magisters in Frage stellte. Setne grinste dem Inspektor zu, denn der hatte den Dolch vor seinen Augen in ein mittelgroßes Schwert ähnlich einem griechischen Kurzschwert verwandelt. »Besser! Ein ausgeklügeltes Dweomer, Inspektor. Habt Ihr noch andere Tricks mit dieser Klinge auf Lager?«

»Nur tödliche Hiebe und Stöße, aber die haben mir in der Vergangenheit gute Dienste geleistet. Ich glaube, die Säulen dort hinten markieren den Eingang zum Bluttempel. Vielleicht werde ich schon bald Gelegenheit bekommen, meine Fähigkeiten zu testen, aber irgendwie kann ich mich nicht durchringen, mir diesen Test zu wünschen.«

Vielleicht lag es an ihrem unerwarteten Auftreten. Und schließlich waren die Bewohner dieses Ortes keine organisierte Gemeinschaft. Gewiß hielt die Magie von Inheteps Ankh alle jene lauernden Monstrositäten in Schach, die sich sonst auf sie gestürzt hätten. Der Zauberpriester und der Chefinspektor gingen unbehelligt weiter und erreichten sehr bald den eigentlichen Tempel. Eine Reihe kurzer Treppen mit breiten Stufen zwischen Säulen markierte in der Tat die Grenzen dieses düsteren Ortes, an dem das Böse angebetet wurde. Sie waren einen Gang entlanggegangen, der fast zehn Schritte breit war, und als die beiden Männer die drei Stufen der ersten Treppe hinabstiegen, entdeckten sie hinter den Säulen einen breiteren vestibülartigen Raum.

»Hütet Euch vor diesen Sigillen, Tuhorus«, warnte der Magister. Schlangenrunen einer nichtÆgyptischen Schrift, vielleicht nicht einmal menschlichen Ursprungs, wanden sich über den Boden, die nächste Treppe hinunter und aufwärts, um sich um vier größere Säulen zu winden. »Sie tragen üble Magie in ihren Schlingen.«

»Woher wißt Ihr das? Die Schrift ist nicht natürlich!«

»Ihr sagt es, Inspektor. Sie stammt aus einem Zeitalter, bevor die Menschheit auf der Ærde wandelte. Aber ich weiß es dennoch, da sie immer noch von einer Handvoll der verderbtesten Dweomerkræftler benutzt wird — und von jenen Priestern, die dem Bösen in Darfur dienen. Zumindest können wir sicher sein, daß sich dahinter der Bluttempel befindet und daß es ein sehr alter Tempel ist, der Aapep seit Jahrtausenden mit Blut und Tod dient.«

Chefinspektor Tuhorus wurde immer nervöser. »Wie kommen wir hindurch? Die Sigillen bilden eine Schranke, die von Wand zu Wand reicht. Wir würden Flügel brauchen, um ...«

»Die würden uns auch nichts nutzen. Die Zeichen sind in den Stein gemeißelt, um alle Eindringlinge abzuwehren, und wir würden ihre Wirkung selbst dann spüren, wenn wir über den Stein hinwegflögen. Es gibt jedoch Zeiten, da die Wirkung aufgehoben ist, dann nämlich, wenn die Gläubigen sie passieren, um den Tempel zu betreten und das monströse Böse zu füttern, dem sie dienen. Außerdem kann jeder Priester, der den im Tempel verehrten Wesenheiten verbunden ist, die Schutzzone ohne nachteilige Wirkung durchqueren. Da wir jedoch nicht Stunden mit der Suche nach dem Mittel zu ihrer Neutralisierung verbringen können, sollten wir sie einfach übergehen«, sagte der Magister trocken. Dann zog er zwei kleine Holzstäbe aus den Taschen seiner Tunika. Jeder war eine Handbreit lang. Einen Stab warf er an den vier Steinsäulen am Fuß der Treppe vorbei, den anderen legte er vor sich auf den Boden.

»Macht es mir nach, Tuhorus!« Inhetep tat einen Schritt auf die Treppe zu. In diesem Augenblick war er noch da, im nächsten stand er hinter den Säulen. »Berührt nicht die ›Schwelle‹, Inspektor! Wir werden sie bei unserer Rückkehr noch brauchen«, überbrückte er mit gedämpfter Stimme die zwischen ihnen liegenden etwa zehn Meter.

Der Inspektor folgte, wobei er hoffte, daß kein anderer Bewohner dieser Tiefen beschloß, sich das verzauberte Stück Holz näher anzusehen. Ein merkwürdiges Gefühl beschlich ihn, als er bei der Nachahmung der Schritte des Zauberpriesters ins Stolpern geriet und beinahe gefallen wäre. Einen Augenblick später glaubte er einen leichten Widerstand zu durchbrechen, als durchstoße er eine Membrane. Dann stand er neben Magister Inhetep. »Ich lerne den wahren Wert der Magie in unserem Beruf langsam schätzen, Utchat-Neb«, sagte Tuhorus bewundernd. Sie gingen über den Treppenabsatz zu einer noch breiteren Stiege.

»Diese vier Säulen sind dargestalt angeordnet, um jedes Eindringen zu verhindern«, sagte Inhetep, als habe er seinen Begleiter nicht gehört. »Die drei großen sind gegen alle Formen von Strahlung und alle im Element Luft beheimateten Störungen — wie Licht, Hitze, Geräusche und sogar Dinge ætherischen Ursprungs — gefeit.«

»Dann können wir also problemlos hindurchschreiten.«

»Das können wir, aber rechnet dahinter mit hellen Flammen, Dunkelheit oder einer brüllenden Schlange mit Augen, aus denen Blitze der Vernichtung schießen. Und wir werden es erst sehen, wenn wir die dritte Stufe hinter uns gebracht haben und den Tempel betreten.«

Also schritten sie die breiten Stufen hinab, bis sie schließlich auf der letzten standen, die sie vorsichtig verließen. Sie fanden sich in einem abgesehen von dem silbrigen Leuchten des Ankh völlig lichtlosen Raum wieder. Der Steinboden und die Wände waren schwarz wie Basalt, sogar die gewaltigen Säulen, deren Reihen sich links und rechts in die Dunkelheit erstreckten. Hinter den mächtigen Pfeilern, welche den Weg flankierten, entdeckten sie Seitenschiffe, die von kleineren Säulen eingefaßt waren, doch was hinter diesen kleinen Säulen lag, verbarg sich in der Dunkelheit, verbarg sich auch vor dem metallischen Glanz, der von dem geweihten Gegenstand in Setnes Händen ausging. Irgendwo mußte es Wege geben, die nach oben führten, denn obschon die Decke über ihren Köpfen in der Dunkelheit nicht erkennbar war, wurde ein Balkon mit Geländer sichtbar, deren Säulengänge sechs Meter über ihnen parallel zu den Pfeilern dieser Ebene verliefen.

Inhetep schritt vorwärts, während sein Begleiter ein wenig zurückblieb und sich umdrehte, um gegen Überraschungen von hinten gewappnet zu sein. Keiner sagte etwas. Schließlich war es Tuhorus, der dunklere Gestalten in der Schwärze über ihnen ausmachte, flatternde, fledermausähnliche Dinger, die herabstießen und verschwanden und wieder auftauchten. »Bei Hathors Hörnern, Magister!« rief er, während sie langsam tiefer in den riesigen Tempel eindrangen. »Sie *verzehren* Euer Licht!«

Immer dann, wenn eines der koboldgesichtigen Wesen mit der silbrigen Lichtsphäre in Berührung kam, wurde das Leuchten durch einen schwarzen Punkt ersetzt. Sie verschlangen das Licht tatsächlich. »Chiroptera! Die Wesen kommen aus der Schattensphäre, Tuhorus!« rief er dem Chefinspektor zu. »Wenn wir sie nicht aufhalten, werden sie von dem magischen Licht fressen, bis es vernichtet ist.«

»Ich kann versuchen, sie mit dem Schwert zu töten, aber sie sind klein und flink.«

»Ihr könntet bestenfalls ein Dutzend erwischen, mein Freund«, sagte Inhetep, während er wieder in den Taschen seiner Tunika wühlte. »Wir brauchen etwas Wirkungsvolleres.« Er hielt dem Inspektor seine geöffnete Handfläche entgegen.

»Zwei Haubenreiherminiaturen aus Silber. Soll ich ihre künstlerische Vollkommenheit bewundern, oder was?«

»Nicht ganz korrekt. Und jetzt beobachtet sie!« Der Zauberpriester warf die beiden kleinen Figuren mit einem Rucken des Handgelenks in die Dunkelheit über ihren Köpfen und sprach dann rasch ein paar Worte Hekau, irgendeine Beschwörung. Plötzlich explodierten hoch über ihnen zwei vielfarbige Flammen, deren Licht die Steindecke etwa zwanzig Meter über ihnen sichtbar werden ließ. Augenblicklich stürzten sich ganze Scharen der fledermausähnlichen Kreaturen auf die lodernden Flammen, wurden jedoch ebenso rasch von ihnen verzehrt, und die Chiroptera regneten als ausgebrannte Hüllen zu Boden, die zu Asche zerfielen, wenn sie auf den Steinboden aufschlugen.

»Bennu!« Der Chefinspektor bezog sich auf den

Ægyptischen Verwandten des Phönix. »Ihr habt zwei von ihnen beschworen!«

»Leicht. Dieser ganze Ort steht weitgehend im Einklang mit der Ebene des Feuers, Tuhorus. Unser Mann ist hier, gar kein Zweifel!«

Während die lichthassenden Wesen aus Schatten von den Vogelwesen aus der Empyrealen Sphäre in Aschehaufen verwandelt wurden, drangen Inhetep und Tuhorus tiefer in das Gewölbe vor, in dem die Verehrung des unaussprechlich bösen Aapep von höchstem Stellenwert war. Die flammenden Gestalten der Bennu sandten tanzende Lichter und Schatten in sich ständig verändernden Mustern durch den Bluttempel. Diese Beleuchtung reichte den beiden Männern, damit sie das allgemeine Ausmaß des Tempels erkennen und feststellen konnten, daß sein oberes Ende aus einer Reihe von Gängen bestand, die zu anderen unterirdischen Orten führten. »Der böse Zauberpriester strömt Heka aus, Inspektor, das die Bennu anziehen wird. Ich brauche sie nur aus meiner Kontrolle zu entlassen.«

»Dann tut es, Magister!« drängte der Inspektor. »Je eher wir diesen scheußlichen Ort verlassen, desto glücklicher bin ich!«

Tatsächlich brauchte Inhetep keine Ermunterung. Er war bereits damit beschäftigt, die Bindung zu den Bennu zu lockern, so daß sie sich aus seiner unmittelbaren Umgebung lösen konnten. Sie würden die Energie aus ihrer eigenen Ebene suchen, und folglich würden sie die geflügelten Wesen aus reinem Feuer zu der Stelle führen, wo der falsche Absobek-khaibet lauerte. Direkt vor ihnen befand sich ein massiver Altar, dahinter eine Wand aus solidem Stein, in die das monströse Abbild einer zusammengerollten Schlange gemeißelt war. Die beiden Feuerwesen flogen dorthin, ihre vielfarbigen Flammen erweckten den Eindruck, als würde die Reihe der sechs Götzenbilder, die unter dem Abbild von Aapep stand, schwanken und schaukeln. Die Augen des

Magisters waren starr auf diese Reihe gerichtet, denn in ihrer Mitte befand sich eine siebte, lebendige Gestalt. »Ich habe dich, Kheri-Heb!« rief er.

»Nein, Schwachkopf des Thot, ich habe dich!« rief der böse Zauberpriester zurück. Das gemeißelte Abbild der krokodilköpfigen Schlange krümmte sich, und ihre gewaltigen Vorderpfoten schossen vor. Sie fingen die Bennu aus der Luft, steinerne Klauen schlossen sich um sie, und das Licht im Bluttempel erlosch.

15

Magie und Mord

In diese stygische Finsternis drang ein Nebel aus Bläschen ein, der von Mondlicht beschienenem Wasser ähnelte. Die Wolke bildete sich über dem blutgetränkten Altar, verdichtete sich und wurde heller. Dann regnete das blauweiße Leuchten herunter, und phosphorweiß glänzende Partikel bedeckten die Felswand, in welche die Darstellung des Vorfahrs aller Bösen Schlangen Aapep eingemeißelt war. Das flüssige Licht fiel auf die Götzenbilder jener finsteren Gottheiten, die mit dem schrecklichen Wurm verbündet waren, und ließ die Umrisse des bösen Hexenpriesters deutlich hervortreten. Dies war Inheteps übernatürliches Licht, ein Dweomer, das Mondlicht und Wasser zu einem unentrinnbaren Mantel verwob, der das Element des Feuers dämpfte und dem Zauberpriester genau verriet, wo sein böser Widerpart stand.

Gleichzeitig war jedoch auch der falsche Absobekkhaibet nicht untätig gewesen. Etwas Schwärzeres als Schwarz schlängelte und wand sich jetzt über den glatten Stein des Tempelbodens. Zwar wurde es von dem phosphoreszierenden Schauer nicht durchtränkt, doch dafür wurde es langsam sichtbar, wie dies bei einer Masse kalten Stahls der Fall sein mochte, die durch ein unsichtbares Feuer erhitzt wurde. Seine Hitze kam jedoch von innen, denn es war eine Schlange aus Eisen, deren Kern geschmolzen war. Diese Metallgestalt erhob sich wie eine Kobra, und zwei mattrote Flecke wurden immer heller, als handele es sich tatsächlich um eine lebendige Schlange mit Augen aus rotglühendem Metall. Und die ganze Zeit regnete die magische Beleuchtung herab, doch der Hexenpriester des Bösen achtete nicht auf den Niederschlag. Er war ausschließlich mit seinem eigenen Zauber beschäftigt und ließ Heka in die von ihm beschworene Schlange fließen, ohne irgend etwas anderes zu beachten. Bald erhob sich die Metallschlange, ihr Kopf schwankte vor und zurück, und die Energie darin wuchs, bis sie fast platzte.

Geschmolzenes Gift würde aus ihrem Maul schießen, während sich die Windungen ihres harten Leibes vorwärtsschlängeln würden, um diejenigen zu umschlingen, welche es wagten, sich gegen die Macht eines Kheri-Heb des Aapep zu stellen, sich dem Hexenpriester in dessen eigenem Heiligtum zu widersetzen! Schließlich stand der schändliche Anwender direkt im Fokus der Macht des Aapep, und das Heka, über das er gebot, war hier unendlich viel mächtiger als anderswo. »So stirb also, Magister Inhetep!« schrie der Mann triumphierend. Seine letzten Worte aktivierten die riesige Kobra.

Tuhorus war machtlos. Der feindliche Zauberpriester hatte das magische Licht des Magisters ausgeblasen. Der Inspektor duckte sich. Bevor er noch etwas unternehmen konnte, hörte er Inhetep ein paar Worte singen, und der perlige Nebel brachte wieder Licht in das Dunkel des Bluttempels. Dann sah er die schwärzer-alsschwarze Form Gestalt annehmen. Er war nicht sicher, worum es sich dabei handelte, aber er wußte, daß das Ding eine Schöpfung des üblen Kheri-Heb war, also tat er, was er konnte. Immer noch geduckt, huschte der Inspektor nach rechts. Als er an der Linie der einen Meter dicken Säulen vorbei war, bog er im rechten Winkel ab und spurtete in Richtung Altar. Du kannst deine magischen Kräfte gegen den Utchat-Neb einsetzen, oder du kannst versuchen, mich aufzuhalten, aber du kannst nicht beides! dachte Tuhorus, und das hielt er sich ständig vor Augen, während er vorwärtsstürmte. Er hielt das Schwert vor sich und war bereit zu sterben.

In der Zwischenzeit hatte sich die beschworene Schlange Inhetep genähert. Jetzt erhob sie sich, und eine feurige Röte teilte ihre Kiefer, als der riesige Körper wie eine Stahlfeder vorschnellte. Ein dicker Strahl rötlichgrauen Gifts spritzte aus ihrem Maul. Er traf eine glänzende Scheibe, die aus dem Nichts aufgetaucht war, zerstob zu ätzenden Tropfen und löste sich zischend in nichts auf, als der Strahl harmlos vor dem Magister verpuffte. Doch dann traf der eiserne Kopf der Kobra auf den silbernen Schild, der in metallische Scherben zersprang, die mit einem lauten Klirren auf den Steinboden regneten und verschwanden.

»Sinnlos!« rief die hämische Stimme des Aapep-Dieners.

»Melodisch!« konterte der Magister, und noch während er sprach, zog sich das noch in der Luft hängende Klirren der Metallscherben auf dem Steinboden in die Länge, und das Scheppern wurde tiefer. Daraus erwuchs eine Sequenz aus drei Tönen, die in rhythmischen Wellen durch die Höhle des Tempels hallte. »Eure Schmusekobra scheint sich bezaubern zu lassen!« rief er, da das eiserne Monster jetzt vor ihm hin und her schwankte, als sei es irgendein sonderbares Metronom. Links, rechts, vor und zurück, doch niemals ganz in Übereinstimmung mit den drei Tönen, die jetzt mit voller Wucht durch den unterirdischen Tempel rollten und pulsierten. Immer schneller bewegte sich die unnatürliche Schlange, als die Geräuschwellen stiegen und sanken und sich ausdehnten. Der Nachhall wurde erneuert, neu formuliert und wiederholt, so daß immer rascher aufeinanderfolgende Noten ein immer dichteres Netz um das tödliche Metallmonster des bösen Hexenpriesters woben.

Da er wußte, daß seine Magie versagte, wollte der Mann gerade versuchen, die Metallschlange zurückzuziehen, oder sie auf seinen Feind zu hetzen, um ihn in einem selbstmörderischen Ansturm doch noch zu überwinden, als er Tuhorus aus dem Augenwinkel erspähte. Der Kheri-Heb fuhr herum, wobei er seine mentale Verbindung zu der Kobra abreißen ließ, und schleuderte einen Hagel feuriger Pfeile in Richtung des Inspektors. Dann rannte er zu einem Tunnel neben der Wand mit der Aapep-Darstellung und verschwand darin.

Inspektor Tuhorus benutzte seine Klinge, um zwei flammende Pfeile abzuwehren, die auf seinen Kopf zurasten. Ein weiterer Pfeil versengte seine Brust, als er an ihm vorbeiraste. Sein Hemd ging in Flammen auf, wo es von dem feurigen Geschoß berührt worden war, und sein kurzer Umhang wurde von einem weiteren Pfeil, der durch seine Kleidung stob, ebenfalls in Brand gesetzt. Dann wurde er von immer mehr Pfeilen an Körper und Gliedmaßen getroffen. Er fiel zu Boden, krümmte sich vor Schmerzen und wälzte sich herum, um das Feuer zu ersticken, das jetzt mit gierig flammenden Zungen nach ihm leckte.

Der Geräuschsturm, den Inheteps Gegen-Heka entfacht hatte, steigerte sich zu einem Crescendo, und jene schallenden Noten ließen die Eisenschlange erbeben. Sie zerbarst plötzlich in zehntausend Teile, jedes ein winziger Meteor, der für den Bruchteil einer Sekunde in höllischem Feuer brannte und dann erlosch. Nach diesem pyrotechnischen Schauspiel legten sich die Wellen des metallischen Dreiklangs, und das rote Licht wurde wieder durch den schwachen mondhellen Schein abgelöst. Der Magister hatte den Angriff auf Tuhorus gesehen, denn sein Zauber bedurfte keiner Konzentration, um dessen Wirkung aufrechtzuerhalten. Setne eilte dem Inspektor zu Hilfe, als ihn etwas anderes ablenkte: Die sechs Steinstatuen setzten sich mit schwerfälligen Schritten in Bewegung, und die s-förmige Abbildung der Schlange erwachte ebenfalls zum Leben.

»Bei Thot, das ist selbst für mich zuviel«, grollte Inhetep. Mit einer wilden Ausholbewegung warf er sein kostbares Ankh aus verzaubertem Gold direkt in das klaffende Maul des monströsen Aapep. Er hatte genau gezielt, und der Gegenstandszauber flog an den Steinzähnen vorbei in die Gurgel der Schlange. Es gab einen riesigen Blitz aus silbrig-goldenem Licht, und dann wurde die Realität wiederhergestellt. Die Mauer lag wieder bewegungslos vor ihm, ihr darin eingemeißeltes Monster war wieder fest und leblos, und die sechs Statuen der Bösen Gottheiten des Aapep waren nur noch Hüllen aus Stein — unbelebt und machtlos. »Das war drastisch, aber ...«, murmelte er, während er zu der Stelle eilte, wo der Inspektor lag. »Die Mächte des Gleichgewichts werden Aapep und seine Meute eine Zeitlang ruhighalten — hoffentlich so lange, daß ich mich um diesen dreckigen Kheri-Heb kümmern kann, der sich lieber auf seinen Herrn verläßt, als seine Kämpfe selber auszufechten.«

»Aaah«, stöhnte der Inspektor schwach, als Inhetep ihn berührte. »Ich bin überall verbrannt, und diese Pfeile scheinen meine Innereien gekocht zu haben. Laßt mich hier — ich bin erledigt, Magister. Erwischt diesen verdammten Bastard für mich ...«

»Und ich dachte, Ihr wüßtet etwas über Heka«, mahnte Inhetep nur halb im Scherz. »Wenn wir diese Affäre erledigt haben, nehmt Ihr Euch besser ein Urlaubsjahr — und zwar ein volles, würde ich sagen. Ihr müßt Eure Fähigkeiten in jenen Richtungen der Dweomerkræft entwickeln, für die Ihr Talent habt.« Inhetep griff sich an den Hals und zog eine Silberkette aus dem Kragen seiner Tunika, an der eine kleine Phiole hing. Er ließ winzige Tröpfchen einer opalisierenden Flüssigkeit daraus hervorquellen, jeweils einen für jeden Teil des verstümmelten Körpers des Chefinspektors. Kopf, Hals, Brust, Unterleib sowie die vier Gliedmaßen. Alles in allem acht Tropfen. »Thot ist auch ein Heiler, müßt Ihr wissen. Ich weiß, die Schmerzen sind schrecklich, aber Ihr werdet Euch bald besser fühlen. Bleibt nur still liegen und versucht Euch zu entspannen.« Er beobachtete Tuhorus' Miene, und nach einer Minute sah Setne eine Veränderung, also fuhr er fort. »Seht Ihr? Der Schmerz hat nachgelassen, und Ihr könnt auch schon wieder tiefer atmen.« Der Inspektor brachte ein schwaches Lächeln und ein Nicken zustande. »Habt Ihr gesehen, wohin der Feind verschwunden ist? Könnt Ihr es mir sagen?«

»Ja«, flüsterte Tuhorus. »Er ist in den rechten Gang gerannt — in den neben der Statue von Seker.«

»Versucht nicht, darauf zu zeigen, Mann! Ich finde ihn auch so — es gibt doch nur zwei. Ich werde diesem Abschaum folgen. Zwar habe ich mein Ankh nicht mehr, aber dafür bereitet es dieser Schlange der Verdammnis ernsthafte Verdauungsstörungen, hoffe ich! Wenn ja, wird dieser bösartige kleine Kheri-Heb ebenfalls knapp an Heka sein.«

»Wartet auf mich!« bat der Inspektor, nun schon mit kräftigerer Stimme.

Der Magister schüttelte den Kopf. »Nicht einmal eine Minute, und Ihr braucht noch ein paar mehr, bevor Ihr in der Lage seid, aufzustehen und zu gehen. Ich muß mich jetzt auf den Weg machen. Folgt mir, sobald Ihr Euch stark genug fühlt, aber übertreibt nicht. Dies wird Euch unterwegs leuchten«, fügte Inhetep hinzu, während er eine Scheibe aus blassem Onyx in Tuhorus' Hände legte. »Denkt an Sehen, und das wird einen Strahl Mondlicht vorausschicken.« Der Inspektor nickte, also eilte Inhetep zu der Stelle, wo der düstere Tunneleingang den lebendigen Stein der hintersten Mauer durchbrach. Ein etwa eineinhalb Meter breiter Gang verlief in gerader Linie durch das Gestein, und der Zauberpriester marschierte mit tödlicher Entschlossenheit in jenen Tunnel hinein.

Nach nur ein paar Schritten verwandelte sich der kalte Stein des Tunnelbodens in ein Bett aus glühenden Kohlen. Der Hexenpriester schützte sich mit Geschick. Tatsächlich begrüßte der Magister das, da ihn der Pfad aus tödlicher Hitze direkt zu seinem Widersacher führen würde. Wasser, um die Kohlen zu löschen, würde den Tunnel mit heißem Dampf füllen, aber Sand würde das Feuer wirksam ersticken. Natürlich war es riskant, denn die Magie würde gewiß einen Fuß des Deckengesteins abtragen, aber Inhetep zögerte keine Sekunde lang. Das Bett aus glühenden Kohlen hatte kaum die Sohlen seiner Sandalen angesengt, als er auch schon die Hekau äußerte, die erforderlich waren, um einen Teil der Steindecke zu zersetzen. Gestein verwandelte sich in Sandkörner, die wie aus Kübeln auf die Kohlen herabregneten. Inhetep war jetzt mit kiesigem Dreck verschmiert, und der Sand unter seinen Füßen erschwerte das Gehen, aber er hastete weiter, so rasch er konnte. Da er sich mit einem anderen Kheri-Heb maß, wenngleich einem des Bösen, war es leicht, die Dweomer zu kontern — insbesondere deshalb, weil sein Gegner nicht annähernd seine Fähigkeiten besaß. Es war fast so, als würde er sich mit seinem Spiegelbild duellieren, das auf halbe Stärke reduziert war.

»Wartet! Ich komme!« rief Tuhorus, als er das matte Glühen aus dem Gang sah und der Magister etwas sagte. Er rappelte sich auf und wankte zu der Stelle, wobei er zwar mit jedem Schritt kräftiger und sicherer wurde, sich jedoch immer noch schwach und langsam vorkam. Als er schließlich die Stelle erreichte, an der er Inhetep gehört zu haben glaubte, war das rötliche Glühen verschwunden, also beschwor Tuhorus das Licht der kleinen Scheibe und folgte dem Mondlichtstrahl über den sandbedeckten Tunnelboden. Die Fußabdrücke seines Gefährten waren deutlich als Vertiefungen sichtbar, die in gerader Linie verliefen und nicht der Abzweigung nach links folgten, wo kein Sand den Boden bedeckte.

Der böse Kheri-Heb, ein gewisser Vuhata na Tuphopis, hatte sich mittlerweile jedoch den ganzen Weg entlang zu der rechteckigen Kammer zurückgezogen, die das Allerheiligste des Hohenpriesters des Bluttempels darstellte. Beim ersten Anzeichen weitreichender Fähigkeiten seitens seiner beiden Gegenspieler, und zwar sowohl in der Defensive als auch in der Offensive, war Tuphopis hierhergeeilt. Dazu hatte er auch allen Grund. Dieses ganze Gewölbe war für seine Partner nicht mehr von Interesse. Tatsächlich wußte der Hohepriester und Magier, daß sie ihn mit Freuden aus dem Weg räumen würden, um seine Verschwiegenheit darüber zu gewährleisten, wie sie Fürst Ram-f-amsu und den Hem-Neter-Tepi Chemres getötet hatten. Für den Tod und die anschließende Sendung des Aufseru-Zombies war in erster Linie er selbst verantwortlich gewesen. Seine Unfähigkeit, die beiden Detektive zu töten, die ihm jetzt auf den Fersen waren, besiegelte sein eigenes Schicksal, aber nur dann, wenn ihm vorher nicht die Flucht gelang.

Vuhata mußte nicht nur Inhetep und Tuhorus meiden, sondern darüber hinaus Ægypten auch so schnell wie möglich verlassen. Zwar war er HalbÆgypter, da seine Mutter eine geraubte Sklavin gewesen war, aber er betrachtete sich als Darfurier, weil in seinem Heimatland die dunkle Wesenheit Aapep Herr über alles war. Es war ihm nicht gelungen, die Anbetung der Größten Bösen Schlange hier zu fördern, aber seine Arbeit war auch nicht völlig vergebens gewesen. Es gab Bekehrte, die Opfer hatten Aapep gestärkt, und Vuhata na Tuphopis hatte ein Vermögen an Gold, magischen Gegenständen und kostbaren Juwelen angehäuft. Er war von den beiden Männern, die jetzt hinter ihm her waren, nur deshalb entdeckt worden, weil er noch im unterirdischen Tempel geblieben war, um seine Beute einzupakken und alle Vorbereitungen für ihren Abtransport zu treffen. Wäre es ihm gelungen, mit seinen Schätzen in sein Heimatland zurückzukehren, hätte er vielleicht ganz Darfur unter die Herrschaft seines Tempels gebracht.

Das kam jetzt natürlich nicht mehr in Frage. Nur der Schatz, den er persönlich tragen konnte, würde ihn begleiten, was der Grund dafür war, daß der Hexenpriester seinen Reichtum so sorgfältig sortiert hatte. Truhen und Ballen, die auf den Abtransport warteten, mußten geopfert werden. Vuhata na Tuphopis würde die kostbarsten Gegenstände mitnehmen, und er würde es sofort tun. Ein geheimer Fluchtweg aus dieser scheinbaren Sackgassenkammer unter On wartete auf ihn, der ihn zum Nylle führte, wo ihn ein Boot flußaufwärts bringen würde. Magie und die Weiten des Sudd, des großen Sumpfes, würden dafür sorgen, daß ihm niemand folgte. Er brauchte nur noch die vorbereiteten Kassetten und Bündel zusammenzuraffen und ein letztes Dweomer anzubringen, um seine Spur zu verwischen, dann war er verschwunden.

Ein Knarren machte Vuhata auf die Tatsache aufmerksam, daß jemand vor den beiden massiven Türen stand, welche sein Allerheiligstes von dem hinter dem eigentlichen Tempel gelegenen Komplex aus Kammern und Spezialzellen für Ritualopfer trennten. Normalerweise wäre ein halbes Dutzend einfacher Priester zur Hand gewesen, um die Verteidigung zu stärken, doch wie Matiseth Chemres waren sie alle tot. Vuhata na Tuphopis hatte die anderen fünf persönlich vom Leben zum Tode befördert, als sie ihn angegriffen hatten — ob aus Gier oder weil sie anderen gehorchten, wußte er nicht. Jetzt war er allein, und nichts stand mehr zwischen ihm und dem Zauberpriester des Thot als die magisch geschlossenen Absperrvorrichtungen an den Türen.

»Möge dich die Kröte Shogsoshog beim Eintreten verschlingen«, zischte er, während er hastig Zeichen in die Luft schrieb, Pulver auf dem Steinboden verstreute und dann einen Zauberstab mit einem Reptilienschädel als Knauf benutzte, um eine Figur in das Pulver zu zeichnen. Die bösen, in Darfur beheimateten Gottheiten ließen sich natürlich auch zu einem Dienst für einen Anhänger des Aapep bewegen, denn die Gottheiten des Bösen konnten dazu bewegt werden, sich gegenseitig zu schmeicheln. Also berief er sich jetzt darauf. Die Doppeltüren wölbten sich, und das Knarren ertönte wieder. Durch den magischen Druck von außen stand das Heka, das sie verschlossen hielt, kurz vor dem Auseinanderbrechen. Vuhata na Tuphopis stieß ein Wort aus und blies. Das farbige Pulver auf dem Boden wurde aufgewirbelt und hinweggefegt. »Wir sehen uns wieder, Inhetep«, sagte er, wobei er dafür sorgte, daß der Nachhall der geflüsterten Worte in der Luft hängen blieb, so daß der Ur-Kheri-Heb sie hören und innehalten würde. Dann würde der Krötendämon Shogsoshog zuschlagen, und vielleicht würde die ganze Angelegenheit mit dem Tod seines Feindes enden. Wenn nicht, machte das auch nichts, denn bis dahin war Vuhata längst auf und davon. Der Diener des Aapep fuhr herum, griff nach seinem Bündel und beschritt den Fluchtweg. Selbst dabei handelte es sich um ein Labyrinth, so daß ein Verfolger blind darin umhertappen würde, während einer, der mit dem Weg vertraut war, sich rasch in Sicherheit bringen konnte. Sekunden später war Tuphopis verschwunden.

Das Krachen der fallenden Türen übertönte sogar die Schleif- und Kratzgeräusche, welche beim Schließen des drehbaren Steins entstanden, den der böse Kheri-Heb bei seiner Flucht hinter sich schloß. Da der Magister sein Ankh nicht mehr besaß, blieb ihm nichts anderes übrig, als kühn vorzupreschen, da ihm die Mittel fehlten, etwaige Fallen zu entdecken. Immerhin waren die beiden Türen nach innen gefallen und sorgten so zumindest für etwas Sicherheit: Er würde in keine Fallgrube stürzen. Inhetep trat leichtfüßig auf eine der Türen und überwand die drei Meter mit zwei raschen Schritten. Der Krötendämon materialisierte und spaltete das dicke Holz, als wolle er den Zauberpriester lebendig verschlingen, aber er schlug um einen Sekundenbruchteil zu spät zu.

Mit einer flinken Bewegung beschwor der Zauberpriester eine Kreatur, die Shogsoshog feindlich gesonnen war, ein kranichartiges Wesen aus Thots ureigenen Gefilden. Der große Vogel erschien augenblicklich und ging auf den Dämon los, während Inhetep weiter in die Tiefen der ovalen Kammer vordrang und sich dem Kampf fernhielt. Der lange Schnabel des Kranichs hieb und stieß und verwundete den Krötendämon ernstlich, doch es bestand keine Hoffnung für ihn, die Auseinandersetzung siegreich zu beenden, denn Shogsoshog war eine Wesenheit von großem Einfluß, ein Halbgott aus eigener Macht. Das Vogelwesen fügte ihm Schmerz zu, aber Shogsoshog schüttelte es ab und sprang darauf los, um den Kampf zu beenden. Er quakte fürchterlich, als der Schnabel in den weichen Bauch eindrang, um dann mit den vielen giftigen Fängen in seinem Maul zuzubeißen und das Vogelwesen zu töten. Damit war der Kampf beendet, und Shogsoshog verschlang seinen Gegner in einem einzigen Bissen.

Mittlerweile hatte der Magister entdeckt, daß sich der falsche Absobek nicht mehr in der Kammer befand, in die er geflohen war. Er wandte sich um und bereitete sich auf den Kampf gegen den Dämon vor. Shogsoshog grinste, denn er wußte, daß es dem Zauberpriester an Heka-Reserven fehlte. Keine Schutzaura schien durch. »Dein Geist und deine Seele«, quakte er schaurig, »werden leckere Häppchen für mich abgeben.«

In diesem Augenblick bog Chefinspektor Tuhorus um die Ecke. Er hatte sich mittlerweile fast vollständig erholt und hielt sein Schwert bereit. Mit beiden Händen schwang er die blattförmige Klinge und durchtrennte die Wirbelsäule des Krötendämons von der Rückenmitte bis zum Ende seines Krötenkörpers. »Zurück in deine Niederungen!« rief er, als er zuschlug.

»Verblüffend!« sagte sein Gefährte eine Sekunde später, auf die leere Stelle starrend, an der Shogsoshog noch vor einer Sekunde gekauert hatte. »Ihr habt ihn in seine eigenen widerlichen Gefilde zurückgeschickt«, sagte Inhetep, während er den Polizisten mit neuem Respekt betrachtete.

»Das Schwert, Magister, das Schwert«, bellte Tuhorus, während er zu dem Ur-Kheri-Heb eilte. »Das Metall der Waffe hat mehr Heka gebunden, als ich dachte.«

»Zum Glück für uns beide, glaube ich. Wir sollten es später untersuchen. Jetzt müssen wir erst einmal den Weg finden, auf dem uns der Darfurier entkommen ist.«

»Ihr seid Euch dessen sicher?«

»O ja. Er ist kein anderer als Vuhata na Tuphopis, der übelste Diener der Schlange in ganz Darfur — und das will etwas heißen, Tuhorus.«

»Ich meinte eigentlich eher seinen Aufenthaltsort.«

»Er war auf jeden Fall hier. Er hat einen Zauber benutzt, um die Türen versperrt zu halten, und ist dann durch einen Geheimausgang geflohen. Beachtet die verstreuten Schätze und den Haufen aufgegebener Beute. Der Dummkopf verrät die Lage des Geheimgangs«, sagte der Magister, während er zu der Stelle ging, wo die Reichtümer verstreut lagen. »Dieser Teil der Mauer ist dem einzigen Stück völlig freien Bodens in diesem Teil der Kammer am nächsten. Er hätte die Geheimtür auch ebensogut gleich offen lassen können.«

Tuhorus half dem Magister bei seiner Suche nach dem Hebel, mit dem das Mauerstück bewegt werden konnte, hinter dem sich der Geheimgang verbarg. »Hier, in diesem Loch muß der Riegel sein!« rief er.

Inhetep benutzte seinen Dolch, und es gab ein metallisches Klicken. Er schob, und der scheinbar solide Fels bewegte sich, um eine halbmeterbreite Öffnung freizugeben. Mit dem Magister an der Spitze traten sie sofort hindurch. »Benutzt Eure Mondscheibe, Chefinspektor! Wir brauchen das Licht.« Tuhorus tat es, und die beiden Männer untersuchten die kurze Folge von Sackgassen, welche der Schutzmechanismus des Fluchtlabyrinths waren.

»Noch eine Geheimtür, Magister?«

»Nein, das bezweifle ich. Jemand auf der Flucht würde das Risiko nicht eingehen, eine weitere Tür öffnen zu müssen — zu kompliziert und zeitaufwendig. Die Erbauer hofften jedoch, daß eventuelle Verfolger innehalten und diese Möglichkeit berücksichtigen würden. Beobachtet diese Sackgassen einfach nicht und haltet nach einem möglichst geraden Weg Ausschau.« Nachdem sie ein paarmal falsch abgebogen waren, entdeckten sie den richtigen Gang und folgten ihm im Trab.

»Da, vor uns liegt irgend etwas!« keuchte Tuhorus. »Ein fallengelassenes Bündel?«

»Nicht ganz, Inspektor«, erwiderte Inhetep. Er näherte sich dem Haufen. »Wir haben den Kheri-Heb des Aapep, Vuhat na Tuphopis, gefunden … tot!«

16

Demaskierung des Bösen

Der Tote starrte sie mit Augen an, welche die Hölle gesehen hatten. »Bei allen Göttern, Inhetep! Er sieht genauso aus wie der Statthalter und Matiseth Chemres!«

»In der Tat, Tuhorus. Das sollte Euch etwas verraten — so wie mir. Seht doch einmal nach, was sich vor uns befindet.«

Der Inspektor stieg über die Leiche und ging ein paar Schritte weiter in den Tunnel hinein, von dem sich Tuphopis die Freiheit und nicht den plötzlichen Tod erhofft hatte. »Dieser Tunnel verläuft leicht gekrümmt, Magister!« rief er zurück. »Ich glaube, seine Erbauer haben ihn so gestaltet, um die Verfolgten außer Sicht der Verfolger zu halten, wie?«

»Kommt zurück, Tuhorus! Ihr habt zweifellos recht, und wir müssen rasch hier heraus. Ich will das Schicksal dieses Mannes nicht teilen.« Die Worte hallten in dem Gang, verklangen schnell, betonten ihren Hintergrund jedoch auf höchst bedrohliche Weise. Der Polizist kehrte hastig zurück, als werde er ebenfalls zunehmend nervös. »Wir lassen die Leiche, wie sie ist, Tuhorus, aber helft mir dabei, ihr die Wertgegenstände abzunehmen. Wir werden seinem Mörder auf keinen Fall solch ein Vermögen überlassen.« Inhetep löste einen großen Beutel vom Gürtel des toten Kheri-Heb.

»Und wohin jetzt?« fragte der Chefinspektor. »Können wir zurückkehren zu ...«

»Schsch! Sprecht leise!« zischte Inhetep. »Der Mörder könnte noch in der Nähe lauern. Haltet Eure Klinge bereit, mein Freund. Unser einziger sicherer Ausgang ist jetzt dieser Tunnel, dem der Darfurier folgen wollte. Der Weg durch den Bluttempel ist uns mit Sicherheit versperrt, da ich keinen Talisman mehr habe, um ihn zu bewältigen.«

Tuhorus wagte nicht einmal mehr ein Flüstern, sondern nickte nur. Die beiden hoben die Schätze auf, die der tote Hexenpriester bei sich trug, und setzten sich dann wieder in Bewegung. Mehrere gerade verlaufende Seitenwege eröffneten sich ihnen, aber Inhetep blieb auf der gekrümmten Route, da er annahm, daß es der direkteste, vielleicht sogar der einzige Weg zur Oberfläche war. Nach etwa einer Viertelstunde raschen Fußmarsches gelangten sie an eine Treppe, die sich nach oben erstreckte. »Wir haben es fast geschafft, Chefinspektor. Steigt hinauf und öffnet die Falltür. Ich bleibe hier unten und passe auf, daß wir nicht ausgerechnet in dem Augenblick angegriffen werden, wenn wir am wenigsten damit rechnen.«

»Ich hab's, Inhetep!« rief der Inspektor eine Minute später herunter. »Wir befinden uns in einem verfallenen Haus, und draußen bricht gerade der neue Tag an!«

Der Ur-Kheri-Heb stieg die Treppe rückwärts hinauf und behielt den Tunnel im Auge. Keine wilden Augen, die in der Dunkelheit glühten, kein Geräusch ertönte, keine Bewegung wurde laut. Es war ihnen möglich gewesen — oder gestattet worden —, den unterirdischen Höhlenkomplex unbehelligt zu verlassen. Das überraschte den Magister nicht besonders. Der Attentäter war nur mit den Mitteln für Tuphopis' Tod ausgerüstet gewesen. »Laßt uns die Falltür mit Schutt beschweren«, sagte er, während er bereits ein paar Steine darauflegte. »Ich will ganz sichergehen, daß uns niemand von hier folgt.«

»Hat uns denn jemand verfolgt?«

»Da bin ich mir fast sicher, Tuhorus. Derjenige, welcher den Kheri-Heb des Aapep getötet hat, ist mit Sicherheit in der Nähe geblieben, um uns zu beobachten.«

»Yakeem der Dahlikil?«

»Kein anderer. Und durch diese Tatsache allein fallen alle anderen Teile des Puzzles schon an ihren Platz. Laßt uns ins *Schilfrohr* zurückkehren. Ich brauche frische Kleidung und ein neues Ankh — Thot sei Dank, daß die Versammlung der Kheri-Hebu hier in On stattfindet, Tuhorus. Ihr braucht ebenfalls vernünftige Kleidung, denn wir müssen uns doch von unserer besten Seite zeigen, wenn wir dem Hauptverbrecher das Handwerk legen. Seid Ihr nicht auch dieser Ansicht, Chefinspektor?«

Wohl wissend, daß er nicht mehr von Inhetep erfahren würde, zuckte Tuhorus die Achseln und schwieg. Es verdroß ihn ein wenig, daß der Magister offenbar die Lösung des Falles kannte — und er selbst immer noch im dunkeln tappte. Nachdem sie die Falltür mit einem Haufen Schutt beschwert hatten, gingen sie nach draußen und direkt zum Flußufer, um ganz sicherzugehen, daß sie die Stelle später wiederfanden, und machten sich dann auf den Weg in die Stadt. Der Inspektor hielt einen Fuhrmann an, damit er rascher zu seiner Wohnung kam. »In einer Stunde bin ich bei Euch, Inhetep.«

»Ausgezeichnet, mein Freund!« rief ihm der Magister nach. »Ich werde bereit sein.«

Xonaapi und Unteroffizier Bekin-Tettu saßen im Hauptsalon des Gasthauses, als er das Gebäude betrat. »Wie? Ihr seid immer noch auf? Warum sitzt ihr hier unten herum?«

Der junge Wachsoldat stand auf und machte einen nervösen Schritt in die Richtung des Magisters. Dann blieb er stehen, zappelte ein wenig herum und drehte sich schließlich zu dem goldhaarigen Mädchen um. »Was ist?« drängte Xonaapi. »Sag es ihm!«

»Ihr zwei habt die wahre Liebe gefunden«, nahm Inhetep mit ernster Miene vorweg.

»Woher wißt Ihr das?« fragte der Unteroffizier mit verblüfft geweiteten Augen.

Der Ur-Kheri-Heb hatte Mühe, sich das Lachen zu verbeißen, und rang sich ein steifes Grinsen ab. »Ähem! Ich ... ich bin schließlich Zauberer, das wißt ihr doch.« Beide jungen Leute wollten etwas sagen, aber Setne hob die Hand. »Halt! Sagt nichts. Mir ist alles klar! Geht. Möget ihr das große Glück finden, das ihr erwartet. Ich werde ... darüber hinwegkommen. Ihr habt meinen Segen«, schloß er und wandte sich ab.

»Ist das Euer Ernst?« fragte Bekin-Tettu.

Immer noch mit dem Rücken zu ihnen murmelte der Zauberpriester: »Möge Euch der Große Thot helfen und leiten, Kinder. Es ist mein Ernst.«

»Er ist ein feiner Mann«, sagte der junge Offizier, als er die jetzt ein wenig widerwillige Xonaapi aus dem Gasthaus führte.

»Ich habe gesehen, wie seine Schultern bebten«, erwiderte sie. »Er hat geweint, das weiß ich.« Sie zögerte einen Augenblick, offenbar im Zwiespalt mit sich. Dann sah sie den jungen Offizier an und lächelte. »Aber er wird darüber hinwegkommen, daß du mich erobert hast«, fuhr Xonaapi fort, während sie Bekin-Tettu besitzergreifend an sich drückte und die beiden in den hellen Tag hineinmarschierten.

Magister Inhetep war es gleichgültig, ob ihn etwaige Frühaufsteher hörten, als er auf dem Weg in seine Gemächer in schallendes Gelächter ausbrach. »Ich habe in der Tat Glück!« rief er aus, als er in seinen Räumen war, während er sich immer noch die Lachtränen aus den Augen wischte. »Das einzige in diesem Fall noch bestehende Problem hat sich soeben gelöst!« Dann eilte er ins Bad, um sich auf die Arbeit vorzubereiten, die noch vor ihm lag.

Als Tuhorus eintraf, begaben sie sich zunächst dorthin, wo die Synode der Zauberpriester abgehalten werden sollte. Inhetep erwarb alles, was er brauchte, und kurz darauf mieteten die beiden eine Barke flußaufwärts. »Wir fahren nach Innu, Inspektor. Dort werden wir diese schmutzige Angelegenheit endgültig aufklären.«

»Dort habt Ihr Yakeem zum erstenmal gesehen«, stellte Tuhorus fest.

»Seltsam, nicht wahr? On ist die arme Verwandte, und doch ist Innu das Zentrum dieses Netzes des Bösen, das hier kürzlich gesponnen worden ist, und Eure Stadt ist wie ein Insekt, das sich in den Fäden verfangen hat.«

»Der Dahlikil ist die Spinne?«

»Ja und nein. Gewiß huscht er flink genug die Fäden des Netzes entlang, aber das aufgeblähte Monstrum in der Mitte ist das größere Übel und der wahre Urheber des Ganzen. Aber wir sind schon da, Chefinspektor Tuhorus. Der Kai dort liegt den Gebäuden der Stadtverwaltung, zu denen wir müssen, am nächsten. Ich halte einen Besuch beim Präfekt Pabar Ankh-ra für erforderlich.«

Was der Magister dem Oberhaupt von Innus Polizei zu sagen hatte, überraschte Tuhorus vollkommen. »Ihr müßt den Chefinspektor kennen«, sagte er zu Ankh-ra, als der Präfekt sie persönlich begrüßte. »Sein Vorgesetzter ist Euer Pendant flußabwärts in On.«

»Gewiß. Chefinspektor Tuhorus ist ein fähiger Detektiv«, lächelte der Mann. »Denkt Ihr an eine Versetzung in diese Stadt, Tuhorus? Ich könnte ein Arbeitspferd wie Euch gebrauchen, um ...«

»Nein, Präfekt«, unterbrach Inhetep. »Ich habe ihn hergebracht, damit Ihr ihn persönlich kennenlernt, so daß kein Zweifel an seiner Stellung bestehen kann. Ihr müßt wissen, Inspektor Tuhorus verrichtet seinen Dienst jetzt als mein persönlicher Gehilfe. Dieser Status muß natürlich entsprechend anerkannt werden.«

»Status? Ihr habt Euch zur Ruhe gesetzt, Magister ...«

»Im Augenblick nicht. Meine gegenwärtige Anrede lautet Utchat-Neb. Ich unterrichte Euch offiziell, daß Tuhorus jetzt amtierender Agent der Utchatu ist. Die Autorität des Pharaos steht hinter ihm, und nur der Herrscher selbst und andere, die in der Utchatu einen höheren Rang als er bekleiden, dürfen ihm Befehle erteilen oder an der Ausübung seiner Pflichten hindern.«

»Was soll das alles, Inhet ... Utchat-Neb?«

»Wir sind in einer offiziellen Angelegenheit hier, Präfekt. Ruft bitte alle diensthabenden Beamten zusammen und informiert sie entsprechend.«

Pabar Ankh-ra kam der Aufforderung steif nach, wobei er sich eine starre, ausdruckslose Miene bewahrte. Der Geheimdienst des Pharaos war eine mächtige Kraft im Reich, und er wagte es nicht, sich den Forderungen des Magisters zu widersetzen. Doch es war offensichtlich, daß es ihm nicht gefiel und er es ihnen so schwer wie möglich machen würde, sollte sich ihm dazu eine Gelegenheit bieten. »Dann muß ich Euch wohl gratulieren, *Agent* Tuhorus, in die Dienste des Pharao eingetreten zu sein«, sagte er abfällig.

»Es handelt sich um eine vorübergehende Versetzung«, erwiderte Tuhorus nichtssagend. »Ich liebe On viel zu sehr, um meiner Arbeit dort lange fernbleiben zu können.«

»Wie nett«, höhnte der Präfekt, sie beide anstarrend. »Und Ihr, Utchat-Neb Inhetep? Habt Ihr vor, jetzt im aktiven Dienst zu bleiben?«

»Wie Pharao es wünscht«, sagte der Magister bedeutungsvoll. »Nicht einmal ein Wahrer Prinz kann sich seinem Wort widersetzen, wer bin ich also schon, um das sagen zu können?«

Ankh-ra lächelte dünn, während er zustimmend nickte, und eilte hinaus, um seine Beamten zu versammeln.

»Er ist unser Feind!« murmelte Tuhorus, sobald sie allein waren. Seine harmlos wirkende Erscheinung ließ eine gewisse Unsicherheit erkennen.

»In gewisser Weise, aber es wird noch schlimmer kommen. Es tut mir leid, Euch nicht zuvor davon erzählt zu haben, Tuhorus, aber ich wollte nichts verraten. Ich traue niemandem hier, auch nicht in On, was das betrifft — das heißt, niemandem außer Euch. Und jetzt laßt uns still sein. Sie kommen!«

Bei seiner Rückkehr wurde der Präfekt von sieben Beamten begleitet. Inhetep erzählte den versammelten Polizisten, daß er und Tuhorus im Auftrag des Pharaos in der Stadt seien und keine Einmischung geduldet werde. »Einmischung? Bei uns ist es nicht üblich, die Arbeit der Polizei zu behindern, auch dann nicht, wenn sie Utchatu heißt«, spottete der Präfekt. »Wie können wir helfen?«

Er meinte es aufrichtig, wenngleich Bitterkeit in seiner Stimme lag. Der Chefinspektor sah Inhetep an, doch der Magister schüttelte kaum merklich den Kopf. Tuhorus erwiderte: »Ich habe Eure Worte vernommen und bedanke mich für das Angebot, aber der Utchat-Neb und ich kommen allein zurecht, danke. Deshalb bin ich ja auch dabei«, fügte er hinzu, während er den Beamten zuzwinkerte. »Die Pharaonenleute brauchen jemanden, der sich mit richtiger Polizeiarbeit auskennt.« Kurz darauf verabschiedeten sich die beiden aus der Präfektur, und alle Polizisten mit Ausnahme des Präfekten grinsten und kicherten immer noch vor sich hin. »Wohin jetzt?« fragte Tuhorus, als sie das Gebäude verlassen hatten.

»Zum Palast des Statthalters«, sagte der Magister. »Es ist an der Zeit, Fürst Harphosh unsere Aufwartung zu machen.«

Der Statthalter der Stadt und der Provinz von Innu bereitete ihnen einen warmen Empfang, indem er den Inspektor auf väterliche Weise begrüßte und den Zauberpriester fragte: »Sind es die Khazirier, Setne? Ich dachte mir schon, daß Ihr derjenige seid, welcher der Sache auf den Grund geht.«

Der Magister lachte leise wie über einen privaten Scherz. Dann wurde er ernst und musterte den grauhaarigen Fürst. »In gewisser Hinsicht ist das vielleicht tatsächlich der Fall, Statthalter. Aber natürlich steckt noch eine ganze Menge mehr dahinter. Ich bin hier wegen Mords, Hochverrats und einer ganzen Reihe geringerer Verbrechen, die zu nennen ich mir jetzt ersparen will.«

»Die Khazirier tun das alles?« Harphoshs Gesicht war eine Studie des Unglaubens.

»Nein, Fürst. Ihr seid der Schuldige!«

Der Statthalter lachte laut auf und sah von Inhetep zu Tuhorus. »Unser Freund ist ein Witzbold, nicht wahr?« sagte er zum Inspektor. »Ich hätte nicht gedacht, daß ...«

»Nein. Nicht, nachdem Ihr glaubtet, Ihr hättet alle jene, die Euch mit der schmutzigen Affäre in Verbindung bringen könnten, und alle schriftlich niedergelegten Beweise beseitigt. Ich nehme an, Ihr habt Euch frei und unbelastet gefühlt. Ihr seid es nicht, Fürst Harphosh. Ihr steht unter Arrest.«

»Das ist unmöglich — Ihr seid ein alter Freund, Inhetep!« sagte der Prinz, indem er sich mit allen Anzeichen äußerster Bestürzung auf den Stuhl hinter seinem Schreibtisch fallen ließ. »Warum beschuldigt Ihr mich so schrecklicher Dinge?«

»Weil Ihr ihrer ebenso schuldig seid wie Set — oder Aapep, sollte ich besser sagen. Ihr seid außerdem unvorsichtig. Was habt Ihr da in diesem Glaskasten, Harphosh?« wollte der Magister wissen, wobei er auf eine Art Aquarium zeigte, das teilweise hinter einem hölzernen Schirm verborgen war.

»Es wird immer verrückter! Das ist lediglich ein Terrarium — ein Ort, um gewisse Insekten darin zu halten, deren Beobachtung mir zufälligerweise Spaß macht.«

»Insekten? Oder handelt es sich um Spinnen, Statthalter? Ich würde auf letztere wetten!«

Tuhorus sah, wie das rötliche Gesicht des Fürsten ein wenig Farbe verlor. »Ja, dann habe ich also ein paar Spinnen — sind das nicht auch Insekten? Ist es ein Verbrechen, ein paar Spinnen zu besitzen? Ich glaube, ich muß Euch jetzt auffordern, den Palast zu verlassen — Euch beide! Diese Angelegenheit wird umgehend Pharao zu Gehör gebracht.« Er erhob sich drohend von seinem Stuhl.

»Bleibt sitzen, Harphosh, sonst muß ich Gewalt anwenden. Ihr steht unter Arrest, und ich scherze nicht! Kommt schon, Fürst, gebt es auf. Ich weiß alles. Bei diesen Spinnen handelt es sich um die Samarkand-Lösung, nicht wahr?«

Fürst Harphosh gab vor, sich wieder setzen zu wollen, sprang jedoch plötzlich mit einer für sein Alter und seine Körperfülle unglaublichen Schnelligkeit auf und warf zwei Kristallkugeln auf Inhetep und Tuhorus, während er gleichzeitig rief: »Yakeem, zu mir!«

Der Ur-Kheri-Heb bewegte sich noch rascher als Harphosh und pflückte die beiden Kugeln mit so großer Geschwindigkeit, daß das Auge kaum folgen konnte, aus der Luft, bevor sie auf den Boden prallen und zerspringen konnten. Chefinspektor Tuhorus drehte sich instinktiv um, zog seinen Dolch und verwandelte ihn in ein Schwert, sobald er frei war. Es gelang ihm gerade noch, einen bösartigen Hieb des Attentäters abzuwehren, der wie durch Zauberei aufgetaucht war. Yakeem der Dhalikil war jedoch lediglich durch die Tür hinter den beiden Männern getreten. Seine Augen waren blutunterlaufen, und in seinen verzerrten Gesichtszügen stand Mordlust.

Tuhorus gelang es zwar, den ersten Stich zu parieren, aber Yakeem schwang zwei lange Messer und benutzte das zweite weitaus wirkungsvoller. Er versetzte Tuhorus einen tiefen Schnitt in den Unterarm. »Immer ein Vergnügen, einen Polizeimann abzustechen«, sagte er in einem volltönenden Bariton, der vor Boshaftigkeit vibrierte. »Für Euch habe ich auch noch ein Messer, Magister!«

»Zurück, Chefinspektor!« rief Inhetep. »Die Klingen sind vergiftet!« Der Magister warf eine der Glaskugeln in Richtung Harphosh, die andere flog auf Yakeems hohnlächelnde Fratze zu. Ein Keuchen des Statthalters verriet ihm, daß die erste Kugel getroffen hatte. Die zweite schien wie in Zeitlupe auf den Attentäter zuzufliegen. Dieser Eindruck wurde durch seine eigenen geschärften Sinne hervorgerufen, das wußte der Magister, doch gleichzeitig weckte er in ihm plötzlich Zweifel an seiner Zielsicherheit.

Der Dahlikil hatte mittlerweile wieder nach Tuhorus gestochen, diesmal jedoch ohne Erfolg, und seine andere Waffe war auf Inhetep gerichtet. Dann wurde er des gläsernen Wurfgeschosses gewahr und änderte augenblicklich die Stoßrichtung. Die Klinge lenkte die zerbrechliche Kugel mit derart sanfter Präzision ab, daß sie nicht zerbrach, sondern seitlich an ihm vorbeiflog. »Jetzt ich«, knurrte er, wobei er das Messer in der rechten Hand herumwirbelte und es auf Inhetep warf.

Der Magister warf sich flach auf den Boden, um der blitzenden Klinge zu entgehen. Dann stöhnte Tuhorus plötzlich auf, ein schrecklicher, klagender Schmerzlaut, verursacht von dem Gift, das nun durch seinen Körper zirkulierte. Das Knallen der Tür klang endgültig, doch Inhetep achtete nicht darauf. »Haltet aus, Tuhorus!« rief er, während er sich aufrappelte und dorthin eilte, wo sich der Inspektor auf dem dicken Teppich krümmte. »Ich werde das Gift so schnell aus Eurem Blutkreislauf entfernen, wie Isis Ra geheilt hat.«

Seinem Wort getreu neutralisierte das Heka des Zauberpriesters das Gift, das Tuhorus beinahe getötet hatte. »Der Attentäter...?« fragte der Chefinspektor mit schwacher Stimme, als die Schmerzen endlich verebbt waren.

»Geflohen. Yakeem hat eingesehen, daß es sinnlos

war, zu bleiben und Harphosh zu helfen, sogar dann, wenn es ihm irgendwie gelungen wäre, uns beide zu töten. Der ganze Plan des Statthalters ist offensichtlich bloßgestellt — aufgeflogen.«

»Ihr habt ihn entkommen lassen, um mein Leben zu retten?«

»Mehr oder weniger, Tuhorus. Wir haben uns diesen Gefallen in letzter Zeit ja schon öfter erwiesen. Außerdem weiß die Utchatu, daß wir hier sind, und der Palast ist von ihren Agenten umstellt. Trotzdem befürchte ich, daß ihnen der Dahlikil irgendwie entwischen wird ...«

»Er muß vor Gericht gestellt werden«, sagte der Chefinspektor mit zusammengebissenen Zähnen. »Er ist ein gemeiner Mörder, und ...«

»Und einer, der sein Unwesen wahrscheinlich noch sehr lange treiben wird, mein Freund. Regt Euch nicht auf. Er ist schon besseren Detektiven als Euch und mir entwischt.«

Diese Bemerkung hielt Tuhorus für unwahrscheinlich, doch er ließ das Thema fallen. Statt dessen stellte er dem Magister eine Frage im Hinblick auf dessen Behauptung, Fürst Harphosh sei der Kopf der Verschwörung gewesen. »Hat der Statthalter — das heißt Harphosh, nicht Ram-f-amsu — gehofft, Pharao zu werden?« Der Inspektor setzte sich auf und fügte hinzu: »Und wie, bei allen Höllen, habt Ihr seine Beteiligung herausgefunden?«

»Die Tatsache, daß ich dem Attentäter zuerst hier in Innu begegnet bin, schien zunächst nichts weiter als ein Zufall zu sein, aber in dem Maß, wie sich die Dinge hinsichtlich der Affäre in Eurer Stadt weiterentwickelten, Chefinspektor, argwöhnte ich, daß es gar kein Zufall war. Laßt mich ein wenig weiter ausholen, und Ihr werdet verstehen, was ich meine. Als mich Harphosh zu sich bestellte, um mit mir über eine übertrieben große Anzahl von Khaziriern zu reden, die in Ægypten Magie studierten, hielt ich das für wenig mehr als ein Anzeichen dafür, daß der Bursche langsam alt wurde und sich zur Ruhe setzen sollte. Als mich Chemres zum Statthalterpalast in On schleifte, wußte ich sofort, daß dort etwas nicht stimmte. Der Kreis der Versammelten dort und Ram-f-amsus Reaktion waren verräterische Zeichen. Ich brachte aber auch noch den Attentäter mit dieser verdächtigen Versammlung in Verbindung ... bis der Fürst getötet wurde. An diesem Punkt war klar, daß entweder der Hem-Neter-Tepi Matiseth Chemres dahintersteckte oder daß es einen anderen gab, der sich im Hintergrund hielt und von dort aus die Fäden zog.«

Der Inspektor nickte zustimmend. »Chemres war ein ehrgeiziger Mann, Magister, aber ihm fehlten ganz einfach die Fähigkeiten, um solch eine Verschwörung zu organisieren.«

»›Solch eine Verschwörung‹ ist eine ziemliche Untertreibung, Tuhorus. Niemals wurde ein wüsterer Plan um eine derart unterschiedliche Verschwörergruppe ausgeheckt. Natürlich waren die Erfolgsaussichten für diese ganze Intrige gleich null. Das machten bereits die ersten Verhöre deutlich. Ergo war diese ganze Affäre nie darauf ausgerichtet, ihre erklärten Ziele zu erreichen. Fürst Ram-f-amsu war ein Narr und ein Stümper obendrein, doch sogar er hätte die Hoffnungslosigkeit des Unternehmens erkannt, hätte ihm nicht jemand zur Seite gestanden, der Ungereimtheiten beschönigte und Widersprüche vertuschte. Der ganze Plan war zweifellos auf einen Fehlschlag ausgerichtet. Dann kam die Angelegenheit mit dem falschen Uab-Priester Absobek-khaibet ans Licht. Er war nach Innu versetzt worden, bevor er nach On kam. Und damit hatte ich die Verbindung, welche die Dinge in einer anderen Perspektive darstellten. Plötzlich ergaben Yakeems Auftauchen in Innu und sein Ausflug nach On einen Sinn. Er erhielt seine Anweisungen in Innu und führte sie in On aus.«

»Das ergibt sich daraus«, sagte Tuhorus, als der Magister innehielt und einen Blick auf den Statthalter warf, um sich davon zu überzeugen, daß dieser immer noch unter dem Einfluß des Betäubungsgases stand, das sich in den Kristallkugeln befunden hatte. »Aber wodurch konntet Ihr eine Verbindung zwischen Fürst Harphosh und Yakeem herstellen?«

Der Zauberpriester lächelte. »Durch eine Unmenge von Kleinigkeiten. Der Fürst war nicht im geringsten gewillt, sich zur Ruhe zu setzen, sondern wünschte sich im Gegenteil eine verantwortungsvollere Position. Er setzte mich auf die Khazirier an. Der Statthalter eines Sepat gibt sich nicht mit solchen Dingen ab. Harphosh wollte möglichst viel Verwirrung anrichten. Er wollte die ganze Verschwörung auffliegen lassen, und je mehr bedrohliche Aspekte sie aufwies, desto größer mußte die Gefahr für Ægypten wirken. Und dann haben wir noch die langweilige Geschichte der beiden Städte. Innu dehnt sich nach Norden aus, On nach Süden. Städte und Provinzen müssen bald vereinigt werden. Eine wird in die andere integriert, und danach herrscht nur noch eine Person über die neue — doppelt so große — Provinz. Das war jedoch die uninteressantere Perspektive für Harphosh.«

»Wie das?«

»Seine Entdeckung einer von den Khaziriern ausgehenden ›Gefahr‹ wäre nach der Enthüllung der verräterischen Pläne in Fürst Harphoshs Nachbarsepat in einem ganz anderen Licht betrachtet worden. Ram-f-amsu intrigierte, während Harphosh wachsam nach Gefahren Ausschau hielt. Doch die Pläne des Statthalters reichten mit Sicherheit noch weiter. Schwierigkeiten im nubischen Protektorat, Intrigen in Phillistien und Bankiers und Kaufleute mit Interessen in ganz Ægypten erweisen sich als Gefahren. Derart weitverzweigte Verschwörungen und kriminelle Aktivitäten schreien geradezu nach einer Autorität, die mit diesen Dingen fertig wird. Der Vizekönig von UnterÆgypten wäre durch solche Vorgänge, die von ihm unbemerkt vor sich gingen, kompromittiert worden. Da Fürst Harphosh dem Pharaonenhaus nicht familiär verbunden ist, wäre er die perfekte Wahl gewesen, um ihn als Vizekönig dieses Semikönigreichs abzulösen. Denn welche Ansprüche auf den Thron hätte er schon anmelden können? Keine. Macht einen ehrlichen Mann mit Erfahrung zum Wachhund über UnterÆgypten und seine unzuverlässigen Statthalter, und Ægypten ist sicher.«

»Schlau und verschlagen, Magister. Er hätte Erfolg haben können.«

Inhetep schnippte mit den Fingern, und seine grünen Augen funkelten. »In der Tat, mein Freund, in der Tat! Und in Windeseile, sobald dem Pharao die schmutzigen Einzelheiten der ›Verschwörung‹ zugetragen worden wären. Selbstverständlich hätten die ›Schuldigen‹ zuvor sterben müssen — ansonsten hätten sie Fürst Harphosh mit dem Plan in Verbindung bringen können.«

»Ihr habt die Samarkand-Lösung erwähnt.«

»Ein Codename für diese widerlichen Spinnen dort«, erwiderte der Ur-Kheri-Heb. »Sie waren das Mittel, um sich aller jener zu entledigen, welche von der Innu-On-Verbindung wußten.«

Chefinspektor Tuhorus trat hinzu und betrachtete das Glasterrarium. In dem Behälter befanden sich sechs widerlich aussehende Arachniden — jede Spinne war schwarzviolett, behaart und fast so groß wie eine Kinderhand. »Häßliche Bastarde«, murmelte er, ein Schaudern unterdrückend. »Ich kann jedoch nicht erkennen, wie sie mit den Morden in Verbindung stehen oder tatsächlich jemanden umbringen konnten.«

»Der Alchimist war sich dessen nicht bewußt, aber er war das Instrument, welches Harphosh in die Lage versetzte, seinen Mordplan zu perfektionieren. Erinnert Ihr Euch, wie Jobo Lasuti seine Arbeit in bezug auf etwas erwähnt hat, das man als Antimagie oder Nicht-Hekamacht bezeichnen könnte?« Als Tuhorus nickte, fuhr der Magister fort: »Mir wurde plötzlich klar, daß solch eine alchimistische Entdeckung auch benutzt werden kann, um magische Energie abzuschirmen — ungefähr so, wie man mit einem Zweig Fußspuren im Sand auslöschen kann. Eine eingehende Untersuchung der Stelle wird enthüllen, daß irgend etwas die Spuren verwischt hat, aber keine noch so gründliche Untersuchung wird verraten, wie jene Spuren aussahen. Das brachte mich darauf, mir den Tathergang noch einmal vor Augen zu führen. Ram-f-amsu verließ das Ratszimmer, um mit Matiseth Chemres zu reden, und wurde dann ermordet. Der Angriff auf den Statthalter hatte erfolgen müssen, als er nicht in der Ratskammer war. Wie? Die Frage machte mich um eine Antwort verlegen. Die Starrheit und seltsamen Drehungen deuteten entweder auf Magie oder ein unbekanntes und schreckliches Gift hin. Magie schien auszuscheiden, also kam nur noch Gift in Frage.«

Tuhorus hob die Hand. »Aber die Levitation! Die mußte doch magischen Ursprungs sein.«

Der Zauberpriester begann auf und ab zu marschieren. »Die Erwähnung eines ›Wirbelsturms‹ und der ›Samarkand-Lösung‹ überzeugte mich davon, daß Dweomer am Werk waren. Das waren sie auch, aber nur als Teil des Spinnengifts. Diese widerlichen Kreaturen werden mit einer Mischung aus Menschenblut und der alchimistischen Entdeckung des Imprimus Lasuti ernährt. Letztere negiert nicht nur Heka, sondern beeinflußt auch die Naturgesetze, wenn sie mit dem Körper des Opfers reagiert. Seltsame Dinge geschehen dann — während das Gift den Gebissenen umbringt. Beides zusammen zerstört das Opfer vollkommen — übrigens eine echte Entsprechung zur Samarkand-Lösung. Der betreffende Ort wird vollständig ausradiert, nichts bleibt dort am Leben, keine Spur dessen, was geschah, nur die Trümmer.«

»In diesem Fall die völlig leere körperliche Hülle.«

»Genau, Inspektor. Yakeem ist gekommen und hat eine Spinne auf das Opfer gesetzt, und das widerliche Ding hat instinktiv zugebissen — angestachelt durch die Wärme und das Blut, von dem es sich ernährte. Sekunden später war der Gebissene rettungslos verloren.«

»Natürlich hat er die Geheimgänge benutzt. Ich zweifle nicht an Eurem Wort, Inhetep, aber was brachte Euch auf so etwas wie Spinnen?«

Der Magister zuckte die Achseln. »Ich hatte den Vorteil, kürzlich hier in Fürst Harphoshs Büro gewesen zu sein, Inspektor Tuhorus. Da habe ich seinen kleinen Kasten mit den Spinnen gesehen, obwohl er es nicht bemerkt hat. Es gab jedoch noch einen Hinweis. Nach dem Mord hing noch eine Aura der Schwärze in der Luft, das Gefühl von etwas Finsterem und Schrecklichem, von einem Ding, das sein Opfer lenkt wie ein Puppenspieler. Ein Puppenspieler ... oder eine Spinne im Netz! Ich mußte an die Spinne denken, die ich in Ram-f-amsus Arbeitszimmer gesehen hatte — tot und bis zur Unkenntlichkeit verschrumpelt.«

»Also stirbt die Spinne, wenn sie zubeißt!«

»Eine perfekte Mordwaffe, nicht wahr? Die Reaktion auf Menschenblut, dem der alchimistische Zusatz fehlt, tötet die Spinne fast ebenso schnell, wie das Opfer an ihrem Biß stirbt. Auf diese Weise werden keine verräterischen Beweise hinterlassen, keine Spinne, die herumläuft und alle möglichen anderen Leute beißt, nur ein totes kleines ›Insekt‹, eine verschrumpelte Spinne irgendwo auf dem Boden. Wer würde daran etwas Bemerkenswertes finden?«

»Ja, wer, Inhetep? Aber wenn das so ist, weshalb ist sie Euch dann überhaupt aufgefallen?«

»Ich hatte den Eindruck von diesem finsteren Ungeheuer, das hinter dem Mord steckte. Als ich in Chemres' Räumen auf eine weitere tote Spinne stieß, kam mir schließlich die Erleuchtung. Ich hatte gewußt, daß der Dahlikil der Mörder war, doch mit diesem Hinweis wußte ich nun auch, auf welche Weise er sein schändliches Werk vollbrachte. Es war nicht schwer, den Verdacht zu bestätigen, denn ich nahm die Überreste der Spinne aus dem Tempel des Set mit und benutzte Heka, um sie zu untersuchen. Der aurale Eindruck entsprach dem in Ram-f-amsus Umgebung. Bei dem Rest ging es nur noch darum, die fehlenden Teile in das Puzzle einzusetzen.«

»Verflucht, Inhetep«, sagte der Inspektor ohne jegliche Feindseligkeit. »Ihr habt all das für Euch behalten, und ich hatte keine echte Möglichkeit, selbst die richtige Lösung zu finden.«

Der Ur-Kheri-Heb grinste. »Völlig richtig, Tuhorus, aber andererseits habe ich Euch alles erzählt, wie es war! Wenn Ihr also das nächstemal einen Mordfall zu untersuchen habt, wißt Ihr, wie Ihr es anstellen müßt, um ihn zu lösen!«

»Ebenso wie ich wissen werde, wie man mit jungen Mädchen herumschäkert und sie dann wieder los wird, wie, Magister? Diese Geschichte mit Lady Xonaapi war ein Meisterstück, glaube ich ...«

»Äußerst unfair, Tuhorus, und für jeden, der Euch davon reden hört, im höchsten Maße irreführend.«

»Reine Bewunderung, Magister, weiter nichts.«

»Vielleicht, aber wegen Eurer bevorstehenden Abreise und des anschließenden Studiums werdet Ihr viel zu beschäftigt sein, um über irgend etwas dieser Art zu reden, nicht wahr? Und als Mitglied der Utchatu werdet Ihr danach gewiß keinen Kollegen kompromittieren wollen.«

Tuhorus starrte den kahlköpfigen Priester an. »Drohung? Bestechung? Oder ...«

»Betrachtet es als Belohnung und Ausdruck meines Interesses, der Sicherheit Ægyptens und des Pharaos zu dienen. Außerdem seid Ihr ein viel zu guter Detektiv, um bis zu Eurer Pensionierung Chefinspektor der Stadt On zu bleiben. Die Utchatu braucht Männer Eures Schlages, Tuhorus. Ich hätte auch ohne diese kleine Geschichte hinsichtlich der Lady Xonaapi für Eure Versetzung dorthin gesorgt.«

Das harmlos wirkende Gesicht des Chefinspektors verzog sich zu einem breiten Lächeln. Tuhorus wußte, daß der Magister die Wahrheit sprach.

17

Alles hat seinen Preis

Die ganze Affäre wurde so gut es ging vertuscht. Letzten Endes würde etwas durchsickern, doch gewiß nicht das ganze Ausmaß des Verrats. Fürst Harphosh wurde gestattet, Selbstmord zu begehen, und sein Tod wurde dann als ›natürlich‹ bezeichnet. Nur die Utchatu wußte von Yakeems Beteiligung. Die Morde an Ram-f-amsu und den anderen wurden als Teil eines Streits zwischen Dieben hingestellt, wobei der tote Statthalter das heldenhafte Opfer war. Dünn, aber mit dieser Version vermied man einen weitreichenden Skandal und lieferte darüber hinaus noch eine halbwegs plausible Erklärung für die Geschehnisse. Alle an der Affäre beteiligten Ægypter wanderten in Isolationshaft, um kurz darauf hingerichtet zu werden. Von dort waren also keine Lecks zu erwarten. Als Magister Inhetep erneut seinen Abschied vom Geheimdienst des Pharaos nahm, um an der Synode der Kheri-Hebu teilzunehmen, und schließlich nach Süden in seine Villa zurückkehrte, war bereits alles vorbei.

»Ich habe gerade von dem Ärger in On gehört, Setne!« rief Rachelle aus, nachdem sie ihn zur Begrüßung umarmt hatte. »Warst du in die Sache verwickelt?«

»Mord und Bestechung sind immer häßlich, meine Teure, aber nein. Ich wurde lediglich als Berater hinzugezogen, könnte man sagen. Ein fähiger Bursche namens Tuhorus hat den Fall jedoch mit ziemlicher Tüchtigkeit bearbeitet, so daß ich nicht viel zu tun hatte. Und die Große Synode ...«

»Hat dich zu Tode gelangweilt, wie ich dich kenne«, sagte die Amazone mit Nachdruck. »Hast du dort wenigstens irgend etwas anderes von Interesse gefunden, Setne? Irgendwas, um dir die Langeweile zu vertreiben?«

Inhetep ging weiter in das nächste Zimmer, stellte seinen Koffer ab und kam zurück. »Ach, ein wenig hier, ein bißchen dort — nichts Besonderes. Und du? Wie waren die Jagd und die sprühende Gesellschaft von Lord Lakhent? Hat er *dich* vor der Langeweile bewahrt?«

»Tatsächlich ist er ein ziemlich ungehobelter Flegel. Wäre Lady Mintet nicht gewesen, wäre ich viel früher zurückgekommen, als ich es ohnehin schon getan habe.«

»Früher? Hast du deinen Besuch abgekürzt?«

»Ja, Kahlkopf, das habe ich. Dieser Affe, wie du ihn so treffend bezeichnet hast, hing ständig an meinem Rockzipfel und wollte mich begrabschen. Man hätte meinen können, ich sei irgendein besonderes Tier und er der Jäger, der mich für seine Trophäensammlung erlegen will.«

»Ebenfalls ziemlich treffend formuliert. Also bist du schon seit einiger Zeit hier?«

»Nun, nein. Ich dachte, ein paar Tage Stadtleben würden meine gute Laune wiederherstellen, also bin ich für ein paar Tage flußaufwärts gefahren.«

Der Zauberpriester fragte nicht erst, wohin. »Ach ...«, murmelte er. »Wie nett. Ich nehme an, du fandest diesen Ausflug amüsanter.«

Rachelle sah ihn einen Augenblick lang durchdringend an, bevor sie antwortete. »Ja und nein, Setne. Ich traf ein bezauberndes junges Paar, aber sie war so prächtig gekleidet, daß ich mir richtig altmodisch und schlampig vorkam. Ich denke, es ist an der Zeit, mir ein paar neue Sachen für meine Garderobe anzuschaffen.«

»Aber du ... du ... interessierst dich doch gar nicht für Mode«, stammelte er. »Neue Reitkleidung, ein Kettenhemd ...«

»Ich glaube, für eine Weile habe ich die Nase voll von Leder und Rüstungen«, sagte Rachelle entschlossen. »Von jetzt an werde ich mich attraktiver kleiden. Wie ich höre, hat Memphis wundervolle Boutiquen. Wie rasch können wir dorthin fahren, Setne?«

Der Magister ließ den Kopf hängen und ging zu seiner Geldkassette, während er über die Schulter rief: »In ein oder zwei Tagen, Rachelle. Ich muß erst einmal Bargeld flüssig machen — ich fürchte, wir sind im Augenblick etwas knapp bei Kasse.«

»Aber nein, mein Lieber«, antwortete die Amazone. »Nachdem ich die Rechnungen aus On mit dem Geld bezahlt hatte, das noch hier war, habe ich von deinem Bankier mehr Geld angefordert. Glaubst du, hundert Goldaten reichen für die Reise?«

Die Summe war ausreichend, um eine Villa zu kaufen. Setne warf die Hände in die Luft. »Wie bitte!?«

»Könnten wir nicht noch etwas mehr mitnehmen, um ganz sicherzugehen?«

»Ja, Rachelle, ich nehme an, das könnten wir. Wenn ich Pharao wäre, dann vielleicht!«

»Aber Setne, du hast fast genausoviel ausgegeben, als du in On warst, und da warst du allein — zumindest nehme ich an, daß du allein warst ...«

Der Magister zuckte zusammen, glücklich, daß sie ihn jetzt nicht sehen konnte. »Nun, warum eigentlich nicht? Ich habe ein kleines Honorar für meine Hilfe bei der Untersuchung bekommen — reichen weitere zehn Aten aus?«

»Laß uns zweihundert mitnehmen«, sagte Rachelle entschlossen.

Der Zauberpriester war nicht so dumm, noch länger über die Angelegenheit zu diskutieren. »Morgen lasse ich alles Notwendige in die Wege leiten, Rachelle.«

Und das war der endgültige Abschluß der Vorfälle im Zusammenhang mit der Samarkand-Lösung.